르네상스인

김승옥

르네상스인

김승옥

백문임 · 송태욱 · 송은영 · 이정숙 · 조현일 · 조성진 · 한영주 지음
퍼슨웹 기획

앨피
book

아방가르드 혹은
현대의 르네상스인을 위하여

김승옥을 읽지 않고 스무 살이 된 사람이 있을까요? 산다는 것의 비밀을 보아버린, 혹은 세상의 환멸을 견뎌내는 젊은 영혼의 이야기를 말입니다. 벌써 40년 전쯤에, 그때는 스무 살 남짓했던 김승옥이 쓴 그 소설들을 읽는다는 것은 이 땅에 사는 청춘들의 무구한 행복입니다. 오늘날 「무진기행」이나 「서울 1964년 겨울」은 고등학생들의 교과서에 실려 있다고 합니다. 그들의 성숙 또는 조숙을 위해서, '반反성장소설로서의 성장소설'인 김승옥 소설은 좋은 성장호르몬이 될 수 있겠지요.

이 책은 김승옥 선생께 바쳐지는 책입니다.

김승옥 선생은 세종대 국문학과에 재직하고 있던 재작년 봄 뇌졸중으로 쓰러지셨습니다. 병마는 선생의 목숨을 건드리지는 못했으나 얄궂게도 뇌의 전두엽을 다치게 하고 달아났습니다. 시대를 온통 바꿔놓은 그 찬연한 단어와 마술 같은 문장들이 들어 있던 거기를 말입니다. 그 후로 2년이 지나 많이 회복됐지만 김승옥 선생은 현재까지도 말과 글을 완전히 잘 쓰지 못합니다. 선생은 올해로 예순 다섯 살. 그는 비교적 외롭게, 나이 들어가며, 다시 모국어를 배우고 있습니다. 정말 영원히 늙지 않는 아폴론처럼 말이지요.

김승옥이 한국 문학사의 한 신화神話가 된 것은, 그가 주옥같은 소설을 써내며 문단에서 활약한 시간이 실제로는 아주 짧았다는 사실과도 관계 깊습니다.

〈이상문학상〉의 첫 번째 수상자라는 사실이 상징하듯, 김승옥은 문학적으로 '요절한 천재'와 같은 아우라를 갖고 있는 것이지요. 그리고 '오랜 절필과 통속화, 그리고 종교적 환상으로 인한 공백'이라는 20대 이후의 김승옥에 대한 '상식'이 이를 뒷받침하고 있고요.

그러나 이는 인간 김승옥의 실상도, 김승옥 문학을 둘러싼 진실과도 거리가 있습니다. 김승옥은 소설가로 데뷔하기 전에 시사만화가로 활약했고, 소설 쓰기를 중단했을 때에도 글쓰기를 중단하지 않은 채 우리에게 알려진 소설을 쓴 기간보다 더 길게 시나리오 작가와 '대중소설'을 써서 업적을 쌓았다는 사실은 잘 알려지지 않았거나 무시되어왔습니다. 그는 전방위의 문화적 아방가르드였습니다.

김승옥의 평생에 문학은 가장 소중했지만 '모든 것' 은 아니었던 거죠. 그리고 그의 문학 바깥 활동이 그저 개인적인 여기餘技나 '외도' 의 소산이 아니라는 것도 말씀드리고 싶습니다. 김승옥의 '만화' 와 '영화', 그리고 '대중소설' 은 문화사의 필연적 발전 과정에서 촉발된 것으로, 그의 대중적 작품들은 한국 문화사가 고빗길에 오르게 하는 힘이 되었다고 생각합니다. 마치 그의 1960년대 단편소설들이 문학사의 새 시발점으로 자리매김되듯이 말입니다.

김승옥의 시사만화 〈파고다 영감〉은 1960년 4 · 19혁명이라는 시공간에서 언론사가 새로운 전기를 맞던 시점에 그려졌으며, 그가 시나리오를 쓴 〈안개〉, 〈영자의 전성시대〉, 〈겨울여자〉 같은 영화들은 한국 영화사에서 관객층이 새롭게 형성되는 시점에서 그 기폭제 구실을 한 작품들입니다.

좀 더 크게 보면, 김승옥이 전방위의 문화 아방가르드로 활약한 그때는, 분단과 한국전쟁으로 잿더미가 되었던 한국이 미국의 힘으로 '재－근대화' 된 시기입니다. 이때, 문화적 폐허를 딛고 새로운 문화 생산과 수용의 주체들이 나타나기 시작했고, '시청각' 화된 대중문화가 꽃봉오리를 맺었지요. 해방 이후에 교육받은 세대가 새롭게 한국 문학 독자층으로 형성되지 않았다면, 그리고 청년세대가 한국 영화 관객으로 편입되지 않았다면, 김승옥 소설 신화도, 〈안개〉나 〈영자의 전성시대〉 같은 영화사의 걸작도 존재하지 않았을 겁니다. 이런 견지에서 '한글세대' 나 '4·19세대' 가 시작점으로서 가진 의미는 실로 크고 넓습니다.

이 책에 실린 6편의 글은 유종호나 김윤식 세대로부터 40 여 년간 씌어진 수많은 김승옥론이나 그 작품론을 계승한 것이 면서, 결코 한 번도 제대로 씌어지지 않은 그러나 꼭 씌어져야 하는 새로운 작가론과 작품론입니다.

이 글들은 문학을 중심으로 한 1960~1970년대 문화사의 성좌 를 다시 그려 김승옥이라는 별을 조명하는데요, 저희가 책을 만 든 목적이 바로 여기에 있습니다.

백문임의 글은 '구조-내-작가' 라는 새로운 개념을 사용하여 기존의 문학사 '상식' 이 가진 빈곳을 지적하고 그 허점을 메워주 고 있습니다. 「무진기행」으로 대표되는 김승옥의 소설 창작과 〈영자의 전성시대〉 같은 영화 시나리오 작업이 어떻게 일련의 연 속선상에 있는지를 규명하여, 문학 담론에서는 김승옥 문학이 '60년대' 에만 결박되어 있지만, 기실 김승옥의 글쓰기는 가장 적극적인 자세로 대중문화의 시대인 70년대를 통과하고 있다는 점을 밝힙니다. 또한 이 글은 김승옥 영화 작업의 전반적 면모 와 문화적 의미를 최초로 밝히는 글로서 큰 의미를 갖습니다. 김승옥이 「무진기행」·「장군의 수염」·「감자」 등의 소설을 성 공적으로 '문예영화' 로 만들어낸 1960년대 후반과, 또한 김승 옥이 김호선·이장호 등의 젊은 감독과 최인호·조선작 같은 젊은 소설가들의 작품을 영화화하던 1970년대의 문화 변동이 주목을 끕니다.

송태욱의 글은 1960년대의 문화사를 재구하여 김승옥 소설의 독자층을 탐구한 글입니다. 송태욱은 이른바 '한글세대'의 사회문화적 실체를 밝히는데, 그들은 1945~1960년 사이에 폭발적으로 확산된 교육과 새롭게 유입된 미국 문화가 키워낸, 이전 세대와는 전혀 구별되는 문화적 지향성을 지닌 세대였습니다. 이들은 독서 시장을 질과 양의 양면에서 크게 확대·변화시켰고, 새로운 세대의 작가들은 그 변화와 기대에 민감했습니다. 그중에서도 김승옥 소설은 "도시 청년들 사이에서 압도적인 공감"(유종호, 「감수성의 혁명」, 『비순수의 선언』, 민음사, 1995)을 얻었습니다. 그래서 김승옥은 「무진기행」을 발표한 뒤로 "돌연 신진 소설계의 박신자"(염무웅, 〈미감아의 질주〉, 《세대》, 1967년 7월호) 같은 존재가 되었습니다. 박신자는 1960년대를 풍미한 스포츠 스타였던바, 김승옥은 그와 같은 대중적인 스타였던 셈입니다.

그처럼 시대를 바꾸는 '새로운 감수성'은 수용자의 열렬한 호응과 함께 도래하는 것이겠지요. 이정숙의 글은 '새로운 감수성'에 초점을 맞추어 김승옥 소설의 문체가 새로운 시각성의 문화와 어떻게 결합했는지를 보여줍니다. 근대화란 실로 시각화이고, 도시의 문화란 실로 스펙터클과 영상의 문화입니다. 김승옥의 문장은 "판자집 분위기를 화사한 왕국"으로 바꾸는 힘을 갖고 있었던 까닭에, 영화와 대중문화의 힘이 거세지기 시작한 1960

년대 이후에도 힘을 잃지 않을 수 있었던 것입니다.

송은영은 1960년대와 70년대 대학생의 문화와 의식을 분석하여 김승옥 소설이 청년문화로서 각광을 받은 이유를 분석했습니다. 「생명연습」이나 「환상수첩」 같은 소설에 그려진 '극기'와 '위악'은 1960년대 대학생들의 극단적인 자기의식의 표출 방법이었던 바, 1960년대 사회는 자신의 보편적 '도덕-욕망'을 대학생에게 과잉 투사하고 있었던 것입니다. 그런데 폭발적인 김승옥 붐이 가라앉고 새로운 청년문화의 시대가 열린 1970년대에도 김승옥 소설은 여전히 많이 읽혔습니다. 1970년대의 청년들에게도 현실은 속악하고도 초라한 것이었으며, 따라서 그들도 이상을 포기하고 '부끄러움'을 이겨나가야 했기 때문이었습니다.

이러한 분석에 힘입어 우리는 김승옥 소설이 지금껏 생명력을 갖고 있는 이유도 추론할 수 있습니다. 김승옥 소설은 매우 보편적인, 그러나 청년에게 고유한 '성장통'과 그에 수반되는 윤리의 문제를 다루고 있는 것입니다. 그래서 결국 송태욱이 말한 대로, 김승옥 신화는 「무진기행」과 「서울 1964년 겨울」에 등장하는 윤희중과 하인숙, 포장마차 안의 젊은이들 그리고 그 청춘들과 고락을 함께하며 한 시대를 넘은 독자들이 지탱해온 것입니다. '청년' 혹은 '청춘'이라는 단어가 유지되는 한, 김승옥의 인물과 독자들은 영원히 다시 만날 것입니다.

만화연구가 한영주는 1960년대 초 한국 언론계와 만화계의 상황을 살펴 김승옥의 시사만화 〈파고다 영감〉이 탄생한 문화적 맥락을 짚고, 시사만화로서 〈파고다 영감〉이 지닌 강점과 약점을 분석했습니다. 겨우 스무 살의, 갓 데뷔했다고도 할 수 있고 프로페셔널 만화가가 아니었다고도 할 수 있었던 김승옥이 그린 만화는 분명 시사만화로서 한계가 있었습니다. 그러나 그의 만화는 특유의 섬세한 관찰력과 작가적 감수성으로, 서울에 살던 다양한 인물 군상과 그들의 생활을 포착한 소설이나 다큐멘터리 영화와 같은 특징이 있습니다. 김승옥의 만화가 경험과 〈고바우 영감〉의 작가 김성환과의 교유는, 그의 유명한 단편소설 「차나 한 잔」에도 생생히 그려져 있지요.

조현일의 글은 김승옥이 직접 자신의 소설 「무진기행」을 각색한 영화 〈안개〉와, 역시 당대 최고의 소설을 바탕으로 영화화되어 걸작으로 남은 〈오발탄〉에 대한 글입니다. 비슷한 시기에 만들어진 두 작품은 각각 당대 최고의 모더니즘 영화와 리얼리즘 영화로 꼽힙니다. 이 글에서 조현일은 두 작품의 영화화가 가진 문화적 맥락을 소개하고, '몽타주' 기법을 중심으로 소설의 영화화 문제를 논하고 있습니다. 영화사의 걸작으로 남은 두 작품에 대한 이 글은, 근래 문제가 되고 있는 소설과 영화의 교섭관계에 대한 중요한 시사점을 던져줍니다.

그리고 이 책에는 김승옥 선생 인터뷰와 연보, 작품 목록이 포함되어 있습니다.

김승옥 선생은 조성진과의 인터뷰를 통해 자신의 '현재'를 이야기하고, 생애 먼 기억까지 들추어 보여주었습니다. 또한 선생은 아버지에 관한 일이며 영화계로 갈 때의 사정과 같은, 이제까지 공석에서 말한 적이 없는 전기적 사실 두어 가지를 들려줍니다. 그리고 이정숙이 작성한 연보와 작품 목록은, 이제까지 나온 모든 김승옥 관련 자료를 종합하여 그 자료들에서 누락되어 있거나 잘못된 것을 정정한 결정판입니다.

　결론적으로 이 책은 문학사의 천재로서의 김승옥에게 바쳐지는 책일 뿐 아니라, 오늘날까지 이어지는 한국 대중문화가 개척되던 시점에서 대활약했던 한 사람의 아방가르드, 혹은 현대의 르네상스인에게 바쳐지는 책입니다.

　김승옥은 문학이 중심이 되어 돌고 있던 1960~70년대 한국 문화라는 성좌의 한 별이었습니다. 소위 '본격문학'의 영역에만 머무를 수 없게끔 끼와 첨단의 감각이 넘쳤고, '대중문화'에 대해 한 점의 엘리트주의적 오만을 갖지 않았기에, 그리고 르네상스인으로서 지닌 면모 때문에 가능했던 일입니다. 만화와 소설, 시나리오 같은 공식적으로 남겨진 '작품'들을 통해 장르를 넘나드는 일 외에도 "붓만 들면 그림이 되었"기에 계간 《문학과지성》의 창간호 표지와 『광장』의 최인훈 캐리커처를 그렸고, 남인수만큼 남인수 노래를 잘했으며 만능 스포츠맨이기도 했습니다. 그러니까 김승옥은 완벽한 현대의 르네상스인입니다. 그야말로 이상이나 임화의 후신이자, 박민규나 천명관 같은 '무규칙 이종 소설가'의 전신이 아닐까요. 경계와 구분에 구애받지 않는, 그리고 몸으로 세상과 맞대면하는 인간으로서의 '작가'였던 겁니다.

김승옥의 시사만화 〈파고다 영감〉을 통해 4·19혁명을 재조명한 책『혁명과 웃음』과 함께 일종의 '트리뷰트'로서 발간되는 이 책은, 한국 문학사를 공부해온 천정환과 이정숙이 아이디어와 기획안을 내고, 새로운 분야를 선도적으로 개척하는 학자이며 1950~60년대 문화사 전문가인 백문임·송태욱·김건우 등이 적극 호응하여 만들어지기 시작했고, 문화프로젝트집단 '퍼슨웹'과 '앨피' 출판사가 힘을 보탬으로써 세상의 빛을 보게 됐습니다. 이 자리를 빌어 '앨피'의 노경인·김주영 대표, 그리고 '퍼슨웹'의 공숙영 대표께 깊은 감사의 말씀을 드립니다. 이 책『르네상스인 김승옥』은 애초에 계획했던 것보다는 작은 책이 된 것 같아 아쉬움을 금할 길 없지만, 김승옥 문학과 1960년대 문화를 이해하는 데 조금이라도 보탬이 되리라 믿으며 또 훗날을 기약합니다.

마지막으로 김승옥 선생과 부인 백혜욱 여사께 감사의 말씀을 올립니다. 우리가 만난 김승옥은 열정적이며, 깊은 속내와 빛나는 유머감각을 지닌 신사였습니다. 이 책을 만들며 김승옥 선생과 여러 차례에 걸쳐 대화를 나눌 수 있었던 것은 참으로 큰 기뽐이었지요. 선생은 투병 중임에도 젊은 연구자들이 지닌 의욕을 기껍게 받아들여주셨고, 최선을 다해 도와주셨습니다. 선생의 쾌차를 기원합니다.

2005년 11월 필자 일동

승옥이는 반드시 다시 쓴다

- 2005년 6월 30일, 시인 김지하가 캄차카로 떠나는
공항에서 오랜 친구 김승옥에게 띄운 편지

承鈺아

그리운 承鈺아.

오늘 네 全集을 받아 맨 처

음 들춘 것이 '누이를 이해하기 위하여'였다.

한참 읽어가다가 '다스라니스키를 아십니까?'에 부딪쳐 한참을

웃다 웃다 드디어 눈물을 흘리기에 이르렀다.

그 부분이 동숭동 시절 얼마나 우리들을 웃겼는지 생각이 날

거다. 그리고 '누이'의 讀後가 얼마나 쓰라린 것이었던지도 생

생이 기억에 떠오른다.

'도시에 가서 침묵을 배워왔던 네가, 도시에서 조리에 맞지 않

는 감정의 기교만을 배운 나보다 얼마나 훌륭했던가!'

마지막 부분의 이 근처에서 너에게 한 장 편지를 쓰고 싶다는 강렬한 생각을 떨칠 수가 없었다. 얼마나 오랜만에 써보는 편지인가!

생생히 떠오른다. 법정에서 증언하던 네 말마디들!

'김지하의 사상을 판단하려면 4 · 19와 마로니에 밑 벤치를 깊이 이해해야 한다.'

너는 우리 주변 그 누구보다도 나를 핵심에서 꿰뚫고 있었다. 그것이 곧 '누이를 이해하기 위하여'였다. 그것이 내 사랑이었으니까.

네 건강이 조금씩 좋아진다는 뉴스를 얼마 전에 들었다. 그때 내가 누차 강조해왔던 네 미래에 대한 고집스런 견해를 기억해 내었다.

— 승옥이는 반드시 다시 쓴다. 하나님의 소설을 쓸 것이다. 이 혼탁한 고통의 땅에서 그레이엄 그린이나 遠藤周作보다 훨씬 훌륭한 실존적인 복음소설을 쓰고 말 거다.

나 말이다.

신을 깊이 믿고 있다.

그리고 너만큼은 아니겠지만 여러 차례에 걸친 默示를 받았다. '흰 그늘'이라는 내 시학과 미학의 테마도 묵시다.

나는 너가 즐겁게 살기를 바란다.

새 글을 쓰기에 요청되는 고통과 그늘은 기쁨을 동반한 초월성이 그 조건이라고 믿는다. 내 식의 말이다만 초월을 추구하고 그 속에서 구원을 맛보지 못한 감성은 검은 중력을 접수할 수 없다. 초월의 흰 빛과 결합되지 않은 중력의 검은 그늘은 이 시대에 관해 말할 수 없다. 그렇게 변했다.

늦은 나이지만 네가 다시금 이 시대의 삶과 영혼에 대해 발언할 수 있고 또 표현할 때가 되었다는 그런 이야기다.

내가 모신 신이 東學이라는 점만 너와 약간 다를 뿐, 그로부터 세상을 마치 누이를 이해하듯 이해해야 한다는 점에서는 전혀 다를 것이 없다.

바로 그 점 때문에 나는 전과는 다른 召命感을 갖고 있다. 초월적 기쁨과 함께 너만이 해낼 수 있는 글쓰기 작업에 대해 사명감을 가져주기를 바란다.

나이?

좋지 않으냐!

환갑이 넘어서 완숙한 경지를 열고 간다는 것! 모두들 꿈만 꾸었지 실천할 저력이 없다. 그 저력이 무엇일까?

신이다.

나는 정신병동에도 여러 차례 다녀왔어.

내 얘기 그냥 관례적인 것으로 흘려버리지 말기 바란다. 너 아니면 나는 이런 얘기 잘 안 한다는 것만 알아다오.

어쩌면 한없이 우아하고 어쩌면 한없이 무시무시한 이야기다. 그것이 '崇古'다.

承鈺아!

나 미학 전공인 것 알지?

네 소설의 궁극적인 미학적 범주는 '숭고'라는 것 너도 알고 있지?

바로 지금부터야!

가능하다는 내 예감조차 신으로부터 비롯되는 것임을 잊지 말아라.

부디 애기 엄마 잘 모셔라.

나도 우리 애기 엄마 〈모심〉으로 대하며 산다.

23일 조선일보와 중앙아시아 쪽부터 시작되는 세계문명기행에 들어간다.

그리고 6월 초중순쯤 '흰 그늘의 미학을 찾아서'라는 近作이 나온다.

그 무렵 책도 전할 겸 한번 만나 밥 먹자. 그때까지 건강하고 많이 웃기를 빈다.

안녕.

을유년 5월 24일 지하 모심.

• 차 례 •

김승옥 소설의 독자를 찾아서 _ 송태욱

60년대의 감수성, 야행夜行을 만나다 _백문임
－영화인 김승옥이 발견한 '70년대식'

소설가 김승옥의 뿌리가 된 1960년, '파고다 영감' _한영주

문학의 영화화, 영화의 문학화
- 몽타주 지향의 문예영화 〈안개〉

김승옥 앨범
인간적인, 너무나 인간적인 • 273

김승옥 인터뷰 _조성진
살아서 써야 할 숱한 이야기들

김승옥金承鈺 2005년 가을

글 : 이정숙

2005년 (65세)

10월 현재 | 매주 월요일 오후 경희대학교 한방의료원에서 언
어 치료를 받고 있다.

한자도 한글도 비교적 빠른 속도로 하나 둘 복원되고 있다.
밤에는 숙면에 들지 못해 동틀 녘에야 잠깐잠깐 토끼잠을
청하고 낮이 되면 일상을 시작한다. 김승옥이 들고 다니는
수첩은 두툼하다. 옛 친구들의 이름과 주소뿐 아니라 새로 만나게 된 사람들
의 이름과 주소가 빼곡히 적혀 있다.

한국이 주빈국으로 참가하는 〈2005 프랑크푸르트 국제도서전〉에 전시될 '한
국의 책' 100권 가운데 김승옥의 『무진기행』이 불어로 번역되어 포함된다.

2004년 (64세)

2월 | 1999년부터 재직해오던 세종대학교에서 정식으로 퇴직하다.

5월 | 산문집 『내가 만난 하나님』(작가)이 신앙 간증의 형식
으로 출간되다. 출간 기념 모임에 김지하, 곽광수, 최하림,
김주연 등이 참석했다.

11월 | 『김승옥 소설전집』(전5권, 문학동네)이 재출간된다.
1995년 출간되었던 전집의 개정판.
자택이 있는 번동에서 버스나 지하철을 타고 즐겨 혼자 시

내를 출입하기 시작하다. 이 즈음 EBS에서 김승옥을 비롯한 4·19세대의 문학과 사상을 다룬 드라마를 제작해서 바깥출입이 잦아졌다. 김승옥은 거리에서 사진 찍기를 즐긴다. 사진뿐만 아니라 컴퓨터, 자동차 운전 등 새로운 매체와 기기는 항상 김승옥의 관심 대상이다. 컴퓨터가 나오자, 바로 컴퓨터로 글을 썼다. 그러나 평생 학습된 지식을 완전히 복원하는 데에는 시간이 많이 걸릴 것으로 보인다.

2003년 (63세)

2월 23일, 이른 오후 | 일산에서 주부 대상 소설 창작 강의에 가기 위해 막 자동차에 오르는 순간, 운전대를 향해 몸을 기울인 자세로 쓰러지다. 문우 이문구의 부고를 듣고 장례식에 갈 계획이었다. 부인 백혜욱이 일산병원에 도착했을 때, 김승옥은 말을 하지 못하고 몸을 움직이지도 못하는 상태로 눈동자가 불안했다. 병원에서는 뇌경색이라는 진단을 내렸다. 뇌 단층촬영 결과, 왼쪽 뇌의 3분의 2가 기능을 상실했다. 한글 파일이 통째로 날아간 것처럼, 좌뇌의 손상은 순식간에 김승옥의 뇌에서 문자체계 자체를 고스란히 날렸다. 8일간 일산병원에 있다가, 경희대 한방의료원으로 옮겨 6개월간 더 입원했다. 촬영상 뇌 상태는 변함없으나, 병세는 비교적 빠르게 호전되고 있다.

2002년 (62세)

4월 | 『4월혁명과 한국문학』(창비)이 출간되다. 책에 실린 좌담(김병익, 김승옥, 염무웅, 이성부, 임헌영, 최원식)에 참석해서 4·19혁명을 '대혁명'이라 지칭하며 그 의의를 설명했다. 이 자리에서 처음 외삼촌의 좌익 경력을 말하며 "반체제분자의 자식들이란 점"에서 이문열, 이문구를 '김삿갓의 자식'이라 칭하지만 정작 자기 아버지의 죽음에 대해서는 이야기하지 않았다.

2001년 (61세)

봄 | 성결신학대학에서 신학 공부를 시작하다. 인도로 가서 전도를 하겠다는 포부를 현실화시킬 계획이었다. 1982년 11월 하순, 인도로 가서 전도를 하

라는 '그리스도의 명령'(「내가 만난 하나님」, 『내가 만난 하나님』, 64쪽)을
받은 이후, 줄곧 인도로 가야 한다는 사명감에 사로잡혀 있었다. 신학대학
과정을 마치면 목사가 될 수도 있다는 생각도 하고 있었다.

8월ㅣ 중견 작가들이 습작기에 쓴 소설을 모은 책 『내가 그 나이였을 때 소설
이 나를 찾아왔다』(여백)에 1958년 《학원》지에 발표한 단편 「서점 풍경」이
실리다.
(이 작품을 김승옥은 '김학길'이라는 필명으로 발표했다. 내용은 고교생이
유식한 척 서점에서 '법학통론'이나 '문학개론' 같은 어려운 책을 뒤적이다
가 결국 영어 참고서를 사고 만다는 것. 서점을 배경으로 삼은 점이나 풍자
적이고 유머러스한 내용이 김승옥의 전성기 소설가 시절의 작품과 상통한
다.

1999년 (59세)
3월ㅣ 세종대학교 국어국문학과(소설창작 전공) 교수로 부임하다. 이문열, 한
수산 등이 학교 동료가 되었다.
3월 26일 중국 다롄 소재 다셴大顯호텔에서 열린 〈안중근 의사 순국 89주년
추모 학술세미나〉에 참석하고 한 신문에 기고한 글에서, 21세기 한국 남자
는 "모두 안중근 의사가 되고 한국 여자는 모두 유관순 열사가 돼야 한다. 하
느님과 손잡고 세상을 이긴 두 분을 닮은 자아를 형성해야 한다."고 했다.
영화평론가들이 뽑은 '20세기 한국 영화 10선'에 김승옥이 시나리오를 쓴
〈영자의 전성시대〉가 뽑혔다.

1998년 (58세)
12월ㅣ 《세계의 문학》 겨울호에 〈시내산에서〉, 〈뤼순 감옥에서〉 등 '성지 순
례기' 2편을 특별기고 형식으로 발표하다.
대한민국 정부 수립 50주년을 맞아 문학평론가들을 상대로 한 설문조사에서
김승옥은 김원일 · 박완서와 함께 공동 8위에 올랐고, 그의 「무진기행」과
「서울 1964년 겨울」은 각각 가장 뛰어난 소설 7위와 14위에 꼽혔다.

1997년 (57세)

우익적이고 관변적인 단체로 인식된 문협 개혁을 둘러싸고 문단 내부에 갈등이 생기다. 21대 문협 이사장 선거에 시인 이근배가 출마하자, 김승옥은 소설가 이호철·유현종 등과 함께 문협 개혁을 위한 모임에서 활동했다. 이 갈등은 잘 봉합되어 이해 민족문학작가회의와 문협이 공동으로 '옌볜 동포 작가 공동초청 행사'를 개최했다. 김승옥은 이 행사를 주도하며 "우리 문단은 현재 문협과 작가회의로 양분돼 있으나, 이 행사를 계기로 예전의 선배 문인들처럼 생각은 달라도 화목과 우정을 유지하는 모습을 회복할 필요가 있다."고 발언했다.

1996년 (56세)

1990년대 초부터 연변작가협회를 도와 추진하던 '연변민족문학원'이 연길 시에 설립되다. 김승옥은 연변민족문학원의 건설을 위해 한국 문예진흥원의 지원을 얻어내는 등 한중 작가들의 교류를 위해 노력해왔다. 연변민족문학원에 신인 양성을 위한 문학강습반을 열고 한국에서 해마다 5~6명의 문인을 선정하여 연변에서 특강을 하도록 주선하는 등의 일을 독자적으로 추진했다. 연변작가협회 주석 김학천은 "모든 조선족 문인들은 그의 인품을 잊을 수 없다."고 증언했다.

1995년 (55세)

12월 | 『김승옥 소설전집』(문학동네)이 출간되다. 김승옥은 서문에서 전집 출간이 '소설쓰기의 충격요법'이 되었다고 기록했다. 전집 출간은, 김승옥의 작품을 대상으로 한 학위논문이 나오기 시작하는 계기가 되었다. 반면 이 전집은 콩트와 단편소설을 임의로 혼재 분류·편집하여 콩트로 분류된 몇몇 작품이 이후의 연구 대상에서 제외된 결과를 가져왔다.

프랑스의 악트쉬드 출판사에서 조세희, 최인훈의 작품집과 함께 김승옥의 『60년대식』이 번역·출간되었다.

이해 창작에도 열의를 가져 각 신문에 '김승옥이 소설 창작 재개를 선언했다'는 기사가 실렸다. 11월에는 《동아일보》에 소설가 김진명의 대중적인 소설 『가즈오의 나라』를 고평하는 에세이가 실리기도 했다.

1994년 (54세)

5월 24일 | 서울 종로2가 중앙감리교회에서 열린 한국문인선교회(회장 김소엽)의 5월 정기 월례예배에 초청되어 간증하다. 1시간 30여 분에 걸쳐 살아온 생애 전반에 대해 이야기하고 영적 체험을 하고 신앙인이 된 경위를 밝혔다.

7월 | 기독교문학예술인 선교회 단체에서 주관하는 선교 여행을 다녀오다. 선교 활동의 하나로 기획된 뮤지컬 드라마 극본을 맡게 되어, 선교회 측에서 극본 구상을 하라며 마련해준 성지순례 여행이었다. 이집트 · 이스라엘 · 터키 · 그리스 · 로마 · 스위스 등지를 순례하며, 김승옥은 "성경 속의 그 장엄하고 신비스런 역사가 실은 초라한 현실 속의 일상적으로 생생한 현실이었음을 확인"(「시내산에서」, 『내가 만난 하나님』, 102쪽)했다고 기록했다.

1993년 (53세)

일산으로 자택을 옮기고, 소설 쓰기에만 전념하기로 결심하다.
(이즈음 간간히) 시나리오 작가로서 영화진흥공사의 '극영화 사전 특별지원제'의 심사위원으로 활동하고, 민예총이 일반인들을 상대로 마련한 문예아카데미의 문학강좌 '한국현대소설론'에 최인훈, 황석영 등과 함께 강사로 활동했다.

1991년 (51세)

5월 | '한국공연윤리위원회' 위원이 되어 검열을 하다. 1993년까지 2년간 이 일에 종사한다.

1990년 (50세)

6월 27일 | 평생의 친구인 문학평론가 김현(본명 김광남 · 서울대 불문과 교수)이 간암으로 세상을 버리다.

1989년 (49세)

1월 | 순천에 혼자 기거하며 암 투병 중이던 어머니 윤계자 여사를 서초동 신동아 아파트로 모셔와 간병하다. 그러나 이해 11월, 어머니는 향년 67세로 별세했다.

1986년 (46세)

소설 「무진기행」을 원작으로 만든 영화 〈무진 흐린 뒤 안개〉가 개봉되다.
수필집 『싫을 때는 싫다고 하라』(자유문학사) 출간.

1985년 (45세)

이때부터 1990년까지 《샘터》 주간으로 재직하다.

1984년 (44세)

7월 | 식품회사를 운영하는 고등학교 후배가 발행하는 월간잡지 《건강시대》의 주간을 맡다.

10월 | 두 차례 기도원에서 각 20일간 금식 '회개'를 하다.

1983년 (43세)

2월 | 중국 상해역문 출판사에서 『남조선소설집』이 출판되다. 여기에 김승옥의 「서울 1964년 겨울」이 하근찬의 「수난2대」, 서기원의 「이 성숙한 밤의 포옹」, 김정한의 「인간단지」 등 대표적인 1950~60년대 소설들과 함께 실렸다.

10월 | 영화 각본을 쓰기 위해 영화감독 배창호와 함께 쉐라톤 워커힐 호텔에 투숙하던 중, 어느 날 오전 침대 맡에서 '예수님'의 현현을 보다. 순간, 인도로 가서 전도를 하지 못하는 데 대한 죄의식을 느끼며, 용기를 잃지 않을 힘을 느꼈다.

1982년 (42세)

10월 | 난생 처음으로 외국 여행을 하다. 신군부의 문화공보부에서 주관하는

'문학인 해외 연수프로그램'을 통해 소설가 박연희, 이호철, 박완서, 시인 홍윤숙, 평론가 김치수 등과 프랑스, 그리스, 인도를 여행한다. 이 여행을 계기로 종교적 감화가 깊어졌다.

11월 하순의 어느 날 | 인도에 가서 전도하라는 '그리스도의 명령'을 받는다. 이후로 성경과 영어 공부, 가정 생계 등과 자신의 '사명' 사이에서 번뇌한다.

1981년 (41세)
1월 | 무신론자였던 김승옥이 부인의 권고를 따라 여의도 순복음교회에 나가게 된다.

4월 27일 | 종교적 계시를 받는 극적 체험을 한다. 체험 며칠 후, 경기도 파주의 금식 기도원에 가서 무신론자가 된 지 20년 만에 회개기도를 한다. 이후 영적 체험이 잇달아 일어났고, 이러한 영적 체험들은 이후 김승옥의 의식과 삶을 종교적인 테두리 안에 존재하게 하는 결정적인 계기가 된다.
각본을 쓴 영화 〈도시로 간 처녀〉 개봉.

1980년 (40세)
5월 | 「먼지의 방」을 《동아일보》에 연재하기 시작하나, 광주사태 이후 의욕 상실로 연재 15회 만에 자진 중단하다. 연재 중단에 대해 6월 20일자 《동아일보》에는 "사정에 의해 오늘부터 중단합니다. 독자 여러분의 해량바랍니다."라는 짧막한 연재 중단 기사가 실렸다. 유신시절 10년 동안 젊은 지식인들의 이야기를 소재로 하고 있는 이 작품은, 3회와 4회 사이에 이미 군 검열에서 몇 줄씩 삭제되기 시작했다. 삭제된 부분의 내용은 1995년 출간된 전집에도 누락되어 있으므로 누락된 내용은 알 수 없다. 연재 중단으로 경제적인 어려움이 가중되었다.
부인 백혜욱이 교회에 다니기 시작하다.
그간 벌인 김지하 구명운동이 결실을 보아 김지하가 석방되다.
장편소설집 『내가 훔친 여름』(한진출판사) 출간.

원작을 쓰고 각본도 쓴 영화 〈강변부인〉 개봉.

1979년 (39세)
3월 | 「우리들의 낮은 울타리」를 《문예중앙》에 발표하다.
각본을 쓴 영화 〈태양을 훔친 여자〉와 〈갑자기 불꽃처럼〉 개봉.

1977년 (37세)
4월부터 9월까지 | 「강변부인」을 《일요신문》에 연재하다.

7월 | 「서울의 달빛 0장」을 《문학사상》에 발표하고, 제1회 이상문학상을 수상하다.

10월 | 콩트집 『위험한 얼굴』이 출간되다.

12월 | 수필집 『뜬세상 살기에』(지식산업사)가 출간되다.
장편소설집 『강변부인』(한진출판사) 출간.
창작집 『서울 1964년 겨울』(서음출판사) 출간.
각본을 쓴 영화 〈겨울여자〉 개봉.
소설 「야행」이 영화로 개봉.

1976년 (36세)
창작집 『서울 1964년 겨울』, 『60년대식』을 서음
출판사에서 간행하다.
각본을 쓴 영화 〈여자들만 사는 거리〉 개봉.
소설 「보통여자」가 영화로 개봉.

1975년 (35세)
창작집 『김승옥 소설집』(샘터문고)이 출간되다.
각본을 쓴 영화 〈어제 내린 비〉 〈내일은 진실〉과 〈영자의 전성시대〉 개봉.

1974년 (34세)

차남 융태融台 태어나다.

각본을 쓴 영화 〈황홀〉 개봉.

1973년 (33세)

한국 동화출판공사와 일본 동수사冬樹社 간의 협약으로, 소설과 시 등을 망라한 총 5권 분량의 일역 『현대한국문학선집』이 간행되다. 일본에 전후 한국 문학을 알리는 첫 계기가 되었다는 점에서 화제가 된 이 책의 제3권, 단편소설집에 「무진기행」이 실렸다.

1972년 (32세)

월간 《샘터》 편집장으로 입사했다가 영화 시나리오 작업을 위해 퇴사하다.

각본을 쓴 영화 〈충녀〉 개봉.

1971년 (31세)

번동에서 삼성동 차관아파트로 이사하다. 장남 융세融世 출생. 아들을 본 기쁨이 너무 커서 한동안 이름을 짓지 못하고 '똘똘이'로만 부르다가, 집에 방문한 시인 고은과 함께 이름을 지었다.

1970년 (30세)

4월 1일 | SF소설 형식의 단편 「2020년, Dπ9 기자의 어느날」을 《동아일보》 창간 50주년 특집호(1970년 4월 1일자)에 발표하다.

담시 「오적五賊」 사건으로 김지하가 투옥되자 이호철, 박태순, 이문구 등과 함께 김지하 구명운동을 전개했다.

1969년 (29세)

1월 | 「야행」을 《월간중앙》에 발표하다.

7월부터 12월 | 「보통여자」를 《주간여성》에 연재하다.

1968년 (28세)

3월, 5월 | 「동두천」을 《신동아》에 2회 연재하다. 이 작품은 후에 「재룡이」로 개작된다.

9월부터 이듬해 1월까지 | 「60년대식」을 《선데이서울》에 연재하다.

첫 장편소설집 『내가 훔친 여름』(국민문고사) 출간.

이어령의 「장군의 수염」을 각색하여 대종상 각본상을 수상했다.

영화 〈감자〉 개봉.

1967년 (27세)

3월부터 6월까지 | 「내가 훔친 여름」을 《중앙일보》에 연재하다.

8월 | 「어떤 서른살」을 《신동아》에 발표하다.

김동인의 「감자」를 각색·감독하여 영화로 만들다. 이 작품을 스위스 르카르노 영화제에 출품하여 호평을 받는다.

11월 | 백혜욱과 결혼하다. 갈현동 셋방에서 막내 동생 상옥과 함께 신혼 살림을 시작했다. 당시 어머니는 순천에, 첫째 동생 영옥은 서울대 농대를 휴학하고 ROTC 장교로 입대 중이었다. 상옥은 서울대 법학과에 재학 중이었다.

소설 「무진기행」을 원작으로 각본을 쓴 영화 〈안개〉 개봉.

각본에 참가한 옴니버스 영화 〈여·여·여〉 개봉.

1966년 (26세)

1월 | 월간 《문학》 편집장으로 입사하다.

첫 창작집 『서울 1964년 겨울』(창우사)이 출간되다. 이 작품집은 이해의 베스트셀러가 되었고, 이듬해 말까지 일간지가 발표하는 베스트셀러 목록에 올랐다.

4월 | 「염소는 힘이 세다」를 《자유공론》에 발표하다.

6월 | 연재로 기획한 「빛의 무덤 속」을 《문학》에 1회 발표하고 연재를 중단하다.
연재로 기획한 「다산성」을 《창작과비평》에 발표하고 연재를 중단하다.
「무진기행」을 원작으로 한 영화 〈안개〉의 시나리오 집필을 맡게 되면서 영화계 일을 시작하게 된다.

1965년 (25세)

2월 | 학점 미달로 1학기, 실연의 자포자기로 1학기, 해서 1년 늦게 서울대학교를 졸업하다.
한국 크리스찬 아카데미에 근무하며 《대화》 1, 2호를 편집하다.

3월 | 「건」을 《청맥》에 발표하다.

6월 | 「서울 1964년 겨울」을 《사상계》에 발표하다.

7월 | 「시골처녀」를 《신동아》에, 「들놀이」를 《청맥》에 발표하다.

12월 | 《사상계》에 발표한 「서울 1964년 겨울」로 제10회 동인문학상을 수상하다.
연재로 기획한 「다산성」 1회를 《창작과비평》에 발표하다.

1964년 (24세)

7월 | 「역사」를 《문학춘추》에 발표하다.

9월 15일 | 「확인해본 열다섯 개의 고정관념」을 《산문시대》 5호에 발표하다. 5호 동인으로 곽광수郭光秀(사

대 불어과)가 새로 참여하다.

10월 | 「싸게 사들이기」를 《문학춘추》에, 「차나 한 잔」을 《세대》에 각각 발표하다.

1963년 (23세)

중국 출생의 서울 토박이 백혜욱白惠煜과 교제를 시작하다. 《산문시대》 동인들과 어울려 광화문 조선일보 옆에 있는 자유분방한 분위기의 다방 '여심'에 들렀다가, 작업 노트에 크로키를 그리던 수도사대 미술과 1학년 백혜욱을 만난 것이 계기였다.

2월 26일 | 《산문시대》 3호를 발행하다. 3호 동인으로 김성일金成一(기계과), 서정인徐廷仁(영문과), 염무웅廉武雄(독문과)이 합류하다.

6월 25일 | 「누이를 이해하기 위하여」를 《산문시대》 4호에 발표하다.

1962년 (22세)

1월 | 《한국일보》 신춘문예에 「생명연습」이 당선되다. 당선금으로 군대에 가는 대신 복학하기로 결정했다.

6월 | 김현(불문과), 최하림崔夏林(시인)과 함께 동인지 《산문시대》를 창간하다. 창간호에 「생명연습」, 「건」을 발표했다.

10월 20일 | 《산문시대》 2호에 「환상수첩」을 발표하다. 2호 동인으로 강호무姜好武(국학대), 김창웅(필명 김산초金山椒, 국문과), 김치수金治洙(불문과)가 합류했다. 신구문화사에서 간행된 전후세계문학작품집의 일본편에서 오오에 겐자부로의 「사육飼育」을 이 즈음 읽었다.

1961년 (21세)

어머니 윤계자 여사의 병환으로 고학을 시작하다. 순천에서 지방지를 만들어보자는 아버지 친구의 제안으로 몇 년간 산판으로 모은 돈을 거의 다 투자했으나, 박정희정권이 언론통폐합을 발표하여 계획이 무산된다. 이 일로 돈을 다 날리게 되자, 그 충격으로 어머니가 자리에 눕는다. 김승옥이 밤차를 타고 순천에 내려갔으나, 정신적 충격과 오랜 식음 전폐로 어머니가 아들을 알아보지 못한다. 김승옥은 그 길로 어머니를 청량리병원에 6개월간 입원시킨다.

2월┃ 만화 〈파고다 영감〉의 연재가 끝나고, 《새세대》 편집실로 주거를 옮기다. 여기서 같은 처지의, 일명 '거지' 친구들인 주섭일(중앙일보 특파원), 하길종(영화감독), 김지하 등과 교우를 갖는다.

겨울┃ 낙선하면 군에 입대할 요량으로 이청준과 함께 《한국일보》와 《동아일보》 신춘문예에 투고하다. 이청준은 장흥으로, 김승옥은 순천으로 내려가 당락을 기다리며 군에 갈 준비를 했다.(이듬해, 낙선한 이청준은 군에 입대한다.)

1960년 (20세)

서울대학교 불어불문과에 입학하다. 독문과 김주연의 소개로, 격주로 간행되는 서울대 문리대 신문 《새세대》에 학원 만평을 그리게 된다. 이를 계기로 《새세대》 기자로 활동하며, "동시대의 의식구조에 대해서 좀 더 가까이서 관찰할 수 있었다."(「산문시대 이야기」, 『뜬세상 살기에』, 지식산업사, 1977)
4·19 이후 일본문화 개방정책으로 출판된 일본의 전후소설을 읽고 "일본 작가들의 허무주의에 입각한 탐미주의의 영향"(「이제 나는 허무주의자가 아니다」, 『싫을 때는 싫다고 하라』, 자유문화사, 1986, 14쪽)을 받는다. 특히 다자이 오사무에게 감화를 받았으며, 당시 유행하던 앙드레 지드, 알베르 카뮈 등의 실존주의에도 영향을 받았다. 이 즈음 이청준(독문과), 김광규(독문과), 박태순(영문과) 등과 문학 모임을 가지며 문학의 길로 들어선다.
여름방학 중 한국일보사에서 창간하는 《서울경제신문》에 연재만화 견본을 그려 응모한 것이 채택되어, 9월부터 이듬해 2월까지 만화 〈파고다 영감〉을 연재하게 된다. 가을부터 《동아일보》에 〈고바우 영감〉을 그리던 김성환과 연배를 뛰어넘는 교우를 시작한다.

1958년 (18세)

고등학교 2학년 겨울방학을 이용해 성경을 독파하며, 자연과학적 관점에 사로잡혀 신앙심을 잃고 무신론자가 된다. 《학원》지에 단편 「서점 풍경」을 '김학길' 이라는 필명으로 발표한다.

1957년 (17세)

순천고등학교에 입학하다. 고등학교 시절 내내 순천고등학교 학생회장을 하고, 문학의 밤 행사에 주도적으로 참여했다. 중학교 때부터 운영해오던 어머니의 산판 사업이 성공하여 가세가 넉넉해지다. 송광사, 선암사 등의 절에 돈을 주고 벌목권을 따내어 여수나 광주로 목재를 판 후 생선 등속을 사들고 돌아오는 어머니 옆에서 김승옥은 항상 돈을 셌다. 고등학교에 입학하면서 한 달 단위로 세책점에 값을 치르고 책을 빌리거나 사서 보았다. 《현대문학》과 《사상계》를 정기구독했고, 프랑스 실존주의 문학작품을 탐독했다. 한 달에 3~6권 정도 책을 사서 보았다.

1954년 (14세)

1월 중순 │ 처음으로 폐허의 서울을 구경하다. 외할머니와 함께 당시 양정고등학교 영어교사로 있던 외삼촌을 방문하기 위해 밤차를 타고 새벽 5시에 서울역에 도착, 전차를 보고 신기해했다. 서울에 체류하는 동안 국민학교 졸업식을 놓친다.

3월 │ 순천중학교에 입학하다. 학교 교지에 콩트, 수필 등을 발표한다. 어머니의 교육 방침에 따라 보이스카웃에 입단하여 1주일씩 야영에 참가하기도 하고 배구 선수로도 활동했다.

10월 1일 │ 생애 두 번째 서울 나들이를 하다. 국군의 날 퍼레이드를 보기 위해 학교를 무단 결석하고, 집에서 받은 학급비를 여비 삼아 친구 두 명과 함께 서울행 새벽 기차를 탔다. 당시에는 한강변 백사장을 중심으로 펼쳐진 국군의 날 행사가 대단한 볼거리였는데, 김승옥은 친구들과 차비를 아끼기 위해 서울역에서 한강까지 걸어가서 퍼레이드를 구경했다. 돌아가는 기차에 무임승차했다가, 이것이 전주에서 발각되어 청소 벌을 받았다.

1952년 (12세)
월간 《소년세계》에 동시를 투고하여 게재되다. 이후 동시와 콩트 등의 창작에 몰두한다.

1951년 (11세)
순천북국민학교 4학년. 일본에서 미술대학을 나온 신경청
申敬淸 선생에게 석고 데생, 보색, 명도, 인상파 이론 등
'정식으로' 그림을 배우기 시작하다. 학교 일과 중에도 야
외로 나가 주로 풍경을 수채로 그렸는데, 이 과정에서 빈민
가의 풍경조차 "아름답게 분해되어 재구성되는 경이적인" 느낌을 받았다.(「색채와 나」, 『내가 만난 하나님』, 작가, 2004, 140쪽)
유복자로 태어난 세 살짜리 여동생 혜경이 열병으로 죽다. 여동생이 죽은 후 장로교회에 다니기 시작한다.

1950년 (10세)
6 · 25전쟁이 발발하여 경남 남해로 피난하다. 전쟁을 느낄 수 없을 만큼 고요한 남해에서 《새벗》《소년세계》《학원》 등의 잡지에 실린 전쟁 체험담이나, 피난지의 절망적인 생활 경험담을 보고 전쟁을 간접적으로 경험한다. 피난지인 남해에서 김래성의 소설 『청춘극장』 2권을 읽고 순천에 돌아와, 1권부터 5권까지 독파한다. 영화로 보았던 소설 「검사와 여선생」을 읽고, 이광수의 『흙』을 읽다.
수복 후, 순천 북국민학교로 전학하다. 순천에 돌아와서 가끔 혼자 영화를 보러 간다. 영화뿐만 아니라, 임춘앵이 등장하는 〈호동왕자 낙랑공주〉 등의 국극을 중학교 때까지 열심히 본다.

1949년 (9세)

부친 사망 이후 여수 종산국민학교(현재 중앙국민학교)로 전학하다. 어머니의 바느질 품삯으로 생계를 꾸렸다. 어린 시절의 유복한 문화적 체험이 시작된 것도 이 무렵이다. 여수 종산국민학교에 재직 중이던 남자 교사가 어머니 윤계자 여사를 초대하여, 김승옥은 동생 영옥·갓난 혜경과 함께 생애 처음으로 영화란 걸 본다. 영화 제목은 〈검사와 여선생〉이었다. 영화 관람 후 또 난생 처음으로 아이스크림을 맛본다.

1948년 (8세)

순천 남국민학교에 입학하다. 여순반란사건 발발로 부친 김기선이 사망한다. 이때 아버지는 30대 초반, 어머니는 26세였다. 김승옥은 친할머니와 함께 (빨치산으로 입산하는) 아버지를 마지막으로 배웅한다. 인적이 드문 산 초입에 이르러 소변을 본다고 먼저 가라고 한 것이 마지막이었다. 김승옥은, 할머니의 손을 붙잡고 가며 자꾸만 뒤를 돌아보았지만 아버지는 오지 않았다고 회고한다.(아버지가 불쑥 집에 와 용돈을 주고 가셨다는 기존의 자료는 사실이 아니다.)

1946년 (6세)

순천으로 이사, 정착하다.
둘째 동생 상옥이 태어난다.

1945년 (5세)

태평양전쟁 말기, 폭격이 심해지자 외할아버지를 포함해 온 가족이 귀국하여 전남 진도에서 수개월간 지내다가, 본적지인 전남 광양에 일시 거주하다. 전쟁이 끝나면 일본으로 돌아갈 요량이었으나, 해방이 되어 한국에 정착하게 된다. 일본말밖에 할 줄 몰랐던 김승옥은, 놀림감이 되기 싫어 한동안 아예 말을 하지 않았다.

1941년 (1세)

12월 23일, 일본 오사카大阪에서 동경 유학생이던 김기선 과 여학교 출신 윤계자의 장남으로 태어나다. 아명은 학길 鶴吉. 김기선은 니혼日本대학 법대를 다녔으며, 윤계자는 한약방을 경영하는 부유한 집의 외동딸로 일본에서 소학 교와 고등학교를 마치고 중매결혼을 했다. 김승옥은 네 살 때까지 줄곧 오사 카의 외가에서 자란다.

■ 김승옥의 영화작품 목록

– 아래는 개봉 영화 기준으로 작성된 필모그라피이므로, 미완 및 미개봉 시나리오는 포함되지 않았다.
  **는 원작 개봉 영화이나 각본에 참여하지 않은 작품이다.

	연도	제목	감독	각본(원작)	주연
	1967	안개	김수용	원작 · 각본 김승옥	신성일 · 윤정희
	1967	여 · 여 · 여(옴니버스영화)	유현목 김기영 정진우	각본 김승옥 각본 김기영 각본 이은성	최은희 · 신성일 신성일 · 김지미 신성일 · 문희
	1968	장군의 수염	이성구	원작 이어령 각본 김승옥	신성일 · 윤정희 · 김승호
	1968	감자	김승옥	원작 김동인 각본 김승옥	박노식 · 윤정희
	1972	충녀	김기영	원작 김승옥 각본 김승옥 · 김기영	남궁원 · 윤여정
	1974	황홀	조문진	원작 · 각본 김승옥	남궁원 · 윤정희
	1975	어제 내린 비	이장호	원작 최인호 각본 김승옥	김희라 · 이영호 · 안인숙
	1975	내일은 진실	김수용	원작 김지연 각본 김승옥	남궁원 · 윤정희
	1975	영자의 전성시대	김호선	원작 조선작 각본 김승옥	송재호 · 염복순
	1976	여자들만 사는 거리	김호선	원작 조선작 각본 김승옥	유미나 · 송재호
**	1976	보통여자	변장호		김자옥 · 최무룡
	1977	겨울여자	김호선	원작 조해일 각본 김승옥	장미희 · 신성일
**	1977	야행	김수용	원작 김승옥 각본 홍파	윤정희 · 신성일
	1979	태양을 훔친 여자	이원세	각본 김승옥	김자옥 · 박근형
	1979	갑자기 불꽃처럼	홍파	원작 오태석 각본 김승옥	최윤석 · 정희 · 하명중 · 유지인
	1980	강변부인	최동준	원작 · 각본 김승옥	정윤희 · 김세윤
	1981	도시로 간 처녀	김수용	각본 김승옥	유지인 · 김만
	1986	무진 흐린 뒤 안개	임필형	원작 김승옥	최윤석 · 오혜림

■ 김승옥의 문학작품 목록과 게재(연재) 지면

– 작품의 장르는 전집의 분류를 따랐고, 게재 지면의 성격 및 창간일은 《일요신문》 1977년 11월 6일자 3면의 〈정기간행 주요 잡지일람〉을 참조.

제목	게재 지면 및 게재일	장르	지면 성격 및 비고
「서점 풍경」	《학원》 1958.	단편	
〈파고다 영감〉	《서울경제신문》 1960. 9. 1~61. 2. 16	만화 134회 연재	일간지(필명 金二究)
「生命演習」	《韓國日報》 1962. 1. 5~ 1. 23	단편 11회 분재	일간지(신춘문예)
「生命演習」	《散文時代》1호, 1962. 6. 15	단편	동인지/ 창간호
「乾」	《散文時代》1호, 1962. 6. 15	단편	
「幻想手帖」	《散文時代》2호, 1962. 10. 20	중편	
「누이를 이해하기 위하여」	《散文時代》4호, 1963. 6. 25	단편	
「확인해본 열 다섯 개의 고정관념」	《散文時代》5호, 1964. 9. 15	단편	
「力士」	《文學春秋》 1964. 7	단편	월간 문학지
「싸게 사들이기」	《文學春秋》 1964. 10	단편	
「霧津 紀行」	《思想界》 1964. 10	단편	종합지
「차나 한 잔」	《世代》 1964. 10	단편	종합지
「乾」	《청맥》 1965. 3	단편	종합지
「서울 1964년 겨울」	《思想界》 1965. 6	단편	종합지
「시골처녀」	《新東亞》 1965. 7	콩트	종합지
「들놀이」	《청맥》 1965. 7	단편	종합지
「多産性1」	《創作과 批評》1호, 1965. 12	중편 미완	계간 문학지/ 창간호
「多産性2」	《創作과 批評》3호, 1966. 6	중편 미완	
「염소는 힘이 세다」	《自由公論》 1966. 4	단편	시사 교양지/ 창간호
「빛의 무덤 속」	《문학》2호, 1966. 6	중편 미완	월간 문학지/ 제2호
「내가 훔친 여름」	《중앙일보》 1967. 3. 1~6. 15	장편 91회 완료	일간지
「어떤 서른살」	《新東亞》 1967. 8	콩트	종합지

제목	게재 지면 및 게재일	장르	지면 성격 및 비고
「東豆川」	《新東亞》 1968. 3	중편 미완	종합지
「東豆川」	《新東亞》 1968. 5	중편 미완	종합지
「六十年代式」	《선데이서울》 1968. 9. 22~69. 1. 19	장편 17회 완료	주간지/ 창간호
「夜行」	《월간중앙》 1969. 1	단편	종합지
「普通女子」	《주간여성》 1969. 7. 9~12. 3	장편 25회 완료	주간지/ 창간호
「江邊夫人」	《일요신문》 1977. 4. 3~9. 4	장편 23회 완료	주간 종합지
「서울의 달빛 0장」	《문학사상》 1977. 7	단편	월간 문학지
「우리들의 낮은 울타리」	《文藝中央》 1979. 3	단편	계간 문학지
「먼지의 방」	《동아일보》 1980. 6. 2~6. 19	장편 14회 미완	일간지

김승옥 소설의 독자를 찾아서

이 글을 쓴 송태욱은 연세대학교 국문과 대학원을 졸업하고, 문학박사 학위를 받았다. 1996년에 도쿄외국어대학 연구원을 지냈으며, 현재 연세대에 출강하고 있다. 논문으로 「김승옥과 '고백'의 문학」 등이 있으며, 옮긴 책으로는 『탐구 1』·『근대 일본의 비평』·『현대 일본의 비평』·『포스트콜로니얼』·『일본정신의 기원』·『천천히 읽기를 권함』·『움베르토 에코를 둘러싼 번역이야기』·『연애의 불가능성에 대하여』 등이 있다.

김승옥 신화를 지탱해온 '청춘 독자들'

"오랜 세월을 다른 최면에 드신 듯이 김승옥 선생이 소설로 돌아오지 않고 계셔도 선생의 과거는 우뚝하다. 힘센 시간이 수많은 소설들을 소멸시키며 흘러갔으나, 선생의 소설들은 가슴에 아로새긴 청춘의 어느 하루처럼 나날이 더 빛나고 있다."

김승옥의 단편소설 「무진기행」을 한 문장 한 문장 대학노트에 옮겨 적었다는 신경숙은 선배 작가 김승옥에 대해 이렇게 말했다. 그리고 그 "한 편의 단편소설로 인해 그때껏 잠겨져 있던 문학적 분위기의 한 대목에 눈을 떴다."고도 했다.[1]

1962년 「생명연습」이 《한국일보》 신춘문예에 당선되어 문단에 데뷔한 김승옥은 불과 몇 편의 단편으로 한국 문학사에 우뚝 선 존재가 되었다. 그야말로 "20대 초반에 문학사적인 작가가 되었고 그의 작품은 이미 문학 청년들의 교과서"[2]가 된 것이다. 그리고 40여 년의 시간이 흘렀지만, 아직도 그는 신화의 자리에서 꿈쩍도 하지 않고 있다. 지금도 한국 소설사를 대표하는 단편을 꼽는 자리에는 그의 「무진기행」이나 「서울 1964년 겨울」이 빠지지 않고 등장한다.

문학 전문가들이 한 작가를 신화로 만들 수는 있어도, 그 신화를 오랫동안 지켜주지는 못한다. 그러므로 김승옥의 신화는 철저하게 그의 소설들이 발산하는 힘, 즉 윤희중과 하인숙, 포장마차 안의 젊은이들, 그리고 그 청춘들과 고락을 함께하며 한 시대를 헤쳐온 독자들이 지탱해온 것이다. 그의 인물들은 나이를 먹었으나 늙지 않고, 항상 그 모습 그대로 지금도 어딘가에서 우리와 함께 살고 있다.

그렇다면 영원히 늙지 않는 '김승옥의 청춘'들과 함께 나이가 들어도 또 그만큼의 나이로 청춘을 살아내고 있는 그들, 김승옥의 독자들은 대체 누구일까.

김승옥의 60년대를 사랑한 70년대 독자

지금까지 문학을 연구할 때 관심은 독자가 아니라 주로 작가를 향했다. 설령 독자가 문제가 된다고 해도 그 대상은 일반 독자가 아니라 문학 전문가들이었으며 그들의 평가였다. 그러나 문학 전문가들의 이러한 평가가 김승옥을 신화의 자리에 올려놓은 것은 아니다. 그를 신화의 자리에 올려놓고 지금껏 그 신화를 지탱해온 것은 '청춘 독자들', 즉 일반 독자들이다.

일반 독자란 해당 작품을 읽는 구체적인 개인들로서, 작가가 작품을 쓸 때 고려하는 이미지로서의 독자가 있고, 판매 부수로 드러나는 구매자로서의 독자도 있다. 이들은 일치할 수도 있지만, 같이 놓고 생각할 수 없는 전혀 다른 층위의 개념이기도 하다. 해당 작품을 읽는 구체적인 개인들이야 실제로 존재하지만 확인하기 어렵고, 작가의 이미지 속에 존재하는 독자나 구매자로서의 독자 역시 개별적인 실체로 존재하는 것이 아니라 추상적인 개념으로 존재할 뿐이다. 요컨대 "독자는 문화적 소비행위를 가능하게 하는 경제적 조건과, 무엇인가를 좋아하고 싫어하는 취향의 체계, 그리고 옳고 그름을 나름대로 판단하는 이데올로기적 지향성을 가진" 구체적인 개인들이자 집합적인 주체인 것이다.[3]

그러므로 지나간 시대의 작가 또는 작품의 독자를 분석한다는 것은 그리 녹록한 일이 아니다. 작가는 그가 남긴 작품으로 후세에도 그 실재를 확인할 수 있는 존재이지만, 독자는 그럴 수도 없는 존재이기 때문이다. 예컨대 김승옥의 작품에 대한 당대 독자의 반응을 언급할 때 문제가 되는 것은 그 '독자'가 누구인가 하는 것이다. 이와 관련하여 아무리 객관적인 자료를 제시한다고 해도, 그것은 필자의 주관이 구성해낸 독자일 뿐이다. 당대 비평가나 독자들의 글, 판매 부수 등 각각의 자료는 부분적인 의미밖에 지니지 못한다. 그렇다면 이 모든 자료들을 종합해보는 수밖에 없다. 즉 우리가 확인할 수 있는 비평가나 독자의 반응, 판매 상황, 당시 작품이 게재된 잡지의 성격, 독자라고 추정되는 계층의 사회적 조건 등을 통해 김승옥 소설의 독자를 재구성해 보는 것이다.

대학생 손에 들린 김승옥 소설집

이장호 감독의 영화 〈너 또한 별이 되어〉(1975)에는 인상적인 장면이 나온다. 아니 대부분의 사람들은 아무렇지 않게 그냥 스쳐 지나가는 그렇고 그런 장면인지도 모르겠다. 바로 한 남자 대학생(김추련 분)이 잔디밭에서 책을 읽고 있는 장면이다. 이 대학생은 들고 있던 책의 속표지에 메모를 하고는 그것을 찢어 여자 주인공에게 건넨다. 그런데 클로즈업된 속표지에는 선명하게 '김승옥 소설집'이라고 씌어 있다.

얼마 전 나온 텔레비전 CF에도 유사한 장면이 있었다. 한 대학생이 기차 안에서 무라카미 하루키村上春樹의 『상실의 시대』를 읽고 있었던 것이다. 그런데 이 CF에 등장한 하루키의 소설이 우연히 선택된 것이 아니듯, 〈너 또한 별이 되어〉에서 김승옥 소설집을 비춘 것 역시 우연은 아닐 것이다. 대중적으로 널리 알려져 있으며, 동시에 그 책을 손에 들고 있는 것만으로도 대학생임을 드러내는 '대학생 수준' 교양의 척도가 될 만한 문학작품으로 김승옥과 하루키의 소설이 선택되었을 것이다. 그렇다면 김승옥의 소설이 1970년을 전후한 시대에 대학생들의 교양, 그리고 그들

이 대학생임을 표시하는 기호 가운데 하나였다고 보는 것도 큰 무리는 아닐 듯 싶다.[4]

근대 소설, 특히 순문학작품이 본격적으로, 그리고 대중적으로 소비된 것은 1930년대 후반과 1960년을 전후한 시기였다. 그 근거가 되어준 것이 '문학 전집'의 출판 붐이다. 출판계에서 문학 전집이 팔릴 수 있다고 판단했다는 것은 그만큼 순문학작품의 독자가 대중적으로 존재했음을 의미하기 때문이다.

실제로 1936년에서 1939년 사이에 소설 선집이나 전집, 문고본의 발간이 붐을 이루었는데, 특히 1938~1939년에만 7종의 문학 전집이 발간되었다. 이때 조선일보사 출판부, 박문사, 한성도서, 삼문사, 영창사 등에서 발행한 문학 전집이 권수로 70권에 달했고, 총 20여만 부가 팔려나갔다. 또한 박문사의 '박문문고'나 학예사의 '조선문고'가 발간되어 대중 출판의 시대를 열었다.[5] 이어서 해방 후 국민학교에 입학하여 한글로 교육받기 시작한 소위 '한글세대'들이 대학에 들어갈 때쯤 되었을 무렵인 1960년을 전후한 시점에 다시 문학 전집과 문고본 출판 붐이 일어났다. 1950년대 말부터 전집류 출판이 활기를 띠면서 출판물 판매의 규모가 커졌고, 그에 따라 월부 판매제라는 새로운 판매 방식까지 등장했다.

예컨대 김승옥의 소설 「서울 1964년 겨울」에 나오는 서적 월부 판매 외판원은 이 시대에 전집류가 대량으로 발행되어 판매되고 있었음을 말해준다. 이러한 경향이 반드시 국민들의 독서

열 진작 때문이었다고 보기는 어렵다. 전화戰禍를 겪은 지 10년이 지나면서 안정을 찾기 시작한 중산층 가정의 서재에 진열된 화려한 장정의 전집은 그 가정의 문화 수준을 과시하는 역할도 했기 때문이다. 그런데 화려한 장정의 전집이 그 집의 문화 수준을 대변할 수 있다는 이러한 분위기야말로 이제까지 소수의 문학 전문가와 문학 지망생 혹은 대(고등)학생들 사이에서만 소비되던 순문학작품(외국 문학까지 포함하여)이 대중적 교양의 척도가 되었음을 말해주는 한 예일지도 모른다.

영화의 폭발적 성장, 고급 독자층의 등장

우리나라에서는 대중이 책을 읽게 되면서 거의 동시에 영화의 시대가 도래했다. 1930년대의 일이다. 이런 현상이 거의 같은 방식, 좀 더 큰 규모로 되풀이된 것이 1960년대였다. 사실 할리우드의 영상이 조선 사람들을 매혹하기 시작한 것도 1930년대였다. 1950년대를 거쳐 1960년대에 오면 할리우드적 영상은 사람들의 일상, 특히 청춘들의 일상을 지배한다. 〈아리조나 카우보이〉(1955)나 〈내 고향으로 마차는 간다〉(1955), 〈청춘 아베크〉(1957) 등의 대중가요도 할리우드 영화를 빼놓고는 설명하기 어렵다.

당연히 1960년 전후의 대중예술 장르 중에선 단연 영화가 선두였다. 순문학을 읽기 위해선 중등교육 이상의 학력이 필요하지만, 영화는 그런 제한이 없기 때문에 폭발적인 수요를 자랑할 수 있었다. 1959년 한 해에 제작된 영화가 109편에 달해 세계 9위를 기록했으며, 읍이나 면 단위까지 영화관이 들어설 정도였다.[6] 영화도 문학처럼 장르나 소재별로 향유 관객층이 구분되어 있었으나, 전체적으로 봐선 대중적인 장르의 영화(특히 한국 영화)가 주종을 이루며 대중적으로 소비되었다. 따라서 특정한 장르의 영화를 제외하고선 영화가 교양인의 척도가 될 수는 없었고, 오히려 저급한 취미로 타매唾罵되기 일쑤였다.

이처럼 1960년대는 각종 대중잡지와 소설, 영화, 라디오, 텔레비전, 유행가 등 대중문화가 지배하는 시대였다. 그러나 텔레비전은 아직 서울 중상류층의 독점물이었고, 영화관은 중간층 이상 도시민의 오락 장소였으며, 잡지나 소설의 독자도 주로 도시의 젊은 층에 집중되어 있었다. 이런 가운데 소설의 독자층도 영화 향유층처럼 뚜렷하게 나뉘어 있었다.

애정소설이나 추리소설, 혹은 저급한 번역 소설의 독자들이야 예전부터 많았지만, 한편으로 이러한 경향과 뚜렷하게 구별된 경향이 존재했다. 그것은 제도교육의 확대와 고등교육 기관의 증가에 따라 비약적으로 늘어난 학생층, 그리고 교양과 문화를 향한 그들의 욕망이 만들어낸 새로운 흐름이었다. 즉 학교에서 문학 교육을 받았고, 그래서 서구 문학에 대한 교양을 지닌 독자들이 새롭게 대거 등장했던 것이다.

이들과 이전 세대 지식인들의 다른 점이라면 전 세대 지식인들은 일본을 경유하여, 즉 일본어를 통해 근대를 경험한 반면, 이들은 일본어를 몰랐으며 오히려 일본을 타기의 대상으로 보았다는 것이다. 일본이 비운 자리는 미국과 유럽이 차지했다. 이와 함께 비약적으로 늘어난 새로운 독서층과 그들의 욕망은 독서 시장 전체를 변화시켜, 이제 일본어로 번역된 세계 문학 전집이 아니라 한국어로 번역된 세계 문학 전집을 읽는 세대가 등장했다. 그 결과, 번역 붐을 타고 쏟아진 소위 서구의 고전 소설과 국내 작가의 소설이 대중적 교양의 척도로 자리잡았다.

일본 문학의 범람과 일본어를 모르는 독자

1960년 서울. 일제가 물러간 지 벌써 15년이 지났고, 그 사이에 엄청난 전화까지 겪은 서울 거리에는 다시 한글로 표기된 일본어 간판이 등장한다. 미용약을 선전하는 광고지에는 일본의 유명 여배우 사진이 실리고, 다방에서는 일본 노래가 원어 그대로 흘러나온다. 사람들의 대화에는 불쑥불쑥 일본말이 끼여들고, 심지어 글을 쓸 때에도 그것이 일본말인지 아닌지도 모르고 쓰는 일본어들이 섞여들기 일쑤다. 그만큼 기성세대들에게는 아직도 일본어가 친숙한 언어였다. 한국에 온 일본 관광객들이 언어 사용에 거의 불편을 느끼지 않아서 외국에 왔다는 사실을 실감하기 어려울 정도였다. 여기저기서 일본어 강습소가 문을 열고, 번화가 뒷골목에는 일본의 도색 잡지들이 흘러 넘쳤다. 수입하는 외국 책의 70퍼센트 정도를 일본 책이 차지하고, 일본에서 베스트셀러가 되면 한 달 후엔 우리말로 번역되어 나왔다.[7]

사단법인 한국사회통계센터의 베스트셀러 조사에 따르면 1963년 3월 소설 부문의 10위 중 1위, 4위, 6위를 일본의 대중작가 이시자카 요지로石坂洋次郎가 지은 3권의 책『비 속으로 사라지다雨の中に消ゆ』와『청춘교실あいつと私』,『푸른 꿈은 빛나리青い山脈』가 차지했다. 이시자카 요지로의 이러한 인기는 "순전히 그의 '플롯'이 지닌 달콤한 '멜로드라마'性"때문이었고, 대부분의 독자는 여고생이나 저급 학년의 여대생이었다고 한다.[8]

대중소설이 베스트셀러의 대부분을 차지하는 일이야 비단 이 시기만의 문제는 아니다. 여고생이나 여대생의 취향이 베스트셀러로 직결되는 경향도 어제오늘 일이 아니다. 이는 베스트셀러를 만들어낼 만큼 여고생이나 여대생의 수가 양적으로 증가했고, 그에 따라 독자 사회 역시 변했다는 증거일 따름이다. 그렇다고 해서 이 시기에 일본의 저급한 대중소설만 번역되었던 것은 아니다. 근대 일본 문학의 대표작들도 대부분 번역 소개되었다. 신구문화사의『일본전후문제작품집』이나 정음사 등의『세계문학전집』에는 일본의 대표적인 작가와 작품들이 들어 있었다. 여기에 요코미쓰 리이치橫光利一, 가와바타 야스나리川端康成, 다니자키 준이치로谷崎潤一郎, 다자이 오사무太宰治, 오오카 쇼헤이大岡昇平 등 일본의 대표적인 작가들의 작품은 단행본으로 출판되기도 했다.

1950년대를 통해 네 편밖에 번역되지 않았던 일본 소설이 1960년의 44편을 시작으로 60년대에만 467편이나 번역되었다. 4·19 이후 민주당 정권이 들어서면서 일본 서적 금수조치가 해제되어 일본 서적 수입이 가능해졌기 때문이다. 당시 번역된 소설을 나라별로 보면 일본 소설이 압도적인 1위를 차지한다. 거기에는 다른 외국어에 비해 일본어 번역자층이 상대적으로 두터웠고, 정치적인 이유로 15년 동안이나 일본 문학작품이 소개되지 못한 사정 등이 작용했을 것이다. 게다가 일본어에 익숙한 기성세대와 달리 일본어를 모르는 세대가 늘어남에 따라 번역을 새로 해야 할 필요도 생겼다. 그래서 1960년대에 출판된 일본 소설의 번역자들은 대부분 50년대 작가들이었는데, 60년대 새롭게 등장한 작가들은 선배 문인들이 번역한 외국 문학을 읽으며 작가의 길로 들어선 셈이다.

한글세대 작가들이 직면한 어둠과 빛

1960년대 작가들은 그 이전 세대, 즉 1950년대 작가들과 물리적인 시간 격차 이상의 차이가 있는 세대적 특성을 공유한다. 그것은 이전 세대의 작가들이 일본어를 알았다면, 60년대 작가들은 일본어를 전혀 모른다는 데서 연유한다. 자신이 한국어로 사유하고 한국어로 글을 쓴 최초의 세대에 속했던 문학평론가 김현은, 이처럼 모든 교육을 한국어로 받았으며, 한국어로 사고하고 글을 쓴 세대를 '한글세대'라고 명명했다. 이들은 새롭게 한국 문학을 열어갈 가능성을 가진 존재였으나, 당장 그들 앞에 놓인 문학적 전통은 빈약했으며, 게다가 분단으로 문단마저 갈리어 있는 상황에서 일본어를 모른다는 사실은 커다란 약점일 수 있었다.

이러한 조건은 김승옥, 김현, 최하림이 주도하여 만든 동인지 《산문시대》 동인들이 스스로 자신들이 "태초와 같은 어둠 속에" 있다고 선언할 만한 상황이었다.* 1950년대 작가들은 일본어를 잘 알고 있었기 때문에 일본어로 번역된 세계 문학 전집이나 일본의 여러 잡지, 그리고 이와나미문고岩波文庫 등을 통해 폭넓은 교양을 쌓을 수 있었다. 그랬기 때문에 이들은 60년대 들어 일본 문학작품들을 폭발적으로 번역해낼 수 있었다. 그러나 이후 이들의 일본어 능력은 국내 사정상 빛을 볼 기회가 좀처럼 없었다.

한편 일본어를 모르는 60년대 작가들이 접할 수 있는 외국 문학작품이라곤 숫적으로도 빈약하고, 그것도 일본어 중역이 태반인 번역물뿐이었다. 그들은 서구에 대한 관심을 직접 해소하는 수밖에 없었다. 이후 외국 문학 전공자들, 즉 외국 유학을 통해

---

* 서울대 문리대 재학생들이 중심을 이뤄 1962년 6월 1집을 발간한 《산문시대》의 창간사는 "태초와 같은 어둠 속에 우리는 서 있다."는 문장으로 시작된다.

익힌 외국어 실력으로 서구의 문학 이론이나 작품을 소개한 사람들이 60년대 문단에서 중요한 역할을 하게 된 것도 이러한 사정과 무관하지 않다.

이 시기에는 독자 또한 일본어를 아는 세대와 모르는 세대로 양분되어 있었다. 1964년 김수영이 본 세대별 독자 성향, 그리고 이 시기 한국의 도서 시장은 다음과 같이 선명하게 구별되어 있었다.

우리나라 소설의 최대의 적은 《群像》, 《文學界》, 《小說新潮》다. 오늘날 35세 이상의 중류층 독자들은 국내 작가의 소설이나 시를 절대로 읽지 않는다. 비극은 그뿐만이 아니다. 3·8선 이북으로 올라간 작가들에 대한 향수 같은 것이 중류층 독자들의 감정세계 속에서는 아직도 여전히 퇴색하지 않고 있다. 그들은 얼마 전까지도 입버릇처럼 "웬만한 사람들은 다 넘어갔지, 여기 남은 것은 쭉정이밖에 없어!" 하는 것이었다.[9]

한국에서 일본 잡지·서적이 날개 돋친 듯 팔리고 일본 책을 전문으로 판매하는 서점이 서울에만 18개 점, 지방 각 도시에 20여 점이 있다는 사실이 그것을 증명해준다. (중략) 일본 서적의 범람은 적게 보아도 우리나라 출판계에 위협이 되고 있다. 소위 기성세대의 대다수가 일어에 능숙하므로 일본 잡지·서적은 전문서가 아니더라도 우리나라에 적지 않은 독서층을 가지고 있고 따라서 큰 시장을 갖고 있는 셈이다. (중략) 그러므로 수준이 높은 독자는 양서나 일서에 빼앗기게 되고 일어를 해득 못 하는 학생층에서는 전문 서적의 빈곤으로 허덕이고 있다.[10]

당시 35세 이상의 중류층 독자는, '쭉정이'만 남은 국내 작가의 소설보다는 일본의 문학잡지를 보았으며, 일본 서적은 우리의 출판계를 위협할 만한 수준이었다. 즉, '수준 높은' 독자들은 아직 일본 출판 시장의 소비자로 남아 있었다는 것이다. 일본어가 익숙한 지식 계층은 아직 일본어 쪽이 이해하기 편했고, 또 그에 해당하는 국내 전문 서적이 태부족한 형편이기도 했기 때문이다.

그러나 앞에서 지적했다시피, 일본어를 모르는 한글세대 작가들은 대학에서 정식으로 외국 문학을 배운 사람들로 최신 문학 기법에 대한 이해를 갖고 있었다. 예컨대 김승옥 · 김현은 불문학, 이청준 · 염무웅은 독문학, 홍성원 · 서정인 · 박태순은 영문학, 이문구 · 강호무 · 박상륭은 대학에서 정식으로 창작법을 배운 사람들이다. 따라서 이전 세대의 작가들에게 문학적 토양이었던 일본 문학이 이들에게는 세계 문학 속의 일부분에 불과할 수밖에 없었다. 일부 대중적인 작품을 제외하고 이들이 접한 일본 문학은 세계 문학 전집 속의 일본편 정도였다. 당시 김승옥이 읽고 가장 충격을 받았다고 한 일본의 전후 소설도 신구문화사에서 나온 『세계전후문학전집』(전10권) 중 일본편에 수록된 것이었다.

앞에서 말한 대로 해방 이후 제도교육의 확대와 고등교육 기관의 증가에 따라 비약적으로 늘어난 학생층 역시 한글세대 작가들의 등장과 함께 1960년대 우리의 독서 시장을 변화시킨 주요인이었다. 대학생 숫자만 해도 1945~1960년 사이에 13배나 증가해 무려 10만 명에 육박했다. 이때 이미 한국의 대학 진학률은 영국을 넘어서는 정도였다.[11] 당시 대학 진학은 빈곤에서 탈출하고 입신출세하는 유일한 통로처럼 여겨졌는데, 고등학교나 대학으로 진학한 이들은 학교 교육에서 정식으로 문학을 접한 까닭에 바로 문학 수요자가 될 수 있었다. 바로 이들의 양적 성장이 독서 시장을 확대하고 변화시켰다.

독서 시장의 양적 성장과 문학에 대한 독자 기대지평의 상승은 필연적으로 새로운 문학을 요구했다. 김승옥을 비롯한 한글세대 작가들은 그 변화와 기대에 민감하게 반응했다. 이처럼 학교에서 문학 교육을 받고 서구 문학에 대한 교양을 가진 독자들이 대거 등장하지 않았더라면, 김승옥의 소설이 '도시 청년들 사이에서 압도적인 공감'[12]을 얻기 어려웠을 것이다. 달리 말하면 김승옥 문학이 갖는 새로움을 인식할 수 있는 독자가 있었기에 지금의 김승옥도 있는 것이다.

1960년대 문학 향수층으로 새롭게 등장한 젊은 독자들은 김승옥과 같은 세대이거나 그 이후 세대들이다. 그들은 1960년대에 20대 혹은 10대 후반이었다. 그들의 취향은 아직 독서 시장의 한

켠을 차지하는 데 머물렀지만, 수적으로는 압도적으로 많았다. 그래서 베스트셀러는 그들 손에 달려 있었다고 해도 과언이 아니었다.

대학 문인지 동인에서 60년대 대표 작가로

흔히 김승옥을 '60년대 작가'라고 말한다. 그의 대표작 대부분이 1960년대에 발표되었고, 또 그의 소설이 60년대 문학의 새로움을 가장 선명하게 보여주었다고 여기기 때문이다. 김승옥 자신도 "60년대를 고려하지 않는다면 내가 써낸 소설들은 한낱 지독한 염세주의자의 기괴한 독백일 수밖에 없을 것"[13]이라고 토로했다.

이는 다시 말해 60년대 문학이 먼저 존재한 것이 아니라, 60년대 자체가 김승옥의 소설을 의미 있게 했다는 말이다. 당시 김승옥의 소설이 새롭게 느껴졌던 건 그의 소설을 낳은 여러 여건들이 변했기 때문이다. 소설의 주제와 방법, 소설가의 사회적 위치, 독자 사회 등 소설과 소설가를 둘러싼 환경이 이전 시대와 많이 달라졌던 것이다. 앞에서 언급한 독자 사회의 변화 이외에 또 하나 크게 달라진 것은 문단 사정이었다.

1950년대의 문학 활동은 순수 문예지를 중심으로 이뤄졌는데, 그 문예지들은 문학 단체나 문단 실력자들의 영향권 안에 있었다. 따라서 문인으로 활동하기 위해서는 문단과의 관계를 무시할 수 없었다. 신춘문예로 등단한다고 해도 당시 한국 문단을 장악하며 대단히 배타적인 행태를 보인 《현대문학》 같은 문예지를 통하지 않고서는 작품을 발표할 지면을 확보할 수 없는 상황이었다.

그러나 1960년대로 접어들어 문학 활동 무대가 종합지와 동인지로 확대되면서 기존 문단의 지배력은 약화되었고, 새롭게 등장하는 젊은 문인들 사이에 문단과 문학 활동은 별개라는 의식이 싹트기 시작했다.[14] 그래서 1960년대는 동인지 시대라고 할만큼 수많은 동인지들이 쏟아져 나왔다. 물론 여기에는 기성세대 문인들이 주도한 문단 질서에 비판적이었던 젊은 세대 문인들이 자구책으로 동인지를 만들 수밖에 없었던 이유도 있었다. 대학 재학생들이 만든 《산문시대》도 이러한 상황에서 나왔다. 당시 "청년 문학도들에게 마치 '교과서'처럼 읽힌" 「생명연습」과 「건」 등 김승옥의 초기 단편들이 실린 것도 《산문시대》였다.

김승옥이 「산문시대 이야기」에서 말한 대로 《산문시대》는 "한국 문단의 한 구석에서 그리고 일부 문과 대학생들 사이에서 상당히 과장된 모습으로 전설화"되었다. 그도 그럴 것이 《산문시대》에 직·간접적으로 관여했던 이들, 즉 김승옥·이청준·박태순·김주연·김현·김치수·염무웅·서정인 등이 대거 문단에 진출했고, 또 한국 문단을 이끈 두 계간지 《창작과비평》과 《문학과지성》의 편집진이 주로 《산문시대》 동인 출신이었기 때문이다. 1962년 6월 김현, 최하림, 김승옥이 창간하여 5호까지 내고 사라진《산문시대》는 "김동리, 조연현 등 몇 분의 꽤나 상투적인 안목에 의하여 문인이 제조되고 있던 당시" 기성 문단에 맞서 '대학생 문단' 을 형성하겠다는 패기만만한 도전이었다.

《산문시대》동인들은 '언어 실험실' 로 그 성격을 규정한《산문시대》창간호를, 한국어를 보석처럼 갈아낸 이상李箱에게 바친다고 밝혔다.《산문시대 1》첫 페이지에는 "슬프게 살다 간 李箱에게 이 책을 드림."이라고 씌어 있다. 200부 한정판으로 찍은 창간호는 대부분 주변에 증정하고, 100여 부 정도를 대학 앞 서점에 팔았는데 금세 다 나갔다고 한다.[15] 2호부터는 500부 한정판으로 찍었다. 김승옥은《산문시대》에 「생명연습」(1호), 「건」(1호), 「환상수첩」(2호), 「누이를 이해하기 위하여」('누이를 이해하기 위해서' 또는 '어떤 痴漢 素描 習作' 이라는 제목으로 4호), 「확인해본 열다섯 개의 고정관념」('사디리아시스' 라는 제목으로 5호)을 발표했다.

그러나 아무리 당시 문단이《산문시대》동인들을 '새로운 계열' 로 받아들였다[16]거나 또 동인들 대부분이 이미 등단한 상태였다고 해도,《산문시대》는 아직까지 대학 내 동인지에 불과했다. 따라서《산문시대》에 「환상수첩」이 발표되자 "문리대 안의 학우들, 특히 지방 출신 학우들이 마치 자신의 얘기를 대신 써준 듯하다고 공감을 표시해 왔"[17]던 것도, 아직은 서울대 문리대 주변의 이야기일 뿐이었다.

1962년 《한국일보》 신춘문예로 등단한 김승옥이라는 소설가의 이름이 대중적으로 알려진 계기는 1965년 「서울 1964년 겨울」로 동인문학상을 수상한 일이었다. 김승옥의 대표작으로 평가되는 「무진기행」(1964)과 「서울 1964년 겨울」(1965)은 모두 《사상계》에 발표되었는데, 《사상계》는 당시 대학생을 중심으로 한 식자층이 가장 많이 봤고 또 가장 많은 발행 부수를 자랑하던 잡지였다. 바로 그 《사상계》(1965년 2월호)의 한 토론에서 50년대의 대표적 작가인 서기원은, 김승옥의 문학적 감수성은 30대와도 다르고 40대와도 다르며, 현재의 한국 소설은 이호철, 최상규 라인에서 김승옥으로 발전되어가는 단계라고 말했다.

이어 동인문학상 수상으로 김승옥은 60년대의 대표적 작가 반열에 올라섰다. 게다가 1966년 창우사에서 나온 소설집 『서울 1964년 겨울』이 베스트셀러가 됨으로써 김승옥은 대중적인 인기까지 얻게 됐다. 이때 대학원을 다니고 있던 동년배 임헌영은, "김승옥 선생은 먼저 이름을 날려서 오히려 우리는 대학원 다니면서 김승옥 선생을 굉장한 문인으로, 연구 대상으로"[18] 봤다고 말했다.

"한국 현대문학사에서 유례가 없는 만장일치의 평가"

당대 독자들이 소설에 거는 기대는 소설에 대한 반응으로 나

1965년 김승옥이 「서울 1964년 겨울」로 동인문학상을 수상하는 모습. 이로써 김승옥은 60년대를 대표하는 작가라는 이름을 얻게 되었다.

1966년 5월 《문학》 창간호 목차 뒷면에 실린 「서울 1964년 겨울」의 책 광고. 김승옥이 「서울 1964년 겨울」로 순식간에 인기작가의 반열에 올라설 수 있었던 것은, 이 소설이 1960년대 국내에 번역·소개되던 외국 문학의 수준을 한국 소설로서 실현시켰기 때문이다.

타난다. 독자들은 소설 작품을 읽고 자신이 기대한 바가 무엇이었는지 확인한다. 1960년대 독자들은 당시 널리 번역되어 나오던 외국 문학 정도의 수준을 한국 소설에서도 기대했을 것이다. 이러한 독자들의 기대에 부응한 작품이 1966년에 나온 김승옥의 소설집 『서울 1964년 겨울』이었다.

이 소설집이 베스트셀러가 되면서 김승옥은 당대의 인기 작가로 급부상한다. 1966년 김승옥의 소설집 『서울 1964년 겨울』(창우사)은 그해 소설 부분 베스트셀러 11위를 차지한다. 유주현의 『대원군』(삼성출판사)이 2위였고, 3위는 홍성원의 『D데이의 병촌』(창우사)이었다. 특기할 점은 10위 안에 일본 소설이 다섯 편이나 들어갔는데, 이중 미우라 아야코三浦綾子의 작품이 자그만치 네 편이다.(1위 『빙점』, 4위 『원죄』, 5위 『사랑이 흘러가는 곳』, 6위 『양치는 언덕』) 이 밖에 고미카와 준페이五味川純平의 『인간의 조건』이 9위를 차지했다.[19]

김승옥은, 4·19 이후 생긴 변화 중 가장 자극적인 것은 일본 문학이 번역 출판되기 시작한 것이었다고 했다. 이제 김승옥을 포함한, 일본어를 모르는 한글세대가 일본 문학을 읽을 수 있게 된 것이다. 그가 소설을 쓰기 시작한 것도 이때 번역되기 시작한 일본 소설을 읽고 받은 충격 때문이라고 했다. 젊은 일본 작가들의 작품을 읽는 순간, "서양 문학에서 받았던 느낌과는 다르게 훨씬 실감나고 피부"에 와 닿는 감흥을 받았다는 것이다.

사실은 대학생 때부터 소설을 쓰게 된 가장 큰 동기는 그때 번역되기 시작하는 일본 소설을 읽고 받은 충격이랄까 자극 때문이었어요. 일본의 원로 작가들보다도 이삼십대의 신인들 작품에 큰 자극을 받았어요. 일본 사람들이 2차대전에서 패한 직후의 상황들, 말하자면 전쟁에 참여했다가 고통받고 전후에 경제적으로 몰락하고 정신적으로 황폐해져버린 상황을 아주 절실하게 썼단 말이죠. 나와 나이 차가 많지 않은 그런 일본의 젊은 작가들 작품을 보는 순간, 내가 과거에 막연하게 헤르만 헤세 읽고 앙드레 지드 읽고 하면서 서양 문학에서 받았던 느낌과는 다르게 훨씬 실감나고 피부로 느껴지더라고요. 아, 소설이란 이런 것이구나, 자기가 살고 있는 시대를 이렇게 아프고 절실하게 쓸 수 있는 것이로구나 하는 느낌을 충격적으로 받았죠.[20]

　　김승옥이 일본의 전후 소설을 읽고 받은 충격과는 그 성격이 좀 다르겠지만, 「무진기행」과 「서울 1964년 겨울」 등의 작품이 담긴 김승옥의 소설집 『서울 1964년 겨울』은 당시 평론가들에게도 신선한 충격을 안겨주었다. 문학평론가 김병익은 그때의 느낌을 다음과 같이 회고한다.

　　66년 『서울 1964년 겨울』이 창우사에서 단행본으로 나왔지요. 그것을 보면서 그날 밤을 상당히 고통스럽게 보낸 기억이 있거든요. 이렇게 아픈 문학이 있구나, 충격적으로 아프게 하는 문학이 있구나 해

서 60년대 세대가 손창섭과는 다른 또 하나의 세계를 만들어가겠구나 하는 생각을 했거든요.[21]

이는 김승옥 소설이 손창섭, 장용학으로 대표되는 50년대 소설과 어떤 차이점을 갖는지 보여준다. 50년대 소설이 운명적으로 닥친 '상황'에 중심을 두었다면, 60년대 소설, 특히 김승옥의 소설은 주체의 '내면'에 집중한다. 50년대 작가가 다룬 운명적 상황이란 '누구나'의 보편적 상황에 가까운 것이었다. 그 결과 장용학의 소설과 같은 추상성으로 나아가거나, 아니면 손창섭의 소설처럼 그 상황에 일방적으로 패배하여 자조와 모멸에 빠지기 쉬웠다. 따라서 50년대 소설은 호소나 증언의 형식을 취하였다. 하지만 김승옥의 소설은 철저하게 개인적 상황에서 출발하고, 그 개인적 주체가 겪는 내면의 갈등을 다룬다. 그래서 비슷한 세대의 독자들이 그의 소설을 읽으며 고통의 밤을 보냈던 것이다.

1966년 《주간한국》이 지령 100호 기념 특집으로 지식인 100명에게 '오늘의 작가' 5인을 선정한 일이 있는데, 최고 득표자는 역시 김승옥이었고, 나머지 4인은 장용학·서기원·선우휘·이호철이었다. 이것이 설사 "대중적인 호기심을 자극하기 위한 주간지의 기획"에 불과하고, 또 "대중적인 인기가 작용한 탓"으로 본다고 해도, 당시 독서계의 흐름을 읽을 수 있는 좋은 사례가 아닐 수 없다.[22]

당시 가장 왕성하게 작품 활동을 한 작가들이 '오늘의 작가'

에 선정될 가능성이 높다는 사실을 염두에 둔다면, 김동리·황순원 등 해방 전의 작가가 한 사람도 명단에 들지 못했다는 사실은 그렇게 의미 있는 사항이 아닐 수 있다. 다만《주간한국》이 그면면을 구체적으로 밝히지는 않았지만, 설문에 참여한 100명의 사람들이 '지식인'이었다는 점을 고려한다면, 여기서 최고 득표를 차지한 김승옥은 지식인층에서도 상당한 인기를 얻고 있었음을 알 수 있다.

60년대의 대표 작가로서 김승옥이 차지하는 위치는,《중앙일보》가 기획한 '대표 작가 5인의 중편릴레이' 첫 주자로 "한국 문단의 젊은 기수" 김승옥이 선정되었다는 사실로도 확인된다. 이 중편 릴레이에 선정된 나머지 작가는 김동리, 강신재, 이호철, 박경리였다.

김승옥은 1967년 3월 1일부터 6월 15일까지《중앙일보》에 「내가 훔친 여름」을 연재한다. 연재가 끝난 후《중앙일보》는 독자 독후감을 모집했는데 총 203통(남자가 125통, 여자가 78통)의 독후감이 투고되었다. 투고자 중에는 20대가 많았는데, 이는 당시 김승옥 소설의 독자가 특히 20대에 집중되어 있었음을 말해준다. 이중 몇 편의 독후감이《중앙일보》(1967년 6월 20일자)에 실렸는데, 대체로 「내가 훔친 여름」의 소설적 재미와 정확하고도 현란한 문체, 그리고 현실감을 중심으로 평가하고 있다.

우선 내가 이 소설을 읽고 느낀 것은 첫째 '재미있다는 것'이다.

(중략) 이 소설은 나에게 끈질기게 다음 회를 기다리게 했고, '영일' '나' 이런 인물은 마치 주위에 히죽이 웃으며 나타날 것만 같은 흥분을 주었다. 이 작품을 읽으면서, 나는 이렇게 개성적이고 '유머러스'하면서도 정확한 문장을 쓸 수 있는 작자가 좀 더 주제에 깊은 관심을 보인다면, 한국 문학의 새로운 성공을 가져오리라 싶어진다.(대구의 林石章)

그의 소설엔 흥미 이상의 그 무언가가 또 있다. (중략) 많은 소설가들이 젊은이들의 생태를 그려왔지만 그만큼 독특하게(그에게 있어선 새롭다는 말에 더하여 신선하기까지 하다.) 그린 작가도 드문 듯하다.(광주의 金一寧)

빈틈을 남겨놓지 않은 구성에 마성이 깃들인 듯한 현란한 문체에 변변히 숨도 못 쉬고 끌려만 온 것이다. 버려둔 후줄근한 일상들이 새로운 생명감으로 재현되는 눈부심 속에서 한 회 한 회가 한 폭의 짙은 수채화 같았다.(서울의 金泉)

그는 젊은 세계를 그리는 데 젊은이의 용어를 썼고, 작품의 용어와 현실어를 밀착시킨 것이다. 따라서 「내가 훔친 여름」은 우리 문단의 숙제의 하나인 대중과의 거리를 단축시킨 데 성공했다고 볼 수 있다.(서울의 楊棟椿)

그는 여름을 훔친 게 아니라 우리의 옷을 훔쳐갔다. 그리고 옷을 빼앗기고도 노엽게 하지 않고 더구나 이광수처럼 쑥스럽게도 안 하는 기술을 가진 아주 재주 많은 탈의범이어서 좋았다.(충남의 이난호)

「내가 훔친 여름」이라는 한 작품에 대한 평이고, 일반 독자들의 감상이지만, 이러한 평은 김승옥 소설에 대한 전문가들의 평가와 그다지 다르지 않다. 정확한 문장, 현란한 문체라거나 단순한 재미 이상의 신선함이라는 평가와 아울러 주제에 좀 더 관심을 기울였으면 하는 바람과 기대까지, 마치 당대 평론가들의 반응을 압축해놓은 듯하다. 유종호가 말한 '감수성의 혁명'이라는 찬사는 문학 전문가들만의 반응이 아니었던 것이다.

김승옥이 「무진기행」, 「서울 1964년 겨울」을 잇따라 발표하자 김현, 김치수, 염무웅, 이청준, 박태순 등 그의 서울대 문리대 동기생들을 포함하여 세상 사람들은 깜짝 놀랐다고 한다. 특히 전혜린은 「무진기행」을 보고 탄성을 지를 정도였다고 한다. 김승옥의 소설에 대한 이러한 반응은 유종호가 「감수성의 혁명」이라는 글에서 "김승옥은 불과 열 편 안팎의 단편을 통해 독자를 매혹시키는 작가적 재능을 발휘했으며, 그렇게 단기간에 신구세대를 막론하고 만장일치의 공인된 평가를 얻은 것은 한국 현대문학사에서 유례가 없는 일"이라고 한 평가로 정리해볼 수 있다.

하지만 그에 대한 반발 또한 만만치 않았다. 예컨대 김승옥의 소설을 두고 4·19세대 비평가들의 적극적인 후원에 힘입은 바

크다거나, 작가의 현실 인식 문제를 지적하는 글들도 있었다. 즉, 김승옥이 1960년대를 대표하는 작가의 위치를 확보하는 데에는 같은 세대 비평가, 특히 《산문시대》 동인들의 지원이 한몫했다는 지적이다. 그리고 김승옥 소설에 대한 당대 비평가들의 평가 방식에 문제를 제기한 경우도 있었다. 예컨대 정창범은 "김승옥의 작품은 유니크하고 신선한 감각을 풍기는 세계를 담고 있는 것만은 사실이지만, 그에 대한 평가를 내리는 저널리즘이나 비평가는 이성을 잃다시피 작품을 읽기도 전에 과찬하기에 바빴"으며, "그를 우상화하기에 열중하는 군중도 있었다."는 것이다.[23] 그러나 이러한 반응이 김승옥에 대한 평가의 줄기를 돌려놓기는 어려웠다.

독자를 찾아서 《선데이서울》로……

이렇게 일찍부터 1960년대를 대표하는 작가의 반열에 올라선 김승옥은, 60년대가 저물어갈 때쯤 그동안 문예지나 종합지에 발표해온 작품과는 다른 경향의 작품들을 발표하기 시작한다. 일단 발표 지면이 달라졌고, 또 단편이 아니라 장편을 연재하기 시작했다. 1968년에 창간된 주간지 《선데이서울》(창간호 1968. 9. 22~1969. 1. 19)에 『60년대식』을 연재하고, 《주간여성》(창간호 1969. 7. 9~12. 3)에는 『보통여자』를, 그리고 《일요신문》(1977. 4.

3~9. 4)에 『강변부인』을 연재한 것
이다.

1960년대 후반은 텔레비전 붐과
아울러 여성지나 주간지 등 대중용
오락잡지가 우후죽순처럼 창간되어
독자 쟁탈전을 벌이던 시기였다.
1969년 MBC가 개국하여 KBS ·
TBS의 시청률 경쟁에 뛰어들었고,
주간지 부문에서는 《선데이서
울》·《주간여성》·《주간경향》이,
여성지 부문에서는 《주부생활》·
《여성동아》·《여성중앙》이 삼파전
을 벌이고 있었다.

1968년 9월 《선데이서울》 창간호
표지. 상업저널리즘에 물들었다는
비난에도 불구하고 김승옥이 이 같
은 선정성이 짙은 대중오락잡지에
글을 실은 것은, 적극적인 '독자
수'의 선택이 아니었을까.

여성지는 잡지에 따라 편차가 있었으나 중졸 이상의 미혼 여성
이나 여대생, 그리고 가정주부들이 주요 독자층이었다. 주로 가
정 생활에 필요한 정보를 담고 있었지만, 충실한 교양지로서의
성격도 갖추고 있었다. 예컨대 《주부생활》은 톨스토이의 『부활』
을 시작으로 세계 명작 소설들을 부록으로 서비스하기도 했다.

그러나 주간지는 도시뿐만 아니라 농촌에서도 많은 독자를 확
보한, 철저히 대중용 오락잡지였다. 예컨대 《선데이서울》 창간호
는 매진 사태가 일어날 만큼 날개 돋친 듯 팔려나가, 제작이 판
매를 뒤따르지 못할 정도였다고 한다.[24] 《주간여성》이나 《주간경

향》도 발행 부수가 대략 10만 부 정도에 이르렀다. 그러나 이러한 대중적 인기를 이끌어낸 선정성으로 인해 서울대생들이 불매운동까지 벌인 적이 있으며, 독자들의 항의도 끊이지 않았고, 주간신문윤리위원회나 도서잡지윤리위원회에서 외설 등의 이유로 수없이 제재를 받기도 했다.

김승옥이 이런 대중지의 원고 청탁을 수락한 것은 의외의 일로 받아들여졌다. 그래서 '상업저널리즘'과 결별하라는 쓴소리를 듣기도 한다.[25] 그러나 김승옥은 《선데이서울》 같은 "치약처럼 대단히 소비적인" 주간지에 『60년대식』을 연재한 것은, "괜히 점잖기만 한 순문학지나 종합지" 같은 데서는 실어줄 것 같지 않은, 그러나 "한번쯤 꼭 쓰고 싶"[26]은 작품이 있었기 때문이라고 했다. 김승옥이 쓰고 싶었든, 아니면 '상업저널리즘'의 요구에 응한 결과이든, 이 시기 주간지에 발표된 김승옥 작품의 독자는 그 전 작품을 읽었던 독자와는 확실히 달랐을 것이다.

김승옥이 이렇게 작품의 발표 지면을 바꾸어 대상 독자를 달리한 것은, 그가 이 시기 영화와 시나리오 작업에 뛰어든 행적과 무관하지 않아 보인다. 당시 "소설 독자의 숫자는 영화 관객으로서는 무시해도 될 만큼 적"[27]었다. 이 말을 뒤집어보면 영화 관객 수는 그만큼 많았다는 뜻이다. 그런데 소비 주체의 성향상 주간지 독자는 영화 관객과 상당 부분 겹쳤을 것이다. 그렇다면 김승옥은 소설에서 영화로 건너가는 일종의 중간 형태로 주간지 소설을 썼던 것이 아닐까. 다시 말해 영화계에 발을 들여놓은 것과 마찬가지의 의미에서, 김승옥은 주간지를 통해 독자의 숫자를 적극적으로 선택했던 것이 아닐까 싶다. 이제 남는 의문은 김승옥이 왜 주간지 혹은 영화를 선택했는가이다.

1960년대는 근대화의 시대이자 '상경'의 시대였다. 1960년 244만 명이던 서울의 인구는 1970년 550만에 이르렀다. 국민학교나 중학교를 졸업하고 서울로 올라와 봉제공장이나 가발공장의 노동자, 식모, 버스 차장이 된 이들이 있는가 하면, 다른 쪽에는 푸른 꿈을 안고 서울 소재 대학에 진학한 청춘들도 있었다. 「서울 1964년 겨울」에서의 '나' 같은 상경인들에게 "부러운 건, 뭐니뭐니해도, 밤이 되면 빌딩들의 창에 켜지는 불빛 아니 그 불빛 속에서 이리저리 움직이고 있는 사람들이고 신기한 건 버스 칸 속에서 일 센티미터도 안 되는 간격을 두고 자기 곁에 이쁜 아가씨가 서 있다는 사실"이었다. 하얀 와이셔츠에 넥타이를 매고 환하게 불이 켜진 고층빌딩에서 일하는 모습을 상상하는 일, 또는 그런 남자를 만나 결혼하는 꿈. 그러나 그건 어디까지나 꿈에 불과했고, 거기서 깨어나 보면 서울이란 곳에서 어떻게든 살아남아야 하는 절박하고 냉엄한 현실만 있었을 것이다.

실제로 그들 중에는 도시로 갔다 침묵만을 안고 돌아온 누이도 있고(「누이를 이해하기 위하여」), 영화배우 신성일을 사모하여 상경했다 오빠 손에 끌려 내려오는 숙자 같은 처녀도 있었다(「내가 훔친 여름」). 이들이 접할 수 있는 것이라곤 라디오 연속극이나 대중소설, 영화, 아니면 《선데이서울》 같은 대중잡지였을 것이다. 그야말로 대중문학이 대중의 위안거리라도 될 수 있다면 고마운 그런 시대였다. 여기에 1960년대 말부터 텔레비전 수신기가 급속하게 보급되어, 1966년 4만 3천여 대에 불과했던 수신기가 1970년에는 38만여 대에 이르렀다. 그 결과 출판계뿐만 아니라 영화계까지 어려움을 겪었다.

이러한 상황에서 김승옥의 소설은 '문리대의 환상', 즉 자살을 꿈꾸는 영빈이나 폐병 환자 수영의 세계에서 윤희중의 세계를 거쳐 세무서장 조의 세계로 들어선 것이다. 그것은 그의 인물뿐 아니라 그 자신도 '대학생'에서 사회인, 즉 생활인으로서 현실 속으로 깊숙이 들어간 것임과 동시에, 단편에서 장편의 세계로 들어선 것이기도 했다. 이러한 변화를 낳은 것이 '서울이란 곳에서 어떻게든 살아남아야 한다는 절박하고 냉엄한 현실'이었는지, 장편을 통해 세속적으로 변해가는 1960년대를 고발할 생각이었는지는 분명히 알 수 없다. 하지만 분명한 것은 독자의 숫자를 택한 그의 선택, 다시 말해 주간지 등에 발표한 몇 편의 장편은 그의 문학을 '대중의 위안거리'에 머물게 했다는 점이다. 이것은 바로 그를 1960년대의 작가로 우뚝 서게 한 그의 문학적 특질이 대중 속으로 사라지는 모습이기도 했다.

주 |

1 신경숙, 「스무 살에 만난 빛」, 『김승옥 소설전집』, 문학동네, 1995.

2 주인석, 「그를 만나게 되다니」, 『김승옥 소설전집』, 문학동네, 1995.

3 천정환, 『근대의 책읽기』, 푸른역사, 2004, 46쪽.

4 송태욱, 『김승옥과 '고백'의 문학』, 연세대학교 박사학위 논문, 2002, 65쪽. 이 글은 앞 논문의 III장 2절 「1960년대의 문학 독자와 수용」을 바탕으로 재구성한 글이다.

5 천정환, 앞의 책, 310쪽.

6 김동춘, 『근대의 그늘』, 당대, 2000, 80쪽 참조.

7 〈韓國 속의 日本을 告發한다〉, 《신동아》, 1964년 11월호.

8 같은 기사, 《신동아》, 1964년 11월호.

9 김수영, 〈히프레스 文學論〉, 《사상계》, 1964년 10월호, 285쪽.

10 〈韓國 속의 日本을 告發한다〉, 《신동아》, 1964년 11월호, 102~103쪽.

11 김동춘, 『근대의 그늘』, 당대, 2000, 146쪽.

12 유종호, 「감수성의 혁명」, 『비순수의 선언』, 민음사, 1995.

13 김승옥, 「나와 소설쓰기」, 『김승옥 소설 전집 1』, 문학동네, 1995, 7쪽.

14 정규웅, 〈文壇, 1960年代〉, 《문예중앙》, 1982년 봄호, 175쪽.

15 김승옥, 「산문시대 이야기」, 『뜬세상 살기에』, 지식산업사, 1977, 237쪽.

16 대담, 〈현대문학방담〉, 《형성》, 1968년 봄호.

17 김승옥, 「작가의 말」, 『환상수첩』, 고려원, 1980.

18 좌담 「4월혁명과 60년대를 다시 생각한다」, 『4월혁명과 한국문학』, 창작과비평사, 2002, 35쪽.

19 이임자, 『한국 출판과 베스트셀러』, 경인문화사, 1998, 352쪽.

20 좌담 「4월혁명과 60년대를 다시 생각한다」, 『4월혁명과 한국문학』, 창작과비평사, 2002, 30쪽.

21 좌담 「4월혁명과 60년대를 다시 생각한다」, 『4월혁명과 한국문학』, 창작과비평사, 2002, 43쪽.

22 정규웅, 『글동네에서 생긴 일』, 문학세계사, 1999, 221쪽.

23 정규웅, 『글동네에서 생긴 일』, 문학세계사, 1999, 187쪽.

24 최창룡, 〈선데이서울 · 주간경향 · 주간여성〉, 《세대》, 1970년 10월호.

25 정창범, 〈60년대 작가 개관〉, 《월간문학》 1969년 12월호.

26 김승옥, 「후기」, 『六十年代式』, 서음출판사, 1976.

27 김승옥, 「원작을 가위질하는 뜻」, 『뜬세상 살기에』, 지식산업사, 1977, 142쪽.

60년대의 감수성, 야행夜行을 만나다
– 영화인 김승옥이 발견한 '70년대식'

이 글을 쓴 백문임은 연세대학교 국문학과 박사, 캘리포니아 어바인 대학(UC Irvine)에서 박사 후 연수를 거쳐, 현재 연세대학교 국문학과 조교수로 재직 중이다. 연세대 미디어아트 연구소 '영화와 시선' 시리즈를 기획했으며, 저서로는 『줌 아웃: 한국영화의 정치학』(2001)·『춘향의 딸들: 한국여성의 반쪽짜리 계보학』(2001)·『형언: 문학과 영화의 원근법』(2004)이 있으며, 함께 옮긴 책으로 『카메라 폴리티카: 현대 할리우드 영화의 정치학과 이데올로기』(1996)·『모더니티와 시각의 헤게모니』(2004)가 있다.

이력에서 삭제된 "10년 동안의 침묵"

이 글에서는 1960~1980년대 김승옥의 영화 작업의 자취와 의미를 더듬어볼 것이다. 이 일은 첫째, 김승옥이라는 '작가'의 활동을 문학뿐만 아니라 영화라는 영역으로 확장하여 평가하려는 것이며, 둘째, 당시 김승옥 문학의 독자뿐만 아니라 김승옥 영화의 관객을 아우르는 문화 지형도를 그려 보이는 것이고, 셋째, 이를 통해 김승옥의 작품세계에서 타자화되어 있던 '여성'의 자리를 메워보려는 것이다.

잘 알려져 있듯, 김승옥은 대학 재학 시절 신춘문예에 당선되고 짧은 기간에 인상적인 단편들을 통해 문단에 활력을 불어넣은 '60년대' 문학의 기수이다. '감수성의 혁명'과 '4·19세대의 기수'로 요약되는 그의 문학은, "1960년대의 소설문학은 김승옥과 그의 영향에 의해 지배되었다."[1]는 평가를 주저하지 않게 만든다. 당시 평단뿐만 아니라, 현재까지도 한국 문학 연구는 김승옥 소설의 매력과 의미를 끊임없이 반추하고 또 재평가해왔다. 그러나 이 평가는 길지 않은 그의 작가 생활의 초기에, 그리고 많지 않은 그의 작품들 중 단편들에 주로 집중되어 있다. 이는 대략 그가 문단에 등장한 1962년부터 1967, 1968년까지의 활동과 작품들, 그리고 이상문학상을 수상하는 1977년 즈음의 「서울의 달빛 0장」까지를 말하며, 김승옥 스스로 "10년 동안의 침묵"[2]이라고 말하는 1967~1977년 사이의 영화 작업, 그리고 그와 연관된 문학 활동에 대해서는 침묵하고 있다는 것을 보여준다.

물론 한 작가의 작가적 생애 혹은 의미란 그의 전작과 모든 활동을 대상으로 삼을 때에만 밝혀지는 것은 아니다. 그러나 김승옥의 경우, 그의 영화 활동 및 그와 관련된 문학 활동은 암묵적으로 혹은 공공연하게 '통속화'라는 낙인을 찍어 비평 및 연구의 대상에서 제외하고 있다는 점, 그리고 이 활동을 생계 문제와 같은 세속적(이때는 '예술외적'이라는 의미가 강하다) 계기, 즉 문학과는 관련이 없는 외부적 작인에 의한 것으로 치부한다는 점에 문제가 있다.

이는 물론, 김승옥에 대한 그간의 연구가 문학작품에 대한 연구였다는 점과 관련될 것이고, 소설이 아닌 다른 형태의 글쓰기(콩트나 시나리오)는 여기에서 제외된다는 사실과도 직결되어 있을 것이다. 그리고 김승옥 자신도 그러하듯,* 이 글쓰기들 사이에 수직적인 위계관계를 세우는 사고가 거기에는 개재되어 있을 것이다.

하지만 이 글의 관심은 그간의 평론가들 혹은 연구자들의, 김승옥 소설에 대한 애정이 편협한 것이었다고 비판하는 데 있기보다는, 김승옥 자신이 문학 작업과 애써 구별한 영화 작업의 의미를 살펴보는 데 있다. 그가 "10년 동안의 침묵"이라고 표현하는 기간 동안의 영화 작업, 그것은 적어도 김승옥에게는 '말을 하지 않은' 행위였던 셈이다. 그렇다면 이때 김승옥에게 '말을 한다'는 것의 의미, 즉 문학을 한다는 것의 의미는 어떤 것이었는지, 반대로 영화 각본을 쓴다는 것의 의미는 어떤 것이었는지 궁금해지지 않을 수 없다.

'작가'에서 '구조-내-작가'로 변신

이 "침묵" 기간 동안 김승옥은 (당시 최고 부수를 자랑하던 교양지 《샘터》의 편집주간을 맡은 일을 제외하면) 1편의 영화를 감독하고, 15편의 각색 혹은 시나리오 작업을 하면서 '말하기 혹은 글쓰기'를 하고 있었다. 이 글쓰기는 소설 쓰기와 달리, 대부분 원작을 전제로 한 2차적인 글쓰기였고, 원작과 장차 스크린 위에 탄생할 영화 양쪽을 모두 의식해야 하는 글쓰기, 감독과 제작자,

---

* 김승옥이 스스로 자신의 콩트나 시나리오를 명백히 폄하하는 발언을 한 적은 없다. 그럼에도 불구하고 그가 문학작품과 다른 글 사이에 위계를 상정하고 있었다고 추측하는 이유는, 후자에 대한 언급이 지극히 드물다는 것, 또한 그의 소설과 영화에 드러나는 어떤 태도의 차이로부터 유추한 것이다. 특히 거의 20여년에 걸쳐 16편의 작품을 만들었던 영화 작업에 대한 김승옥의 이상하리만큼 완고한 침묵은, 자신의 문학과 영화에 대한 어떤 심리적 '증상'을 드러내는 것처럼 보이기까지 한다.

나아가 검열위원들의 취향과 이데올로기를 의식해야 하는 글쓰기, 그리고 매우 직접적인 반응과 결과를 낳는 일반 관객을 염두에 두어야 하는 글쓰기였다. 즉 영화 만들기 혹은 시나리오 쓰기란, 소설 쓰기와 달리, 개별자로서의 작가가 아니라 복합적인 작인 중의 하나로서의 작가가 하는 글쓰기인 것이다. (이렇게 본다면 "침묵"이 아닌 말하기 혹은 글쓰기란, 즉 김승옥이 생각하는 문학이란, 그 자체가 원작인 창조적인 작업이자 개별자로서의 작가가 다른 누구도 의식하지 않고 생산해내는 무언가를 가리키는 것이 되는 셈이다.)

따라서 우리는 김승옥이 만들어낸 영화와 시나리오를, 문학적인 기준에서 말하듯 '김승옥의 작품'이라 일컫는 것이 아니라, 구조-내-작가로서의 김승옥의 글쓰기 행위의 결과라 말할 수 있을 것이다. 다시 말해 김승옥이 "침묵"이라 말하는 기간 동안 개별자로서의 김승옥은 부재했지만(그가 그렇게 생각했지만), 구조-내-작가로서의 김승옥은 16편의 영화 작업을 통해 원작(자)-감독-제작자-검열당국-관객과 교섭하는 글쓰기 과정 속에 존재했던 것이다. 그리고 흥미롭게도 김승옥은, 이 기간 동안 문학을 떠나 있었다기보다, 조선작과 조해일 등 동시대 작가들의 소위 '대중소설'들을 각색하는 방식으로 문학과 교섭하고 있었다.

이 글에서는 "10년 동안의 침묵" 동안 김승옥이 지속해온 이 '작가'로서의 정체성에 관심을 기울임으로써, 그가 글쓰기와 그것이 소통되는 방식, 그리고 작가로서의 존재에 대해 어떤 인식의 변화를 경험했는지를 살펴보고자 한다. 이때 전제로 할 것은, 그의 "10년 동안의 침묵" 및 그 시기의 영화 활동이 '김승옥'이라는 개별 작가의 유기적이고 연속적인 작품세계를 규명하는 데 그리 도움이 되지 않을 수도 있다는 것, 그리고 그것은 이 글의 관심사가 아니라는 것이다.

'개인'으로서의 김승옥에 대해 말하자면, 이 글은 오히려 "감수성의 혁명"을 보여주었던 작가 김승옥이 1960~1980년대 영화 작업에서 어떻게 원작(자) - 감독 - 제작자 - 검열당국 - 관객과의 교섭을 거쳐 당시 사회문화를 향해 발언했는지에 관심이 있다. 다시 말해 구조 - 내 - 작가로서의 그의 '변신' 혹은 '변이'에 관심이 있는 것이다.* 그리고 이 변신 혹은 변이는, '소설가 김승옥'을 원본으로 한 모사(copy)로서의 변화, 즉 수직적 위계질서 내에 자리잡는 변화가 아니라, 수평적 스펙트럼 내에서 소설과 나란히 놓여 있는 또 다른 글쓰기 위치로의 이동이라 간주될 것이다.

* 영화와 달리 문학작품이 개인적이고 개별적으로 생산된다고 해서 그것이 순수한 한 '작가'의 산물이라고 말할 수는 없을 것이다. 다시 말해 시인이나 소설가 역시 구조-내-작가라 말할 수 있다는 의미이다. 그러나 이 글에서는 '김승옥'이라는 고유명사가 한국 문학사에서 지니는 아우라와 영화 각색자로서의 그의 활동을 비교함으로써 더 큰 효과가 창출된다는 점을 고려하여, 소설가 김승옥 대 구조-내-작가 김승옥이라는 대립항을 잠정적으로 만들었다.

소통의 또 다른 방식, 영상언어

김승옥은 1960년대 후반부터 1980년대 중반까지 영화 작업에 참여했다.(〈표1〉 참조) 자신의 소설이나 동시대 작가들의 소설을 각색하는 일을 주로 맡았는데, 1968년에는 〈감자〉를 감독하기도 했다. 그가 각색한 영화 중 가장 잘 알려진 것은 〈안개〉(1967), 〈장군의 수염〉(1968), 〈영자의 전성시대〉(1975), 〈겨울여자〉(1977) 등일 텐데, 앞의 두 편은 1960년대의 대표적인 '모더니즘 영화'로 현재까지도 호평을 받고 있고, 뒤의 두 편은 당시 비평과 흥행에서 모두 화제를 모은 작품들이다.

김승옥의 영화 작업은 크게 세 가지로 대별될 수 있다. 〈안개〉·〈장군의 수염〉으로 대표되는 '문예영화'의 영상언어 실험과, 〈어제 내린 비〉, 〈영자의 전성시대〉·〈여자들만 사는 거리〉·〈겨울여자〉 등 '청년영화' 혹은 '영상시대' 그룹의 맥락에서 논의될 수 있는 작업, 그리고 여성 성장 멜로드라마인 〈감자〉·〈태양을 훔친 여자〉·〈강변부인〉·〈무진 흐린 뒤 안개〉 및 앞의 '청년영화' 계열로 언급된 영화들이다.

이러한 구분은 다분히 편의적인 것인데, 왜냐하면 일단 김승옥은 16편의 영화 작업 중 13편을 '원작물'*로 했다는 점에서 줄곧 '문예영화'의 맥락 안에 있었다고 말할 수 있고, '영상시대'

---

* '원작물'이란 기존의 소설을 영화화한 작품들을 가리키는 편의적인 용어로 당시에 쓰였던 개념이다.

| 표 1 | 김승옥 필모그라피(감독과 시나리오 작가로서 참여한 작품 목록)*

제목	개봉 연도	원작자 · 원작 제목	감독	각색자
안개	1967	김승옥 · 「무진기행」	김수용	김승옥
여 · 여 · 여(옴니버스 영화)	1967		유현목 외	김승옥 외
장군의 수염	1968	이어령 · 「장군의 수염」	이성구	김승옥
감자	1968	김동인 · 「감자」	김승옥	김승옥
충녀	1972	김승옥	김기영	김기영 · 김승옥
황홀	1974	김승옥 · 「무진기행」	조문진	김승옥
어제 내린 비	1975	최인호 · 「내 마음의 풍차」 · 「정원사」 · 「침묵의 소리」	이장호	김승옥
내일은 진실	1975	김지연	김수용	김승옥
영자의 전성시대	1975	조선작 · 「영자의 전성시대」	김호선	김승옥
여자들만 사는 거리	1976	조선작 · 「모범작문」	김호선	김승옥
겨울여자	1977	조해일 · 「겨울여자」	김호선	김승옥
태양을 훔친 여자	1979	양인자	이원세	김승옥
갑자기 불꽃처럼	1979	오태석	홍파	김승옥
강변부인	1980	김승옥 · 「강변부인」	최동준	김승옥
도시로 간 처녀**	1981		김수용	김승옥
무진 흐린 뒤 안개	1986	김승옥 · 「무진기행」	임필형	김승옥

* 김승옥의 소설 중 그 자신의 각색을 거치지 않고 영화화된 작품으로 「야행」(1977)이 있다. 1969년에 발표한 소설 「야행」은 1974년 홍파의 각색을 거쳐 김수용 감독에 의해 영화로 만들어진다. 그러나 이 영화가 개봉된 것은 제작된 후 3년이 지난 1977년이었는데, 영화의 성적인 표현이 검열당국의 제재를 받게 되어 여러 곳 재편집된 후 개봉되었기 때문이다.

** 이 글에서는 김승옥의 1981년도 작 〈도시로 간 처녀〉를 김승옥의 오리지널 시나리오로 간주한다. 〈도시로 간 처녀〉의 프린트는 남아 있지 않지만, 영상자료원에 보관되어 있는 시나리오나 당시 포스터, 그리고 영상자료원의 데이터베이스에는 이 영화가 김승옥의 '오리지날 시나리오'에 기반한 것으로 기록되어 있다. 그런

그룹과의 인맥 속에서 계속 작업을 했으며, 또 대부분의 영화들이 여성을 중심으로 한 멜로드라마라 말할 수 있기 때문이다. 하지만 '문예영화'와 멜로드라마의 개념은 시대와 맥락에 따라 미세하지만 중요한 변화를 겪는다는 점에서, 그리고 김승옥이 약 20여 년에 걸쳐 관여한 16편의 영화들이 이 시대와 맥락의 변화를 잘 보여준다는 점에서, 편의상 이렇게 세 가지로 구분하기로 하겠다.

그가 영화 작업을 시작하게 된 것은 1966년, 자신의 소설 「무진기행」을 시나리오로 각색하면서이다. 이 시기는 그가 「염소는 힘이 세다」와 「다산성」을 발표한 때이며, 단편집 『서울 1964년 겨울』을 출간한 해이기도 하다. 「무진기행」은 김승옥의 손을 거쳐 시나리오로 각색된 후 김수용이 감독을 맡아 1967년, 「안개」라는 제목으로 개봉된다. 그리고 다음 해에 김승옥은 김동인의 「감자」를 각색, 감독하여 영화로 만들고, 결혼식을 올리게 된다. 같은 해 「60년대식」을 발표하면서 한편으로는 이어령의 「장군의

데, 1975년도 《영화》지의 기사에서는 같은 시놉시스의 영화 제목을 〈흔들리는 땅〉으로 기록하고 있으며, 홍성원의 동명 소설을 각색한 것으로 소개하고 있다. 〈흔들리는 땅〉은 영화화되지 않았지만, 〈도시로 간 처녀〉의 시나리오는 1975년에 소개된 〈흔들리는 땅〉의 시놉시스에 기반을 둔 것으로 보이고, 홍성원의 소설에서 모티프를 빌어온 것으로 추측된다. 그러나 이 글에서는 현재 공식화되어 있는 기록을 존중하여 〈도시로 간 처녀〉를 김승옥의 오리지널 시나리오로 간주하겠다. 한편, 버스 여차장들의 삶의 애환을 그린 이 영화는, 여차장들이 차비를 유용하는 장면 등을 문제 삼는 운수노조와 한국노총의 항의로 개봉 직후 상영이 중지되는 사건을 겪었다.

수염」을 각색하여 동명의 영화로 대종상 각본상을 수상한다.

그 후 1980년까지 김승옥은 소설 집필은 거의 하지 않으면서 〈어제 내린 비〉, 〈내일은 진실〉, 〈영자의 전성시대〉, 〈여자들만 사는 거리〉, 〈겨울여자〉 등 동시대 젊은 작가들이 쓴 소설을 각색하여 역시 젊은 감독들과 함께 영화를 만들게 된다. 그가 소설을 쓰지 않던 이 시기에도 창작집인 『서울 1964년 겨울』과 『60년대식』이 출간되었고, 또 이 시기에 어렵게 써낸 「서울의 달빛 0장」으로는 이상문학상을 수상하기도 했지만,* 소설가로서 김승옥을 기억하던 독자에게나 당시 극장에서 한국영화를 보던 관객에게나, 이 시기에 김승옥이라는 이름은 원작자 혹은 각색자로서 존재하고 있었던 셈이다.**

* 김승옥은 이 시기에 대해 이렇게 회고하고 있다. "'70년대 때 일이다. 월간잡지 《문학사상》의 주간이시던 이어령 선생께서는 내가 그 무렵 생계를 위해서 영화 각본만 쓰고 소설 쓰기는 등한히 하는 것을 퍽 안타깝게 여기셨다. 이 선생은 내가 대학교 1학년 학생일 때 서울대에 시간강사로 출강하고 계셨는데 그때부터 가깝게 지내온 터였다. 《문학사상》의 사실상 발행인으로서 나에게 소설 집필의 기회를 여러 가지 방법으로 여러 차례 주곤 하셨다. 당시로서는 최고급 호텔이던 서린호텔에 방을 잡아놓고 돈 걱정은 하지 말고 그 방에서 소설 한 편을 완성하고 나오라는 호의를 베푼 적도 있었다." 결국 김승옥은 "글자 한 자 못 쓴 채 하루가 지날 때마다 마치 모자라는 돈으로 택시를 탔을 때처럼 미터요금이 오를 때마다 가슴이 내려앉듯 그 비싼 호텔비가 하루하루 올라가는 것에" 신경쇠약이 되고 말아 그 호텔에서 탈출하고 말았지만, 1977년에 다시 이어령이 잡아준 파크호텔의 방에서 「서울의 달빛 0장」을 집필하게 된다. (「서문」, 『김승옥 소설전집 1』, 문학동네, 1995, 9～10쪽)

** 1970년대까지 한국 영화의 마케팅에서는 '원작자' 혹은 '각색자'의 비중이 꽤 컸다. 더욱이 김승옥과 같이 문단에서 명성을 지니고 있던 작가가 원작 혹은 각색으로 영화 제작에 관계되었을 경우, 그의 이름은 감독 못지않게(1950년대 말까지는 감독보다 더) 큰 활자로 인쇄되고 비중있는 광고의 대상이 되었다.

김승옥은 이 시기 영화 작업에 대해 거의 아무런 기록을 남겨
놓고 있지 않다. 각색을 시작하게 된 동기에 대해서도, 그저 단
편적인 진술을 통해 '생계'를 위해 영화작업에 뛰어들었다고 말
할 뿐이다. 그가 실제로 영화일을 통해 얼마나 '생계'에 도움을
받았는지 알 수는 없으나,* 그는 제작사의 요구에 의해 되는 대
로 각본을 쓰지도 않았고 또 다작多作을 하는 소위 '스타' 각색자
로 알려져 있지도 않았다. 그는 〈감자〉를 감독한 것을 제외하고
는 대부분 자신을 포함한 동시대 작가들의 소설을 각색하는 일
을 했으며, 그중 상업적으로 크게 성공한 작품들도 있지만, 평균
1년에 한 편이 채 되지 않는 일을 맡아 했을 뿐이다.

김승옥의 필모그라피가 보여주는 궤적은, 그가 '문학'에서의
경력을 십분 살리는 방향으로 작업했다는 것, 다시 말해 철저하
게 '소설가' 김승옥으로서의 외연을 넓히는 혹은 그 정체성을 활
용하는 범위 내에서 작업을 했다는 것이다. 그는 '오리지날 시나

* 그는 "아파트 한 채를 샀을 정도니까 많이 받긴 많이 받았"다고 말하고 있는데(주
인석, 「김승옥과의 만남 : 그를 만나게 되다니」, 『김승옥 소설전집 4』, 문학동네,
1995, 313쪽), 그렇다면 김승옥은 다소 예외적인 대우를 받았다고 볼 수 있다.
1970년대 들어 영화계의 불황과 침체로 시나리오 작가들의 위상과 수입은 그리 높
지 않았던 것으로 보인다. 1978년 당시 시나리오 작가의 월평균 수입이 9만원 미
만이었고, 영화 작업 과정에서 공연윤리위원회의 각본 심의를 통과하지 못하면 잔
액을 받지 못하는 경우가 비일비재하거나 어음할인 등으로 보수를 충당해야 했다
고 한다. 시나리오 위원회는 이에 "시나리오 고료는 편당 최저 80만원을 받기로
한다. 우수영화로 선정된 작품에 대해서는 응분의 보상을 받기로 한다"는 등의 내
용을 담은 결의문을 발표하기도 한다. 최철규, 〈78시나리오 작가의 현주소〉, 《영
화》, 1978년 3~4월호.

김동인의 원작 소설 「감자」를 김승옥이 각색·감독한 1968년작 〈감자〉의 신문 광고. '감자냐? 고구마냐? ○녀냐? 열녀냐?' 라는 광고 문안이 재미있다. '한국의 장 꼭도오' 라는 문구가 당시 김승옥의 위상을 보여준다. 김승옥의 유일한 감독작인 이 영화는 김승옥의 다른 각색작들과 마찬가지로 여성과 여성을 성장시키는 계기로서 성 문제를 다루었다.

리오'를 쓰는 본격 각본가였다기보다는 기존 소설을 각색하는 각색가였다고 할 수 있으며, 제작사의 요구에 의해 각본을 쓰는 사람이었다기보다는 뜻이 맞는 감독들과의 기획에 의해 문학작품을 영상으로 옮기는 작업을 하는 사람이었다고 할 수 있다. 1970년대 〈영자의 전성시대〉, 〈여자들만 사는 거리〉, 〈겨울여자〉 등 화제작을 김승옥과 함께 제작한 감독이자 그 자신 대학의 국문과 출신인 김호선은 김승옥에 대해 이렇게 말한다.

問 : 특별히 소설가 김승옥 씨에게(〈영자의 전성시대〉의—인용
　　자) 각색을 의뢰한 이유는?
김 감독 : 김승옥 씨는 잘 알려져 있는 역량 있는 소설가이지만 영
　　　　화에 남달리 관심이 크고 실제로 영화감독의 경험까지
　　　　가진 사람이다. 그리고 영자를 보는 눈이나 작품 해석이
　　　　나와 일치했기 때문이다.[3]

　김승옥의 각색 작업은 자신의 소설과 동시대 다른 작가들의 소설을 대상으로 하고 있다. 여기에서 주목할 점은, 각색자로서 '김승옥'은 그가 다루었거나 염두에 두었던 소설의 작가들인 김승옥, 이어령, 조선작, 조해일, 최인호 등 동시대 작가들과의 대화적 관계 속에 있는 작가인 동시에, 그의 각색에 직간접적으로 영향을 준 감독들인 이장호, 김호선, 김수용, 홍파, 이성구, 조문진, 이원세 등과도 대화적 관계 속에 있는 작가라는 점이다. 이

는 어느 한 개인의 작업일 수 없는 영화 제작의 메커니즘 내에서 각색자의 위치 때문이기도 하고, 그가 작업했던 영화들의 성격이 1960~1970년대 소위 '문예영화'와 '청년영화'의 자장 안에 있었기 때문이기도 하며, 좀 더 광범위하게는 새로운 관객들과 소통을 시작했던 대중매체의 활력 안에 놓여 있었기 때문이기도 하다.

따라서 당시 한국 영화에서 '각색자' 김승옥이라는 존재는, 개별적인 작업을 했던 소설가 김승옥이 아니라 동시대 소설가 및 감독들과 긴밀한 관계 속에서 작업을 했고, 또 급부상하는 청년 관객들과 소통하면서 작업을 했던 존재라고 말할 수 있다. 그렇기 때문에 김승옥의 각색 작업은 단순히 '작가' 김승옥의 글쓰기 작업의 연장선상에 있다고 말할 수 없으며, 오히려 김승옥이라는 개별적 존재가 글쓰기의 대상과 주제, 스타일 등에서 커다란 변화를 겪는 과정, 이를 통해 구체적으로 그 글들이 말걸고 있는 대상들을 접촉했던 과정이라고 말할 수 있는 것이다.

그의 필모그라피는 넓은 의미에서 '문예영화'의 범주를 넘어서지 않는다. 기존 소설을 각색하여 시나리오로 만드는 일을 주로 했다는 점에서 그렇기도 하고, 문예영화의 대표감독인 김수용과 작업을 했을 뿐만 아니라, 문학작품을 영화화하는 데 지속적인 관심을 보였던 젊은 감독들과 계속 작업을 했다는 점에서도 그렇다. 그가 함께 작업한 김수용, 이성구 감독이 '제2세대'에 속한다면, 화제작들을 함께 만들었던 김호선 등은 '제3세대'

감독에 속한다고 일컬어지며,* 특히 후자는 1970년대 후반 '영상시대' 라는 이름 언저리에서 새로운 영화운동을 펼치려던 그룹에 속하는 사람들이다.

앞서 언급한 대로, 크게 세 가지로 대별될 수 있는 김승옥의 필모그라피를 살펴보기로 하자. 먼저 그가 영화 작업을 시작한 1960년대 후반과 〈영자의 전성시대〉로 대중적 인지도를 얻은 1970년대 중반의 '문예영화' 개념 및 맥락의 변화를 살핀 후, 여성 성장 멜로드라마의 문제를 짚어보도록 하겠다.

문예영화의 새 이름, '청년영화'

'문예영화' 라는 개념은 한국 영화사에서 꽤 다양한 맥락 안에 놓여왔기 때문에, 어느 한 가지 정의로만 설명될 수는 없다. 김승옥이 작업했던 시기에 한정해서 말한다면, '문예영화' 는 문학작품을 원작으로 하는 영화들을 가리켰다. 이 명칭은 식민지 시대부터 사용되어왔지만, 김승옥이 작업을 시작했던 1960년대 후반 이전까지는 그 함의가 문학작품을 원작으로 하는 작품뿐만

---

* 안병섭은 1975년도 영화를 결산하는 글에서 이장호, 김호선, 하길종, 홍파를 "제3세대에 해당하는 30대의 젊은 감독들"이라 칭하면서 이들이 "그들과 같은 또래의 작가 최인호, 조선작, 황석영 등의 소설을 영화화하여 제3세대의 관객에게" 어필한 것이 가장 뚜렷한 특징이었다고 말한다. 안병섭, 〈가능성 보여준 한국영화의 점진적인 변화〉, 《영화》, 1975년 12월호.

아니라 예술영화, 문학적 '취향'을 보여주는 영화, 혹은 문학에 관심이 많거나 문학을 전공한 사람들이 만든 영화, 그리고 상대적으로 젊고 교육수준이 높은 관객들을 대상으로 하여 만든 영화 등이었다.** 그러나 정부의 '우수영화 장려책'이 시행되기 시작한 1960년대 중반, '문예영화'는 반공영화, 계몽영화와 더불어 '우수영화'로 선정될 가능성이 높은 일종의 '장르'처럼 받아들여지게 되고, 그 전범으로 오영수의 소설을 각색한 〈갯마을〉 (1965)이 떠오르게 됨에 따라, '문예영화'란 문학작품을 각색한 영화를 가리키는 개념으로 고착되었다.

물론 1960년대에 '문예영화'는 대중적으로 인기있는 영화가 아니었다. '우수영화' 제도 및 그에 따르는 외국 영화의 수입쿼터 보상***이 없었다면, 원작을 각색한다는 의미의 '문예영화'가

** '문예영화'의 개념이 모호하기 때문에 벌어진 해프닝으로, 이만희의 〈만추〉를 둘러싼 '시비'가 있었다. 원작소설이 없는 창작 극영화인 이 작품이 우수영화로 선정되어 외화 수입 쿼터를 얻게 되자, 일부에서는 원작소설을 영화화하지 않은 작품은 문예영화가 될 수 없다고 문제제기를 했던 것이다. 우수한 예술영화 역시 문예영화의 범주에 들어갈 수 있다는 정부의 유권해석으로 이 사건은 일단락되었으나, 1969년에 정부는 시상 부문에서 '문예영화'라는 용어를 없앤다. 그래도 문예영화는 경제적 이권이 따르는 제도적 보장 내에서 안전한 영화로 인식되면서 지속적으로 생산되었고, 그 특혜가 사라지는 1980년대에 와서야 제작이 중단된다.

*** 이 시기 외국 영화의 편당 관객 수는 한국 영화의 두 배에 가까웠고, 평균 상영 일수도 더 많았다. 제작이 되더라도 개봉되지 못하는 경우가 많았던 한국 영화에 비해 외국 영화는 수입되는 모든 영화가 상영되고 재상영까지 되어 안정성이 보장되었고, 한국 영화보다 높은 수익을 내고 있었다. 정부는 '우수영화'를 만든 제작사에게 외국 영화를 수입할 수 있는 쿼터를 부여함으로써 한국 영화 시장을

1960년대 후반에 붐을 이루는 일은 일어나지 않았을 가능성이 높다. 여기에서 흥미로운 것은 이런 영화의 제작이 관객을 제외하고는 제작자와 감독, 평론가들의 욕구를 모두 어느 정도 만족시켜주었다는 점이다. 제작자 입장에서 문예영화는 정부의 시책에 호응하는 영화, 외화 수입쿼터를 얻을 수 있는 영화였고, 몇몇 감독에게 문예영화는 흥행의 부담 없이 개인적 취향을 반영하여 만들 수 있는 영화였으며, 평론가들은 이렇게 만들어진 작품들에서 '예술적 향취'를 찾을 수 있었던 것이다.

이것은 일종의 아이러니를 낳게 되는데, 여기에는 '우수영화' 보상제도뿐만 아니라 '검열'이라는 제도가 강하게 작용을 하고 있었기 때문이다. 영화를 제작하기 전 각본 심의가 이루어지던 이 시기에 이미 공인된 문학작품을 각색해서 영화를 만들 경우, 오리지널 시나리오보다는 상대적으로 문학작품의 명망이 안전판 역할을 해주었다. 이 점 역시 제작자와 감독이 '원작물'을 선호하게끔 하는 중요한 요인이었는데, 특히 감독은 이런 안전판을 활용하여 표현의 허용 공간을 넓혀갔던 것으로 보인다. 예컨대 검열이 가장 심했던 대상이 성과 폭력의 문제였던 반면, 문예

외국 영화로부터 보호하고 한국 영화의 제작 자본을 지원하려 했지만, 결과적으로는 쿼터 암매 등 쿼터를 둘러싼 비리와 잡음을 낳게 되었을 뿐만 아니라 한국 영화 제작이 수입쿼터를 받기 위한 것으로 변질되게 만들었다. 이 시기 '문예영화'의 제작붐 역시 쿼터 배정 기준의 변화에 따른 것이었다. 이에 대해서는 박지연, 「1960,70년대 한국영화정책과 산업」, 한국영상자료원 편, 『한국영화사 공부 :1960-1979』, 이채, 2005 참조.

1960년대 김승옥이 각색자로 참여하여 성공을 거둔 〈안개〉(위)와 〈장군의 수염〉. 이 두 영화는 지금까지도 1960년대의 대표적인 '모더니즘 영화'로 호평받고 있다.

영화에서는 원작을 충실히 재현한다는 명목에 기대어 특히 성적 표현의 여지를 넓힐 수 있었기 때문이다. 하지만 이런 영화들은 제작 후 개봉되지 않는 예가 비일비재했기 때문에, 관객들과는 교류할 기회를 얻기 힘든 면도 있었다.

김화는 1960년대 한국 영화를 "문예영화=예술영화=좋은 영화"와 "눈물영화=흥행영화=고무신 관객"으로 대별할 수 있다고 말하면서, 문예영화를 가장 많이 만든 감독으로 김수용을 거론하고 눈물영화의 대표작으로 〈미워도 다시 한번〉(1967)을 언급한다.[4] 물론 이 시기는 한국 영화의 소위 '르네상스'라 일컬어질 만큼 다양한 장르들이 실험된 시기이므로 이러한 단순화에 동의하기는 어렵지만, 이 지적은 당시 평단에서 '고급 영화'와 '저질 영화'의 위계가 어떤 방식으로 이루어졌는지를 보여준다. 정부의 '우수영화 장려책'이 갖는 한계와 문제점에도 불구하고, 거기에 부응하기 위해 만들어진 문예영화는 역시 '우수한' 영화라는 인식이 팽배해 있었던 셈이다.

이러한 환경 속에서, 김승옥은 문예영화의 대표 감독인 김수용*과 함께 「무진기행」을 영화화한 〈안개〉를 만들게 된다. 이 작품으로 김수용은 대종상에서 감독상을 수상하게 되고, 김승옥은 이어 이성구 감독과 작업한 〈장군의 수염〉으로 대종상 각본상을 수상하게 된다. 김승옥은 '원작물'이 붐을 이루던 시기에 영화

---

* 김수용은 그의 필모그라피 중 절반인 50편 가량의 문예영화를 만들었다고 알려져 있다.

작업을 시작하여 성공적으로 거기에 안착하게 된 것이다.

그러나 1969년부터 문예영화가 '우수영화' 부문에서 사라지자 문예영화 제작 역시 한때 사라지게 된다. 한국 영화사상 유례없이 '원작물' 붐을 낳았던 시기는 저물고, 이제 문예영화는 전혀 다른 맥락에서 부활하게 된다. 1970년대 들면 TV의 본격적인 보급과 레저산업의 발달로, 그리고 유신영화법**의 제정으로 인한 제작의 동결로, 한국 영화는 불황과 침체에 빠져들게 된다. 1960년대 후반 〈안개〉와 〈장군의 수염〉으로 각색 능력을 검증받은 김승옥은, 1970년대 들어 이 불황과 침체를 타개해간 젊은 감독들과 함께 있었다. 당시 한국 영화사상 최다 관객을 동원한 〈별들의 고향〉(1974)은 최인호의 원작소설을 이장호가 감독한 것이었고, 그 뒤를 이은 〈영자의 전성시대〉(1975)는 김승옥이 김호선과 함께 작업하여 이루어낸 성과였다. 또한 〈별들의 고향〉의 기록을 능가한 홍행작으로서 1990년 〈장군의 아들〉이 나타나기까지 그 기록을 유지했던 〈겨울여자〉(1977) 역시 김승옥과 김호선 커플의 작업이었다. 1970년대의 이 기록할 만한 작품들을 만들어낸 감독들은 이장호, 김호선, 하길종 등 '3세대' 젊은 감독들이었고, 이 성공작들의 공통점은 동시대 젊은 소설가의 대중소설을 원작으로 했다는 점, 그리고 최인호와 김승옥이라는, 역

** 1973년 2월 16일 공포된 제4차 개정영화법은 일명 '유신영화법'으로도 불린다. 난립한 영화사들과 유통 구조를 정비한다는 명목으로, 제작사의 허가 갱신을 의무화하고 허가 기준을 엄격히 하여 신규 허가를 불가능하게 만들었다.

시 젊은 소설가들의 손을 거쳐 시나리오로 옮겨졌다는 점이다. 그리하여 1970년대 초반, 문예영화는 동시대의 젊은 소설가와 각색가, 감독들의 손을 거쳐 부활한다.

이는 원작물의 세대교체 및 관객들의 세대교체와 맞물려 일어난 현상이라 할 수 있다. 한국전쟁 후 한국 영화가 활기를 찾기 시작한 1950년대 후반부터 문학작품은 꾸준히 영화화되었지만, 1950~1960년대 각색되었던 작품들은 김동인과 이광수, 김말봉, 김래성, 박계주, 정비석 등 주로 식민지 시대부터 활동을 해오던 작가들의 것이었다. 반면 1970년대 초반 영화는 1960년대 중반부터 문단에 등장한 새로운 작가들, 즉 김승옥, 황석영, 방영웅, 이청준, 조선작, 조해일, 그리고 최인호의 작품에 눈을 돌리게 되었다. 이와 함께 영화의 시공간적 배경 역시 근대 이전 혹은 전쟁 이전이 아니라 동시대로 변화하게 되고, '문예영화'의 뉘앙스 역시 '청년영화'와 공통분모를 갖는 것으로 변화하게 된 것이다.

새로운 관객이 추동한 새로운 문제의식, 대중성

김승옥이 영화 제작과 인연을 맺게 된 계기로서 「무진기행」의 각색을 상기해보도록 하자. '우수영화 장려책'으로 문학작품을 영화화할 제도적 계기가 마련되어 있었던 1960년대 후반의 상황을 차치하고라도, 김수용 감독이 그 이전에 즐겨 영화화되던 김동인, 정비석, 김말봉, 김래성, 박계주, 이광수의 소설이 아니라 동시대 젊은 작가인 김승옥의 소설을 영화화하기로 결정하고, 또 다름 아닌 그 소설가에게 각색을 맡겼다는 점은 의미심장하다. 이것은 한편으로는 언어 이미지를 영상 이미지로 옮기는 시도를 소설가 당사자와 함께 해보려는 김수용 감독 자신의 실험적 욕망이었던 동시에, 문학계에 등장한 새로운 감수성을 전유하여 새로운 독자들을 관객으로 호명하려는 욕망이었다. 이는 당시 김승옥의 소설이 지녔던 다층적인 맥락을 추측할 수 있게 해준다.

「무진기행」으로 대표되는 김승옥의 소설은 '한글세대'라 불리우는 새로운 언어감각의 소산인 동시에 예민한 대학생 청년의 감수성을 증언하는 새로운 풍속감각의 소산이기도 했던 것이다. 김승옥 소설의 이러한 다층적인 특성을 간파한 김수용에 의해 시작된 김승옥의 영화 이력은, 〈별들의 고향〉의 자장 안에 있었던 일련의 젊은 대중소설의 영화화에 김승옥이 관여하게 되는 1970년대 상황을 예비하는 과정처럼 보인다. 그 자신 앞 세대와 구별되는 신진 작가로 주목받았던 김승옥은, 그러한 문학에서의 명성과 이미지를 영화 각색 작업으로 이어와 활용했던 것이며, 자기 자신의 소설과 더불어 동시대 젊은 소설가들의 소설을 영상화함으로써 그것을 확장했던 것이다.

1977년경 '영상시대' 그룹으로 묶여지는 하길종, 이장호, 홍파, 이원세, 김호선은 〈별들의 고향〉, 〈바보들의 행진〉, 〈어제 내린 비〉, 〈병태와 영자〉, 〈영자의 전성시대〉, 〈여자들만 사는 거리〉, 〈겨울여자〉를 통해 '청년영화'라 일컬어지는 일련의 흐름을 형성했고, 여기에는 이 영화들의 모태가 된 최인호, 조선작, 조해일의 소설들, 그리고 그것을 향유하는 젊은 독자들과 관객들이 있었다.

1970년대 초반 새로운 문예영화가 대두한 시기는 1950~1960년대와는 다른 관객층이 등장하던 때이기도 하다. 김용옥은 한국 영화를 회고하면서, 대학생으로서 당시 한국 영화를 보러 간다는 사실 자체가 매우 부끄러운 일이었다고 말한다.[5] 실제로 '한국 영화의 중흥기'라 일컬어지는 1950년대 말~1960년대 한국 영화의 주된 관객은 대학생이 아니라 중장년층, '고무신 부대'라 일컬어지는 여성들, 변두리 하층계급 사람들이었고, 주류 영화는 신파와 멜로드라마, 사극영화였다. 당시 젊은이들은 자신들의 취향에 맞지 않는 한국 영화를 외면하는 대신 외국 영화를 상영하는 극장에 가곤 했다.

그러나 1970년대 초반, 〈별들의 고향〉과 〈영자의 전성시대〉를 기점으로 하여 30대 이하의 젊은 층이 한국 영화의 관객으로 급부상하게 되는데, 이는 TV의 보급으로 60년대 영화 관객들이 안방에 머무르게 되었기 때문이기도 했지만, 동시대 젊은 소설들가들의 대중소설이 역시 젊은 소설가들과 감독들의 손을 거쳐 영화화된 새로운 문예영화, '청년영화'의 소구력 때문이었다.

영화의 대량생산을 계기로 영화 제작의 경향과 관객의 수준 및 정도가 대폭 달라졌다. 처음부터 끝까지 눈물로 시작하여 눈물로 끝나는 40대 이상의 여성 취향 '멜로 드라머'가 부쩍 줄고 20,30대의 청바지나 '하이 힐', 젊은 '샐러리 맨'의 기호에 맞는 이른바 문예영화와 '액션' 물이 많아진 것이다.

제작된 작품 중에서 '멜로 드라머'는 지난해보다 준 데 비해 이른바 문예물이 급격히 늘어났고, '액션' 물, 반공물, 시대물도 약간 강세를 보였다. 이에 따라 영화 관객들의 연령도 상당히 젊어지는 추세에 있다. 〈별들의 고향〉이 동원한 46만명 관객 가운데 80퍼센트가 30대 이하였고, 〈김수임 일생〉, 〈그대의 찬손〉, 〈성숙〉, 〈진아의 편지〉의 관객도 20대의 대학생들이 대다수였다. 일본, 미국 등에서는 몇년 전부터 관객의 세대교차가 이루어지기 시작하여 현재는 영화관이 젊은 관객들로 거의 메워지고 있는 실정이다.

우리나라도 올해를 고비로 TV '드라머'는 나이 많은 여성, 소위 '고무신' 취향으로, 영화는 젊은 청장년 기호로 변해갈 것으로 전망되는 것이다.[6]

이렇게 동시대의 젊은 관객들과 소통을 시작한 젊은 영화들은 이전 시기와는 다른 문예영화의 붐을 일으킨다. 그리고 이는 불황에 허덕이던 한국 영화계에 하나의 '활력소'로 환영받았고, '저질영화'에서 탈피했다는 점에서 긍정적인 평가를 받기도 했으며, 이 영화들의 성공에 힘입어 30대 젊은 영화인들로 하여금

'영상시대'라는 새로운 에콜(학파)을 만들게끔 하기도 한다.

여기에서 흥미로운 점은, 영화 담론 내에서는 영화가 원작으로 하는 문학작품이 '순수문학'이냐 '대중(통속)문학'이냐 하는 이분법적, 혹은 위계론적 관점이 보이지 않는다는 것이다. 이런 위계론적 관점은 오히려 김승옥 자신의 언급과 최근의 영화 연구자들에게서 나타나는데, 김승옥은 〈별들의 고향〉 이후 문예영화가 상업적으로 성공할 수 있는 영화로 인식되기 시작했다는 점을 지적하고, 이호걸은 당시 대중소설을 영화화한 '청년영화'로 인해 문예영화의 개념이 변화했다고 본다.

요즘 많은 소설들이 영화로 만들어지고 있다. 10여 년 전, 아니 3,4년 전까지만 해더라도 영화제작회사가 소설을 영화로 만드는 까닭이 흥행 수입을 올릴 수 있다는 데에 있기보다는, 정부가 마련한 우수영화제작 장려제도에 맞추어 어떤 혜택을 받으려는 목적에 더 크게 있었다. 따라서 소설의 영화화를 상업적인 계산에서는 상당한 모험으로 여겨 그 제작을 꽤 망설이는 대신에 소설을 선택하는 기준은 그의 문학적인 가치 또는 평가에 역점을 두었고, 되도록 원작을 충실히 영화로 옮겨보려고 애썼다. 어쩔 수 없이 소설에 없던 인물, 소설에 없던 이야기가 영화 속에 조심스럽게 들어가게 되는 까닭도 당국의 검열을 통과하기 위한 정도였다.

그런데 텔레비전이 온 나라에 보급된 뒤로 심한 불황에 빠져 있던 영화계에서 지난 1974년에 최인호 씨의 장편소설인 『별들의 고향』

이, 그리고 1975년에 조선작 씨의 단편소설인 「영자의 전성시대」가 영화의 불황기 가운데에서도 보기 드물었던 흥행의 성공을 거두자 영화제작회사들은 이제 소설의 영화화는 오히려 상업적으로 안전하다고 생각하게 되었다. 그 대신에 소설을 선택하는 기준을 철저히 상업적인 것으로서, 그 문학적인 평가보다는 그 내용의 상업성에 거의 절대적인 역점을 두고, 관객의 취향에 맞추기 위해서는 소설 내용을 대담하게 탈바꿈시키는 것도 마다하지 않게 되었다.[7]

'문예영화', 즉 문학작품을 원작으로 하는 영화들은 1960년대에 이어서 1970년대에도 계속해서 제작되었다. 그러나 문예영화가 구성했던 의미는 1970년대에 와서 다소 달라졌다. 많은 평자들의 비판에도 불구하고 1960년대의 문예영화가 예술성을 가진 영화라는 의미를 강하게 가지고 있었다면, 1970년대에는 이러한 의미가 상대적으로 약해진 것으로 보인다. 이는 1970년대 중반 흥행을 주도했던 영화들이 대부분 문예영화였다는 점에 기인한다. 이 영화들은 대중문화적 감각을 전경화하고 있었으며, 무엇보다도 대중소설을 원안으로 한 영화였던 것이다. 이는 문예영화라는 명칭과 예술성 사이의 고리를 약하게 만들었을 것으로 보인다. (이후에는 청년영화로 불렸고, 지금에 와서는 '호스티스 멜로드라마'에 포함되기도 하는 이 영화들은 초기에는 문예영화로 명명되었다.)[8]

이러한 관점은 분명 1977년부터 유행한 소위 '호스테스 영화'

라는 개념과, 그것이 지니는 부정적인 함의를 의식한 데에서 나온 것으로 보인다. 두 번째 인용문의 괄호에서 언급되듯이, 〈별들의 고향〉, 〈영자의 전성시대〉, 〈겨울여자〉는 젊은 소설가, 각색자, 감독들이 젊은 관객들을 대상으로 하여 만든 '새로운' 흐름의 '문예영화'였고, 그 세대론적 특성으로 인해 '청년영화'로 불렸다. 그런데 1977년경부터 소위 '호스테스 영화'라 불리우는 일련의 영화들이 갑작스럽게 많이 제작되면서, 논자들은 그 기원을 〈별들의 고향〉 이하 '청년영화'에서 찾기 시작한다. 안재석 역시 '영상시대' 동인들의 영화 활동을 분석하는 가운데 이들이 내세웠던 '새로운 영화운동'의 기치와, 이들이 실질적으로 제작했던 영화들의 대중성(통속성) 사이의 괴리를 강조한다. 그리고 그것은 이들이 주로 대중소설에 기대었고, 또 〈별들의 고향〉 이후 이와 유사한 영화를 제작하려던 제작사의 요구와 타협할 수밖에 없었던 데 기인한다고 본다.[9]

분명 이 시기 '문예영화'는 1960년대 후반의 그것과 달리 '우수영화'라는 목표를 향한 것이 아니라 관객들을 소구하기에 유리한 장르로 인식되었으며, TV산업에 대한 영화산업의 유용한 대응전략으로 대두되었다. TV 드라마와 차별화하기 위한 영화의 전략은 〈별들의 고향〉의 성공에 힘입어 '호스테스'로 상징되는 여성의 성 문제, 그리고 새로운 관객으로 등장한 젊은 층의 감각에 호소하는 문화적 기호들을 다루는 쪽으로 방향을 잡았던 것으로 보인다. 이를 위해 최인호, 조해일, 조선작 등 대중적 인지도를 지닌 '70년대 작가' 군의 소설들이 주요한 각색의 대상으로 떠올랐던 것이고, 그렇기 때문에 대중성을 지닌 소설에 기댄 대중 대상의 영화라는 새로운 '문예영화'가 탄생하게 되었던 것이다. 이는 앞서 김승옥의 증언과 같이 각색할 문학작품의 선택에 있어서 이전처럼 "문학적 가치 또는 평가"보다는 "그 내용의 상업성"에 초점을 맞추는 경향이 생겨났다는 것을 의미하며, 이때 상업성은 작가들의 성향과 더불어 출판사의 대규모 광고작전과 같은 제도적인 뒷받침을 담지하는 것이었다.[10]

김승옥은 '영상시대' 그룹의 감독들 중 대중소설의 영화화에 가장 능동적이었던 김호선과 함께 조선작과 조해일의 소설을 각색한 〈영자의 전성시대〉, 〈여자들만 사는 거리〉, 〈겨울여자〉를 만든다. 이는 '우수영화'의 테두리 안에서 영화 작업을 했던 1960년대 후반과는 사뭇 달라진 상황 하에서, 달라진 문제의식을 지닌 작업이었으리라 추측할 수 있다. 단순히 각색의 대상이 되는 작품들이 달라졌다는 의미만이 아니라, 좁게는 TV와 차별화할 수 있는 작품으로 관객을 유인해야 하고 〈별들의 고향〉으로 부상한 젊은 관객층과 대화해야 하는 상황과 맞닥뜨렸다는 의미에서, 그리고 넓게는 대중문화 전반에 팽배한 동시대의 서구식 문화적 기호들과 변화한 생활감각을 다루어야 했다는 의미에서 그렇다.

김용옥은 '영상시대' 그룹을 "6·3세대"라는 말로 정의하는데, 이는 6·3한일회담 이후 국제무역시장의 종속적 관계 속으로 맞물려 들어가기 시작한 한국 경제와, 그것을 뒷받침하기 위한 독재의 강화, 이러한 변화 속에서 한국의 대중문화에 스며든 미국 문화 혹은 일본의 필터를 여과해서 들어오는 서양 "짬뽕아류문화" 속에서 영화를 통해 발언해야 했던 세대라는 의미이다. 이런 맥락에서 〈별들의 고향〉은 한국 영화사에서 "서양 문화에 즉흥적으로 감응하는 젊은 세대의 말초적 언어들을 영상적으로 제시한 최초의 작품"이며, 이 영화의 히트로 인해 한국 영화는 "영상을 처리하는 스피드 감각이라든가 언어감각에 새로운 시각을 요구하게" 되었고, 이 요구는 "이미 요순시대에서 벗어나 구조적 전환을 일으키고 있"었던 새로운 관객층에 의해 추동되었다는 것이다.[11]

김승옥은 이러한 문화적 요구에 (다른 '영상시대' 감독들과 달리) 가장 적극적으로 대응했던 김호선과 함께 작업을 했고 또 성공했다. 〈여자들만 사는 거리〉에서 마릴린 먼로 흉내를 내며 서구 문화를 향유하는 창녀 근옥의 형상화라든가, 〈겨울여자〉에서 발랄하게 그려지는 대학생 문화 및 중산층의 레저문화 등은, 이 영화들이 발판으로 삼고자 했던 원작소설들의 "내용의 상업성" 보다 더 주효하게 관객에게 어필했을 것이다. 김승옥 자신의 침묵과 냉소적인 태도에도 불구하고, 이 시기에 그는 '우수영화' 각색자에서 '청년영화' 각색자로, "4 · 19세대의 기수"에서 "6 · 3세대"의 선봉으로 성공적인 자리옮김을 한 것으로 보인다.

1970년대 김승옥이 김호선 감독과 함께, 조선작과 조해일의 소설을 각색하여 만든 〈영자의 전성시대〉, 〈여자들만 사는 거리〉, 〈겨울여자〉(맨 위부터). 김승옥은 '대중적 소설에 기댄 대중 대상 영화'라는 새로운 70년대식 '문예영화'의 흐름에 가장 적극적으로 대응한 김호선 감독과 작업하여 비평과 흥행에서 모두 성공을 거두었다.

김승옥이 써낸 '여성 성장 멜로드라마'

김승옥이 만든 16편의 영화들에서 두드러지는 경향 혹은 장르는 여성 성장 멜로드라마이다. 1970년대 중후반에 김호선과 함께 만든 세 편의 영화들(〈영자의 전성시대〉, 〈여자들만 사는 거리〉, 〈겨울여자〉)이 그 직전의 화제작 〈별들의 고향〉과 묶이면서 '호스테스 영화'의 효시라 불릴 정도로 여성과 성性의 문제를 전경화하기도 했지만, 그 이전의 영화들(〈감자〉, 〈내일은 진실〉)이나 이후의 영화들(〈태양을 훔친 여자〉, 〈강변부인〉, 〈무진 흐린 뒤 안개〉)에서도 초점은 여성 및 여성을 성장케 하는 계기로서의 성 문제에 가 있었다.

물론 여성을 전면화하는 멜로드라마는 해방 후 한국 영화의 주류 장르라 할 수 있으며, 여기에서 성은 가족과 더불어 여성에게 '문제'로 대두되는 가장 중요한 주제이다. 하지만 1970년대 한국 멜로드라마는 이전과 달리 대도시 문화와 성모럴의 변화를 주된 테마로 다루는 경향을 보이게 된다. 산업화와 도시 향락문화의 창궐, 급속하게 유입된 성개방 풍조 등이 영화의 주제로 등장하면서, 여성 주인공들은 순진성, 순결성을 훼손당하는 희생자 혹은 도발적으로 섹슈얼리티를 발현하는 괴물(대개는 이 두 가지가 혼합되지만)로 그려진다.

1970년대 멜로드라마는 이 여주인공들이 새로운 성을 계기로 정체성을 찾아나가는 것을 주제로 삼으면서, 변화하는 가족과 사회적 관계를 담론화하기도 하고, 또 한편으로는 성을 상품화하는 데 일조하기도 한다. 70년대 후반과 80년대 초반을 풍미했던 '호스테스 영화'나 '혼자 사는 여자'류의 영화들은 이러한 줄타기를 하는 멜로드라마의 대표적인 하위 장르였으며, 김승옥의 영화 작업 역시 이를 주도하거나 이 언저리에 놓여 있었다.

새로운 성 풍조와 성의 상품화는 이 시기 멜로드라마에서 양날의 칼과 같은 것이었다. 성을 계기로 해서만 여성의 사회적 성장을 바라본다는 한계가 있으면서, 또 그것을 매개로 하여 변화하는 여성의 정체성을 담론화한다는 중요성이 있기 때문이다.

1970년대 한국에서 새로운 영화운동을 주창하던 '영상시대' 그룹의 일련의 '청년영화'가 여성의 상품화를 통해 가부장제의 존속에 일조했다는 비판에 직면하기도 했지만,[12] 또 한편 그로 인해 시대의 풍조를 예민하게 선취할 수 있었듯이, 검열을 피해 양산되던 활극, 하이틴물과 더불어 멜로드라마 역시 변화하는 여성의 성을 매개로 하여 변화하는 가족관계와 인간관계를 포착한 측면이 있었던 것이다. 그렇기 때문에 여기에서 여성 '성장' 멜로드라마라는 명칭을 사용하는 것은, 성을 통한 성장이 지닌 부정적인 면과 긍정적인 면을 모두 놓치지 않기 위한 것이다. 이 영화들에서 여성은 성적으로 훼손되는 경험을 통해 사회 안에서 자기 자신의 위치를 재인식하게 된다.

이 글에서 주목하는 부분은 이런 맥락에서 김승옥이 원작들을 각색하는 양상, 그리고 이 영화 작업과 그 자신의 소설 작업과의 대화적 양상이다. 즉 원작과는 달리 여성과 성 문제를 전면화하는 방식, 그리고 김승옥의 소설에서 새롭게 대두된 여성 문제 및 그것을 영화화하는 방식의 문제인 것이다. 더욱이 김승옥 소설의 중요한 테마 중 하나가 '성' 및 그것을 매개로 한 '윤리'의 문제라는 점을 염두에 둔다면,[13] 여성 성장 멜로드라마의 시나리오 작업을 하면서 그가 이 테마를 어떻게 변형 혹은 심화시켰는가 하는 것은 흥미로운 문제가 아닐 수 없다. 동시대 다른 작가들의 소설을 각색한 양상에 대해서는 〈영자의 전성시대〉와 〈여자들만 사는 거리〉가, 김승옥 자신의 소설과의 대화적 양상에 대해서는 〈강변부인〉이 관심의 대상으로 떠오르게 된다.

〈영자의 전성시대〉가 불러낸 관객과 여성

〈영자의 전성시대〉는 조선작의 동명 소설을, 〈여자들만 사는 거리〉는 역시 조선작의 「모범작문」을 각색한 작품이다. 이 두 작품은 김호선 감독과 함께 작업한 것인데, 그가 김호선과 함께 만들었던 세 편의 작품(〈영자의 전성시대〉, 〈여자들만 사는 거리〉, 〈겨울여자〉)은, 김호선에 의하면, 일련의 연작과도 같은 여성 성장 영화들이다.

'영자'는 팔 하나 부러진 4 · 19 의거소녀義擧少女의 경우처럼 홀

러간 역사 속에서 희생당한 인생이었고, '근옥'은 비로서 한 남성(인간이라고 해도 좋다)을 사랑할 수 있다는 '사랑의 진실'을 깨닫는 삶이었지요. 이번 〈겨울여자〉의 '이화'가 하는 사랑은 마음이 헐벗고 추위에 떠는 이들에게 많은 사랑을 베풀 줄 아는 아카페적인 사랑, 즉 종교적인 의미의 사랑이라고 할 수 있겠습니다. 따라서 이화가 추구하는 삶이라는 것도 여자가 결혼을 해서 행복하다거나, 불행하다거나 하는 범상적인 여성의 길이 아니라, 많은 남성들이 깊은 생각을 할 수 있는 한 시대의 이상적인 여성상으로 '이화의 삶'은 승화되어 있어요.[14]

이 세 영화의 원작 소설과 비교해보았을 때, 〈겨울여자〉를 제외한 두 작품은 '영자'와 '근옥'이라는 여성을 노골적으로 전경화한다는 점에서 원작을 꽤 많이 개작한 영화라고 할 수 있다. 조선작의 「영자의 전성시대」는 창수의 시점에서 영자의 인생유전을 그리고 있고, 「모범작문」은 '색시집'을 하는 가정의 소년 창길의 시점에서 창녀 근옥의 로맨스를 서술하고 있다. 그러나 영화 〈영자의 전성시대〉는 창수의 시선에서 비껴난 영자의 상황과 내면에 초점을 맞추고 있고, 〈여자들만 사는 거리〉는 소년의 시점을 벗어나 창녀 근옥의 이야기만을 다룰 뿐만 아니라 소설 속 서사의 후일담을 첨가하여 비중있게 다루고 있다.

「영자의 전성시대」에서 창수가 일하던 철공장 주인집의 식모로 있던 영자와 창수가 헤어지게 된 것은 창수가 입대하여 월남에 가면서였다. 소설은 월남에서 돌아온 창수가 목욕탕에서 때밀이 직업을 얻고 난 후 청량리 오팔팔에 갔다가 우연찮게 영자를 다시 만나게 되는 것으로 설명하며, 그동안 영자가 식모살이에서 버스차장으로, 그리고 마침내 오팔팔 창녀로 전락한 사정은 영자의 입을 빈 창수의 서술로 전달하고 있다. 반면 영화는 창수가 군대에 간 후 영자에게 닥친 일들을 플래쉬백을 통해 매우 공을 들여 보여준다. 주인집 아들에 의한 겁탈, 버스 차장을 하다가 팔을 잃게 되는 것, 그리고 무엇보다 창녀가 될 수밖에 없었던 상황을, 관객의 감정이입을 유도하는 방향으로 그려내는 것이다.

특히 팔을 잃은 대가로 받은 거액의 위자료로 미장원을 차려 독립적인 생활을 할 수 있었음에도 불구하고 그 돈을 시골집에 부친 후 자살을 시도하는 장면이라든가, 시골 언니인 춘자가 매춘하는 방에 얹혀 살면서 가난과 추위를 이기지 못하여 "따뜻하게 안아줄 수 있는 사람"을 찾아 처음 몸을 팔게 되는 장면은 소설에서 묘사하는 영자의 "흐느낌" 혹은 "서글픈 목소리"[15]보다 강한 정서적 이입효과를 낳게 된다. 이를 통해 이 영화의 주인공은 물론이고 스토리를 관객에게 전달하는 화자의 기능은 창수가 아니라 영자가 맡게 되고, 영화는 창수의 시선에 매개되지 않은 영자의 인생유전을 관객에게 직접 전달하는 효과를 낳는 것이다.

나아가 소설에서는 알 수 없는 원인에 의해 사창가에 화재가 나고, 거기에서 나온 시체들 중에서 영자의 그것을 알아보고 오

조선작의 원작을 김승옥이 각색한 1975년작 〈영자의 전성시대〉 중 한 장면. 외팔이 영자(염복순 분)의 등을 때밀이 창수(송재호 분)가 눈물 흘리며 밀어주는 장면이다. 〈스팅〉의 33만 명을 뛰어넘는 흥행 기록을 세운 이 영화는, 영자의 내면적 '성장'을 후일담으로 첨가하여 눈길을 끌었다.

열하는 창수의 내레이션으로 이야기가 마무리되지만, 영화에서는 창수가 사소한 폭력사건으로 교도소에 간 사이 영자가 스스로 창수의 시선에서 사라지는 것으로 처리한다. 소설에서는 창수의 헌신적인 보살핌으로 새 생활을 찾기로 결심한 영자가 포주에게 돈을 받아내기 위해 애를 쓰다 마침내 방화를 한 것으로 그리고 있는 반면, 영화에서는 창수의 보살핌을 부담스러워한 영자가 스스로 그 곁을 떠나는 것으로 변화되는 것이다. 이 부분 역시 영자에 대한 관객의 감정이입을 끌어내기에 충분하게 묘사되는데, 창수와 함께 새 생활을 시작할 수 있었음에도 불구하고 그에게 짐이 될 것을 우려하여 스스로 그의 곁을 떠나 자살까지 시도하는 영자의 내면이 멜로드라마적 색채를 통해 드러나기 때문이다.

이 영화는 대학생 등의 지식인 관객뿐만 아니라 당시 주요한 관객층으로 떠오른 도시 하층 청년 관객들, 그리고 매춘여성들에게서 큰 호응을 이끌어냈고, 멜로드라마적 색채가 강함에도 불구하고 도시 산업화를 잘 묘사한 '리얼리즘' 영화로 비평가들의 호평을 받았다. 여기에서 흥미로운 것은 영화의 에필로그인데, 얼마간 세월이 흐른 후 창수가 영자를 다시 만나게 되는 장면이다.

사라진 영자를 우연히 다시 만나게 되었을 때, 창수는 그녀가 절름발이 남성과 아이를 낳아 행복하게 사는 모습을 발견하게 된다. 한쪽 팔이 없는 영자는, 자신처럼 불구의 신체를 가진 남성을 만나 넉넉하지는 않지만 행복한 도시빈민으로 안착한 듯 보인다. 창수가 영자의 남편과 인사를 나누며, 넓게 닦인 도로 위를 힘차게 달리는 모습은 매우 긍정적으로 그려졌고, 이 일종의 '해피 엔딩'은 영자와 비슷한 처지에 놓인 매춘여성 관객들의 큰 호응을 얻어낸 것이다. 물론 이 '해피 엔딩'은 "밝고 진취적인 결말"을 권장하던 검열당국의 시선도 감지하게끔 하지만, 창수의 낭만적인 '보살핌'이 아니라 영자 자신과 대등하게 도움을 주고받을 수 있는 또 다른 불구의 사람 옆에서 사회 내 자리를 찾으려 하는 영자의 '성장'을 보여준다는 점에서 의미심장하다.

사라진 창녀 혹은 누이

김승옥과 김호선이 그 다음 해인 1976년 만들어낸 〈여자들만 사는 거리〉는 이 '해피 엔딩'의 효과를 극대화한 로맨틱 코미디물이다. 주인공 여성은 역시 창녀인 근옥이고, 그녀의 짝은 통념상 창녀와 전혀 어울리지 않는 초등학교 선생이다. 코믹 터치를 통해, 이 영화는 밝고 명랑하지만 무식한 창녀와 성실하고 주변머리 없는 학교 선생의 사랑이 과연 이루어질 것인지를 긴장의 축으로 삼아 내러티브를 진행시킨다.

조선작의 「모범작문」에서 이 로맨스는 근옥의 일방적인 짝사랑으로 결말을 맺게 되고, 그 과정에서 창길의 담임 선생은 근옥을 '창녀'로만 대하는 다소 파렴치한 사람으로 묘사되는 반면, 영화에서는 원작 소설의 '후일담'을 후반 2분의 1에 할애하여 마침내 두 사람이 맺어지는 것으로 결말을 맺는다. 이 과정에서 배경과 기질과 취향이 사뭇 다른 두 사람의 티격태격하는 에피소드들이 코믹 터치로 그려지는데, 마침내 선생은 아동전집 외판원으로, 근옥은 호텔 청소부로 직업을 바꿈으로써 이들은 건강한 커플로서 안착하게 된다.

이 두 작품에서 조선작의 원작에 나타난 창녀 모티프는 남성들의 시선에 의한 매개를 거치지 않은 여성들의 성장담으로, 멜로드라마 및 로맨틱 코미디라는 장르적 장치를 거쳐 영화로 재탄생된 셈이다. 여기에 다름 아닌 '성'을 통해 남성(과 세상)을 구원하려는 여대생 이화(〈겨울여자〉*)를 포함시킨다면, 이 여성 성장담은 기존의 멜로드라마와 달리 가족이라는 테두리를 벗어나 자기 자신을 찾아가는 도시 여성들의 이야기처럼 보인다.

이 시기에 김승옥의 손을 거쳐 생산된 영화들의 성격은 그래서, 그의 1960년대 소설들과는 사뭇 이질적으로 보인다. 특히 여

---

* 멜로드라마로서, 그리고 여성 성장담으로서 〈겨울여자〉에 대해 당시 한 대학생 관객은 이렇게 감상을 피력하고 있다. "전공하는 친한 한 친구는 이렇게 말해주고 있다. '요즈음의 우리나라 영화는 전통에서 벗어나려는 몸부림을 치고 있으나, 그것이 쉽지 않은 듯 느껴진다.'고. '겨울여자 같은 작품은 기술적, 소재적인 면 등에서 과거와는 좀 색다른 양상을 보여주고 있다.'고. 한국의 영화적 전통, 울고 불고 짜는 그러한 식의 전통에서 탈피하여, 순애의 이야기에서 이화의 이야기로 탈바꿈한 것이다."(전주석, 〈영화와 대학생활〉, 《영화》, 1978년 3~4월호.)

성의 문제만 놓고 본다면, 김승옥의 이전 소설들은 여성 주인공이나 화자를 내세운 경우가 거의 없다는 점에서, 1970년대 영화 작업과 공통점이 없어 보인다. 그러나 김승옥의 소설에 등장하는 여성 인물은 남성 주인공들이 맞닥뜨린 1960년대 서울이 지닌 양가적 가치들이 투영되는 대상으로 존재했다.

백지연에 의하면, 김승옥 소설의 여성 인물은 도시의 기표와 밀접하게 연관되어 있는데, 물질 위주의 가치관이 지배하는 타락한 곳인 동시에 관습과 편견을 해방시키는 매혹적인 곳인 서울은, 창녀와 순결한 누이라고 하는 모순된 여성상으로 상징된다. 이 여성상은 도시에 대해 매혹과 절망을 함께 느끼는 남성 주인공들의 유희와 위악, 허위적인 위무의 대상으로 타자화된 여성의 그것인데,[16] 이는 남성 주인공과 화자의 매개를 거치지 않은 70년대 영화들에서 유지되기도 하고 변형을 겪기도 한다. 김승옥이 '창녀소설'이라 불리는 조선작의 작품 두 편을 영화화하면서 여성 성장 멜로드라마의 외피를 얻게 되는 것은 그래서 흥미롭다.

〈영자의 전성시대〉와 〈여자들만 사는 거리〉에서 소설에 존재하던 남성의 시선과 목소리는 제거되지만, 이제 주인공으로 등장하는 여성들이 남성들과 맺게 되는 관계 속에 이 긴장은 존속한다. 영자는 자신을 사랑하는 창수에게서 왜 사라졌으며, 근옥은 자신을 철저하게 '개조'하려고 하는 선생의 태도를 왜 감내하는가. 여기에서 창녀로 전락한 여성들에게 '구원'이란 곧 그녀들을 사랑하거나 교화시키려는 남성들과 결합하는 일이었음에 주목하자.

성병에 걸린 영자를 치료해주고 돈을 모아 영자를 사창굴에서 빼내려 노력하는 창수나, 천박한 행태와 무식, 물욕, 나아가 성욕에 감염된 근옥에게 공부하고 교양을 쌓을 것을 요구하는 선생은 처음엔 이 여성들이 어엿한 근대사회의 일원으로 편입되기 위한 유일한 길처럼 제시된다. 그러나 그들 사이에는 윤리적, 계층적 격차가 존재하고 있기 때문에, 남성의 입장에서 보았을 때 그녀들과의 결합은 자신의 '희생'을 감내해야 하는 일이다. 창수는 땀 흘려 번 돈을 고스란히 영자에게 바쳐야 했으며 선생은 근옥을 책임지기 위해 학교를 그만두고 외판원으로 나서야 했다. 창녀 영자와 근옥의 인생유전에 관객들이 감정이입하는 것 못지 않게, 실은 이 영화들에서 그녀들 때문에 희생을 치르는 남성들에 대한 감정이입 기제 역시 강하게 작용하는 것이다.

〈여자들만 사는 거리〉가 로맨틱 코미디와 '신데렐라' 스토리라는 장르적 틀 덕분에 근옥과 선생의 결합을 성공시킬 수 있었다면, 〈영자의 전성시대〉는 영자를 창수로부터 떠나게 하는 멜로드라마적 기제와 그녀가 비슷한 처지의 불구자 남성과 결합하게 되는 보상 기제 둘 다를 활용함으로써 윤리적인 안전판을 마련할 수 있었던 것이다. 다시 말해 영자와 근옥은 남성 주인공들에 의해 구원되어야 하는 누이/창녀의 모순된 이미지를 동시에 구현한 존재들이자, 멜로드라마나 환타지의 구조를 통해서만 구원

될 수 있는 존재들이었던 것이다. 김승옥 소설과만 비교해서 말하자면, 그녀들은 누이/창녀 형상을 통해서만 존재하는 여성이었다는 점에서 여전히 남성이 느끼는 근대 도시생활의 거울상이고, 장르적 장치를 통해 남성들에 의해 구원된다는 점에서 남성 나르시시즘의 반영체이기도 한 셈이다.

그러나 영자가 창수의 '보살핌'을 떠나 자살 시도라는 통과의례를 거쳐 제 자신의 힘으로 새 삶을 찾아나선 것, 그리고 근옥이 외판원으로 '전락'한 선생으로부터 독립적으로 호텔에서 일자리를 마련한 것은, 그녀들이 남성 나르시시즘의 거울에서 빠져나왔음을 반증하는 것이기도 하다. 특히 근옥이 호텔에 들어가는 것을 목격하고 허겁지겁 그녀를 뒤쫓던 선생을 사로잡던 망상이 엉뚱한 것이었음이 밝혀지는 장면은, 남성 나르시시즘의 자가당착적인 면을 흥미롭게 보여준다. 김승옥 소설을 지배하던 이 남성 나르시시즘은, 여성의 성장에 초점을 맞춘 영화들에 와서 그 원환圓環에서 벗어나는 것처럼 보이기까지 한다.

물론 이러한 변화는 소설가에서 각색자로 위치를 바꾼 김승옥 개인의 의식 변화라고 단정하기는 어렵다. 이는 당시 여성 성장 멜로드라마를 요구하고 또 그것의 최대 허용치를 형성했던 사회문화적 통념과 무의식적으로 협상한 결과라고 말할 수 있을 것이다. 당시에는 하층 여성의 인생유전이 지닐 수 있었던 설득력이 있었고, 그것을 이 영화들은 성공적으로 코드변환했으며, 또 그 인생유전에의 감정이입이 허용되는 범위만큼 이 영화들은 그것을 이루어냈던 것이다.*

영화로 완성된 소설 〈강변부인〉

여성 성장 멜로드라마의 맥락에서 김승옥 소설과 영화의 대화적 관계를 보여주는 흥미로운 사례는 〈강변부인〉(1980)이다. 김승옥의 동명 장편소설을 영화화한 것으로서, 소설의 내용을 영화의 전반 3분의 1가량의 모티프로 삼고, 나머지 부분의 내용을 새롭게 덧붙인, 일종의 증보 · 확장판이다. 그래서 마치 이 영화는 소설에서 못다 한 이야기를 마저 한 것 같기도 하고, 전혀 새로운 방식으로 그 소설을 다시 써낸 것 같기도 하다.

소설 「강변부인」(1973)은 설계사 남편을 둔 30대 여성 민희가 남편 이외의 남성들과의 정사를 통해 삶의 쾌락을 찾는 이야기로, 《일요신문》에서 연재는 마무리되었지만 결말이 제대로 지워지지는 않은 느낌을 주는 장편소설이다. 긴장 없는 문체와 노골

---

* 소위 '도시 문예영화'라 불리는 〈야행〉은, 그 이전까지의 김승옥 소설에서 유일하게 여성 주인공을 내세웠던 「야행」의 영화화라는 점에서 흥미롭다. 이 영화는 권태로운 도시의 일상과 그로부터의 탈출구를 성에서 찾으려 하는 여주인공을 보여준다는 점에서 여성 성장 멜로드라마와 맥을 같이하는 작품이다. 주목할 점은 영화가 소설의 주제를 거의 변형시키지 않았음에도 불구하고 김승옥은 어떤 이유에서인지 이 각색에 참여하지 않았다는 점이며, 심지어 영화에 대해 별로 긍정적으로 생각하지도 않았다는 점이다. 다소 과장된 유추를 하자면 이는 문학과 영화를 위계적 관계에서 파악하려던 김승옥의 태도와 관련되는 것처럼 보이기도 한다.

김승옥 원작·각색, 최동준 감독의 1980년작 〈강변부인〉의 신문 광고. 김승옥은 《일요신문》에 연재 중이던 소설 「강변부인」의 영화권을 우성영화사에게 100만원이라는, 당시로서는 최고가를 받고 넘겼다. 그것도 연재 초반에 계약이 성사되어 주변을 놀라게 했다. 영화 〈강변부인〉은 원작과 달리 여자 주인공이 쾌락의 대가를 치르고 가정으로 돌아오는 '여성 성장 멜로드라마'로 그려졌다.

적인 성적 표현 때문에 김승옥 문학이 후기에 '통속화'되었음을 보여주는 대표작으로 평가되면서, 문제의식 면에서는 "도시적 일상성에 대해 더 이상 새로운 긴장감과 의식적 탐구를 갖지 못한"[17] 후기작들과 함께 비판의 대상이 된다. 무엇보다 두드러지는 것은 김승옥 소설에서 흔치 않게 여성 주인공을 내세웠다는 점과, 시종일관 성적 일탈의 문제를 중심으로 사건들을 이끌어 간다는 점, 그리고 그 어조가 풍자적이라는 점이다.

영화 〈강변부인〉 역시 이러한 특징들을 공유하지만, 소설의 민희가 남편 이외의 남자들과 죄의식 없이 성관계를 갖는 반면, 영화의 민희는 조신한 중산층 여성이었다가 강간과 유혹에 넘어간 대가로 남편에게 이혼을 당하는 '전락'의 경험을 겪는다는 점, 그리고 강한 모성애로 고통당한다는 점에서 차이가 있다. 다시 말해 소설에서 민희의 성모럴이 가정과 쾌락을 동시에 소유하겠다는 뻔뻔스럽고 이기적인 것으로 풍자된다면, 영화에서는 '전락'을 통해 쾌락의 대가를 치르고 참회한 후 가정으로 복귀하는 '성장'의 과정을 멜로드라마적 장치로 그려내고 있는 것이다.

사실 소설 「강변부인」을 그대로 영화화했다면 그것은 풍자 코미디 이상이 되기 힘들었을 것이다.* 여주인공의 성적 편력은 철저하게 차갑고 풍자적인 시선과 목소리에 의해 매개되고, 성적 욕망이란 여주인공 스스로 표현하듯 "근원적인 경멸감 내지 죄의식"[18]과만 결부되어 있다. 이 영화가 제작되던 시기는 '호스테스 영화'와 '혼자 사는 여자' 등 아파트에서 혼자 사는 여성들의 성모럴을 다룬 영화들이 유행하던 때이고, 김승옥은 바로 전 해에 '혼자 사는 여자' 영화의 아이콘이었던 김자옥을 주인공으로 캐스팅한 〈태양을 훔친 여자〉라는 영화를 만든 바 있었다. 〈강변부인〉은 중산층적 삶을 상징하는 '아파트', 이혼 등의 이유로 '혼자 사는 여자' 등을 모티프로 한다는 점에서 〈태양을 훔친 여자〉와 함께 이러한 멜로드라마적 장치 속에서 만들어진 영화라 할 수 있다.

이 영화들에서 30대의, 아이를 낳은 경험이 있는, 중산층의, 혼자 사는 여자들은 더 이상 창녀/누이의 모순적인 이미지 복합체는 아니다. 대신 이들은 남성의 시선에 의해 '미스터리'한 존재로 포착된다. 남편은 그녀의 성적 일탈(강간이든 간통이든)을 이해할 수 없고, 거리에서 우연히 만난 남자들은 그녀의 과거와 그녀가 '혼자' (혼자 술집에 오든 혼자 살든)라는 점을 이해할 수 없

---

* 김승옥은 이 소설이 단행본으로 출간된 후 출판사에 절판을 요구하며 출판을 중단시켜버렸다. 그는 이 소설을 "흥미 위주의 이른바 대중소설"이라고 말하면서, "안이한 태도로" 써낸 것이 스스로 역겨워 그렇게 했다는 것인데, 그럼에도 불구하고 이 소설에서 드러나는 냉소적이고 풍자적인 태도에 대해 다시 이렇게 말한다. "어떻든, 가정이 붕괴되는 시대의 치유하기 어려운 고통을 이처럼 즐기는 듯한 태도로 안이하게 접근하고 있었다는 점에서 「강변부인」의 작가로서 스스로 부끄럽게 생각해왔지만, 보다 진지한 태도로 이 엄청난 붕괴를 소설로 써낸다면 어떤 소설이 될지에 대해서는 솔직히 말해서 구체적으로 떠오르는 것이 없었다. 비윤리非倫理란 궁극적으로는 희극적인 게 아닐까. 그런 깨달음만 얻었다. 결코 진지하게 표현되어질 수 없는, 쓴웃음 한 번 웃고 외면할 수밖에 없는 코미디 그것이 모든 비윤리적인 사태의 형상인 것 같다는 게 「강변부인」을 쓰면서 새롭게 터득한 명제라고나 할까." 「작가의 말」, 『김승옥 소설전집 1』, 문학동네, 1995, 11~12쪽.

1979년 김승옥이 각색자로 참여한 영화 〈태양을 훔친 여자〉. 주인공은 당시 '혼자 사는 여자' 류 영화의 아이콘이던 김자옥이었다. 〈강변부인〉과 〈태양을 훔친 여자〉 모두 가정으로부터의 일탈을 통해 '성장'한다는 특징이 있다.

고, 그녀를 사랑하게 된 새 남자들은 그녀의 괴로움(아이와 떨어져 살아야 한다는 데서 오는 괴로움)을 이해할 수 없고, 또 그녀가 자신을 사랑하는지 아닌지 여부를 알 수 없다. 그녀들은 고향에 있던 순결한 누이가 타락한 존재도 아니고, 그녀를 구원하면 자기 자신도 구원될 수 있을 것만 같은 가엾은 창녀도 아니다. 김승옥이 1970년대 말 「서울의 달빛 0장」에서 절규했듯, 그녀들은 "그 육체 자체가 대중의 소유"인 여배우와 같은 존재들인지도 모른다. 그래서 남성들(남편, 우연히 만난 남자들, 그녀를 사랑하게 된 남자)이 이 소설의 '나'처럼 "개 같은 욕망에 시대의 구실을 붙여 넣을 유혹한 놈. 이름을 대. 모두 이름을 대. 몇 놈이냐? 모두 이름을 대."[19]라고 물어보고 싶은 그 모든 비밀을 감추고 있는, 알 수 없는 여성들처럼 보인다.

그러나 이 여성들은 '전락'처럼 보이는, 가정으로부터의 일탈을 통해 성장하고 있다. 영화는 담배와 술집, 하룻밤의 정사 등의 장치를 통해 풍자적인 톤을 유지하는 한편으로, 자신을 가정 밖으로 내몬 것의 정체를 탐구하면서 성과 가정의 문제를 성찰하는 여성들을 보여준다. 더욱이 소설 「강변부인」에서 여성의 욕망은 뻔뻔스럽고 이기적인 것으로 백일하에 까발려지는 반면, 이 영화들에서 여성의 탐구와 성찰은 남성들의 시선으로부터 비껴나는 '미스터리'한 것으로 그려진다.(〈태양을 훔친 여자〉는 미스터리 추리극의 특질마저 보여준다.)

남성들은 여성들이 어떻게 성장했는지 알지 못한다. 그래서 마치 저 옛날 〈자유부인〉(1956)에서처럼 여성으로 하여금 참회하게 하고 모성에 이끌려 가정에 회귀하게 만들거나(〈강변부인〉) 남성의 '훈계'에 깊이 반성하게 만드는(〈태양을 훔친 여자〉) 결말을 시도해보지만, 이 결말들은 다분히 요령부득처럼 보인다. 1950~1960년대 멜로드라마의 모티프였던 '모성'은 이 '혼자 사는 여자'들의 섹슈얼리티나 자기결정력과는 겉돌기 때문이다.

그렇다면 소설 「강변부인」에서 민희로 대표되는, 성적 쾌락에 탐닉하는 도시 중산층 여성에 대한 신랄한 조소와 풍자는, 여성 관객을 대상으로 하는 이 멜로드라마에서는 소통되지 않는 화법이었음을 김승옥은 깨달았는지도 모르겠다. 영화 〈강변부인〉은 여성의 섹슈얼리티를 '바깥의 힘'(성적 폭력과 유혹)에 의해 계발되는 것으로 그린다는 한계가 있음에도 불구하고, 이혼이라는 통과의례를 거쳐 가정과 사회에서 자신의 위치를 재발견하려는 여성 성장의 계기로 그것을 담론화한다. 그리고 이 점에서 이 영화는 소설 「강변부인」을 스크린이라는 공공영역의 장으로 확장할 때 생겨나는 협상의 양상을 잘 보여준다고 할 수 있다. 이 작품은 김승옥이 '소설'이라는 매체에서와 '영화'라는 매체에서 여성과 도시적 욕망의 문제를 다루는 방식의 차이를 예각화해 보여주는 흥미로운 사례이다.

비현실적인 시대의 '현실적인' 통과법

김승옥은 소설 쓰기를 중단하고 영화 작업을 한 이유에 대해 "먹고살아야 했으니까"라고 대답한다. 영화가 매력적이었고, 당시 "문학작품을 영화로 만들 때 제대로 해석해줄 사람이 필요했"기 때문이라고도 말하지만, 영화 일은 "별로" 재미있지 않았다고 한다.[20] 제도적으로 가장 험악했던 시기에 영화 작업을 해야 했고, 제작자 및 감독 등 스탭들과 협업을 해야 하는 수고 등이 그에게는 정말 별로 보람을 느낄 수 없는 일이었을지도 모른다.

그러나 거꾸로 이 시기에 왜 소설을 쓰지 못했는가(않았는가)를 되물었을 때, 그가 소설을 쓸 때 경험하게 되는 "비현실적인 느낌"[21]을 거론했던 것을 곱씹어본다면, 실질적인 제도 및 다른 작가의 소설들과 동료와 관객을 염두에 두어야 하는 영화 작업이 오히려 그에게 '현실적인' 글쓰기 경험을 제공하지 않았을까 유추하게 만든다. 그것은 개인 김승옥의 창작이 아니라 좀 더 공적인 제작 과정 속에 있는 존재의 작업, 추상적인 언어와 구체적인 이미지 사이의 작업, 검열 당국과 관객의 시선의 조율을 미리 받아야 하는 작업이었기 때문이다. 그리고 특히 멜로드라마라는, 여성 관객과의 대화를 요구하는 장르에서는 당시의 사회문화적 경계와 협상을 벌여야 했기 때문이다.

김승옥의 영화 작업은 1960년대 후반 '문예영화'의 중흥기에 문학과 영화언어의 차이를 실험하는 일을 거쳐 1970년대에는

'70년대' 작가들, 감독들 및 그 시기 부상한 젊은 관객들과 새로운 의사소통을 실험하는 일, 그리고 특히 여성 관객을 염두에 둔 멜로드라마 작업이라는 스펙트럼을 갖는다. 소설 작업보다 더 오랜 기간을 투여했던 영화 작업을 통해, 그는 '4·19세대'라는 자신의 정체성을, 변화하는 정치경제 및 매체 환경과 급속하게 유입되는 대중문화의 기호들, 도시문화와 급변하는 성모럴 등에 통과시켰다.

문학담론에서 그의 문학은 '60년대'에 결박되어 있는 것처럼 보이지만, 그의 글쓰기는 70년대를 적극적으로 통과하고 있었던 셈이다. 이 통과가 '개인' 김승옥에게 독이 되었는지 약이 되었는지는 알 수 없다. 이 과정을 "침묵"이라 표현하던 그는 문학과 영화 사이에 어떤 수직적인 위계관계를 상정하고 있었거나, 70년대를 영화로 통과하는 일에 다소 지쳐 있었을지도 모른다. 자신의 소설과 영화 작업에서 당대 문화적 기호들을 적극적으로 포용하고 활용했던 최인호의 궤적과는 사뭇 다르게 말이다.

1980년 즈음 그는 소설 쓰기를 다시 시도하지만, 1970년대를 통과하며 지친 어깨를 편히 기댈 수 있는 초월적인 존재를 발견하고 지금까지 다시 펜을 잡지 않고 있다. 적극적으로 70년대를 통과했음에도 불구하고 그의 발걸음이 이렇게 지쳤던 것은, 문학을 통한 '자기 세계'의 확립과 영화를 통한 '대중'과의 소통이 그의 내면에서는 발전적인 상호 심화나 확장을 이루지 못했기 때문이 아닐까 추측하게 만든다. 그에게 문학은 자기 자신과의 싸움의 장場이었고, 1970년대의 윤리는 그에게서 '관찰'과 '풍자'의 대상 이상의 것으로 문학에 진입해 들어오지 못했던 것이 아닐까.

주 |

1 김주연, 〈김승옥 작품세계 : 윤리와 사회〉, 《소설문학》, 1981년 2월, 54쪽.

2 김승옥, 「굳어진 손을 푸는 워밍업」, 『뜬세상 살기에』, 지식산업사, 1977, 200쪽.

3 편집부, 〈화제의 작가, 김호선 감독을 찾아서 ; 영화는 작가의 것…… 후회를 남기 지 않기 위해서 최선을〉, 《영화》, 1976년 6월호.

4 김화, 『새로쓴 한국영화전사』, 다인미디어, 2003, 260쪽.

5 김용옥, 『새춘향뎐』, 통나무, 1987, 「서설」 참조.

6 편집부, 〈특집; 74년의 한국영화 결산과 과제-한국영화, 제작은 풍성, 흥행은 저 조〉, 《영화》, 1974년 12월호.

7 김승옥, 「원작을 가위질하는 뜻」, 『뜬세상 살기에』, 지식산업사, 1977, 141~142쪽.

8 이호걸, 「1970년대 한국영화」, 한국영상자료원 편, 앞의 책, 124~125쪽.(괄호 안 은 본문의 각주 내용임)

9 안재석, 「청년영화운동으로서의 '영상시대'에 대한 연구」, 중앙대학교 첨단영상대 학원 석사논문, 2001.

10 70년대 대중소설과 언론 상업주의의 관계에 대해서는 김종철, 「상업주의 소설론」 (백낙청, 염무웅 편, 『한국문학의 현단계 II』, 창작과 비평사, 1983) 참조.

11 김용옥, 앞의 책, 104~105쪽.

12 이호걸, 앞의 글.

13 김주연, 앞의 글.

14 편집부, "이화, 황량한 겨울에 핀 에델바이스: 〈겨울여자〉", 《영상시대》 창간호, 1977년 여름.

15 조선작, 「영자의 전성시대」, 『영자의 전성시대』, 일선출판사, 1987.

16 백지연, 「도시의 거울에 갇힌 나르키쏘스 : 김승옥론」, 최원식 · 임규찬 엮음, 『4 월 혁명과 한국 문학』, 창작과 비평사, 2002.

17 백지연, 앞의 글, 89쪽.

18 김승옥, 「강변부인」, 『김승옥 소설전집 4』, 문학동네, 1995, 204쪽.

19 김승옥, 「서울의 달빛 0장」, 『김승옥 소설전집 1』, 문학동네, 1995, 301쪽.

20 주인석, 앞의 글, 312~313쪽.

21 김승옥, 「작가와 비평가의 현실적 원근론」, 『뜬세상 살기에』, 183쪽.

소설가 김승옥의 뿌리가 된 1960년, '파고다 영감'

이 글을 쓴 한영주는 만화평론가로, 현재 '연구공간 수유+너머'에서 자유롭게 활동 중이다.
저서로 『다시 보는 우리 만화』가 있다.

지워진 이력, 만화가 김승옥 혹은 김이구

이 글은 만화가 김승옥에 관한 것이다.

김승옥은 김이구金二究라는 필명으로, 1960년 가을부터 이듬해 봄까지 모 일간지에 시사만화를 연재했다. 초로의 남성을 주인공으로 내세운, 〈파고다 영감〉이라는 제목의 4단 만화였다. 김승옥이 대학교 신입생 때였고, 신춘문예에 당선되어 소설가가 되기 2년 전의 일이다. 그가 세상에 처음 들고 나왔던 것은 소설이 아니라 만화였던 것이다.

시사만화가 김승옥. 낯익은 두 단어의 낯선 조합에 놀라워하는 이들이 있을지도 모르겠다. 확실히 그가 만화를 그렸다는 사실을 알고 있는 사람은 극히 적다. 작가 연보에 버젓이 올라 있는 내용이지만, 그 누구도 숨기거나 감추지 않았지만, 만화가로서 그가 지닌 이력은 지워져 있는 것과 마찬가지였다. 심지어 당시 경험을 토대로 쓴 소설이 있음에도 불구하고, 그의 과거는 오랫동안 별다른 주목을 받지 못했다.

소설가로서 이름이 높은 지금에 와서 볼 때, 만화가 김승옥의 이력은 잠깐 동안의 외도로 여겨질 수도 있다. 하지만 당시의 눈으로 본다면, 소설 한 편을 써서 신춘문예에 응모했던 것이 오히려 일시적인 바람기였다고 하는 편이 옳다.* 왜냐하면 대학 2년생의 김승옥에게 문학은 아직 운명이 아니었기 때문이다.

김승옥은 자신의 불확실한 미래를 고민하는 보통 젊은이에 지나지 않았으며, 그에게 소설은 자신을 표현하고 시험하는 미약한 수단에 불과했다. 또한 이후 그의 행보에서도 알 수 있듯, 그는 평생을 문학에만 바치지 않았다. 여러 편의 시나리오 작업을 했으며, 감독을 맡아 직접 영화를 촬영하기도 했다. 중년에 접어들어서는, 우연한 영적 체험을 통해 종교의 세계에 귀의하기도 했다. 다양한 삶, 다양한 얼굴을 가졌던 김승옥이다.

지금이라면, 김승옥이 그린 만화는 '유명 소설가가 그린 만화'라는 타이틀만으로도 세간의 주목을 받을 것이다. 그러나 정말로 흥미로운 점은, 그가 만화를 그린 시기가 4·19혁명에서부터 5·16군사쿠데타가 일어나기 전까지의, 즉 한국 현대사에 다시 없을 '해방공간' 속에 위치해 있다는 사실이다.

이 시기는 흔히 초창기 시사만화의 황금기로 일컬어진다. 독재권력의 감시와 폭압이 없었기 때문에, 강도 높은 비판의식과 날카로운 풍자로 무장한 수준 높은 시사만화들이 연달아 발표되었다. 운이 좋았다고나 할까. 김승옥은 자신의 기량을 맘껏 발휘

---

* 2년여의 서울 생활에 지친 김승옥은 그간의 경험을 정리하는 의미에서 소설 한 편을 쓰고, 군대에 입대할 생각이었다고 한다.(「산문시대 이야기」, 『내가 만난 하나님』, 작가, 2004.)

할 수 있는 그런 시기에 시사만화가로서 활동할 수 있었다. 게다가 당시 그는 혁명을 주도한 학생 신분이었고, 그런 그의 시야에 들어온 당시의 정치사회상은 각별한 의미를 지녔을 것이다. 그리고 당연히, 김승옥이 만화가로서 경험한 내용은 그의 소설에도 영향을 미쳤다.

사실 만화가 김승옥을 연구하기란 쉬운 일이 아니다. 그 시절의 김승옥을 기억하는 사람도 적을 뿐더러, 그의 만화를 읽었던 이도 찾기 어렵기 때문이다. 이 자료의 공백을 메워주는 것이 「생명연습」이나 「차나 한 잔」과 같은, 만화가를 그만둔 직후에 발표한 소설들이다.

또 김승옥의 만화를 이해하는 데, 한국 현대 신문만화의 역사를 빼놓고 얘기하기 어렵다. 해방 이후 만화가 신문에 고정란을 갖게 되기까지의 발전 과정과 초창기 신문만화의 특징, 4·19혁명이 가져다준 언론계의 변화 등을 먼저 살펴보는 것은 이 때문이다.

신문만화의 출발점, '고바우 영감'과 '두꺼비'

한국의 신문만화계는 크게 해방을 기점으로 양분된다. 일제시대 때 폐간됐던 신문들이 8·15해방을 맞아 복간되고, 새로운 신문과 잡지들이 창간되면서 국내 출판계는 활기를 띠기 시작했다. 그러나 해방 직후에는 물자난으로 인한 용지 부족과 인쇄시설의 미비로 신문만화가 곧바로 부흥하지는 못했다. 의욕만이 앞서는 시대였던 것이다.

1948년 정부 수립을 전후로 정국은 점차 안정을 찾고, 신문 발행도 정상 궤도에 진입했다. 만화 역시 점차 신문에 고정적인 지면을 갖기 시작했다. 이 시기 신문만화의 특징은 정치적 이념의 표출이 두드러진다는 점이다. 38도선을 기준으로 한 국토 분단과 자유·공산 진영으로 대별되는 국론 분열 등 당시의 현실 상황은 시사만화를 양 정치세력 간의 싸움터로 만들기에 충분했다. 이 시기 대표적인 작가로는 김용환*과 김규택** 등을 꼽을 수 있다.

조선공산당원이기도 했던 김용환은 주로 미국과 이승만 정권을 강하게 비판하는 만화를 그렸고, 김규택은 미국과 이승만 정권을 옹호하며 김구의 민족주의를 풍자하는 만화를 주로 발표했다. 그러나 아직 발표 지면이 적고, 시사만화의 형식이나 내용도 다양성을 갖추지 못했던 탓에 본격 시사만화의 시대는 열리지

---

* 김용환(1912~1998)은 일본 유학 시절에 기타코지北宏二란 이름의 삽화가로 활동했으며, 태평양전쟁 때에는 일제의 전쟁 수행을 지원하는 소년작가 화가협회 회원으로도 활동했다. 귀국 후 공산당에 입당하여 인민군 미술대에서 활동했는데, 이로 인해 수감 생활을 하기도 했다. 아동만화와 시사만화에 능했으며, 대표작으로는 『코주부삼국지』 등이 있다.

** 김규택(1906~1962)은 직설적인 어법의 시사만화에 능했으며, 『봉이 김선달』·『정수동』·『김만서』 등 역사적 인물을 소재로 한 오락만화도 즐겨 그렸다.

않았다.

6 · 25전쟁의 발발은 만화계에도 크나큰 변화를 가져왔다. 전쟁 초기에는 모든 활동이 전반적으로 주춤할 수밖에 없었고, 서울 수복을 기점으로 힘의 균형이 급격히 자유진영 쪽으로 기울며 인민군 치하에서 '조선미술동맹 만화부'에서 활동했던 작가들이 직격탄을 맞았다. 김용환은 감옥에 수감되었고, 임동은은 수감 중 고문을 당해 옥사했다. 국방군에 입대한 작가도 있었고, 아예 월북한 이도 있었다.

다른 한편으로는, 신예 만화가들이 국방군과 유엔군사령부의 정훈실에 투입되었다. 김성환,*** 이상호 등은 국방부에서 발간하는 《만화승리》와 육군본부의 《사병만화》 필진으로 참여했고, 김규택, 김의환 등은 유엔군이 내는 《자유의 벗》에 가담했다.[1] 이때부터 시사만화는 자유 진영의 '프로파간다(선전물)'****로서 제 소임을 다하게 된다. 불과 며칠 전까지도 거세게 들끓던 좌 · 우 대립은 해소되지 않은 채 표면 아래로 사라졌다.

현대적인 의미의 시사만화가 성립되기까지는 휴전이 성립되고도 1,2년의 시간이 더 필요했다. 물론 이때까지도 일부 지식인들 사이에서는 "신문의 품위가 떨어지게 왜 만화를 싣느냐?"는

*** 김성환(1932~)은 〈고바우 영감〉으로 신문 연재만화의 새 장을 연 인물이다. 아동만화도 잘 그렸으며, 대표작으로는 『꺼꾸리군 장다리군』 등이 있다.
**** 시사만화는 물론이고 일반인을 대상으로 한 각종 전단지(삐라, 흔히 '종이폭탄'이라 불렸음)가 제작 배포되었다. 아동을 대상으로 한 반공만화가 그려진 것도 이 즈음부터이다.

식의 진부한 논쟁이 여전했다.[2] 이때 신문만화의 새 장을 연 작품이 바로 김성환의 〈고바우 영감〉이었다. 1955년 2월 1일부터 《동아일보》에 실린 이 만화는 전후 최초의 연재만화였으며,* 특히 1970년대부터는 일본을 비롯한 외국 언론에도 소개되는 등 명실 공히 한국을 대표하는 시사만화로 자리잡았다.

이 즈음 다른 일간지에도 연재만화 코너가 우후죽순처럼 생겨나기 시작했다. '고바우'의 등장으로 한국 신문만화가 활기를 띠게 된 것이다. 같은 해 4월에는 《경향신문》에 〈두꺼비〉라는 만화가 연재되기 시작했는데, 처음에는 김경언이, 7월부터는 안의섭이 이어받아 그렸다. 《서울신문》에는 신인 만화가 김기율이 그린 〈도토리군〉이, 《연합신문》에는 신동헌의 〈주태백〉이 자리를 잡는 등, 한동안 일간지들의 연재만화 코너 신설 열기는 식을 줄 몰랐다.

이 시기 신문만화는 크게 두 가지 다른 양상을 보인다. 하나는 〈고바우 영감〉과 〈두꺼비〉 등 시사성이 강한 만화이고, 다른 하나는 〈도토리군〉과 〈주태백〉, 정운경의 〈난난이〉 같은 일상적인 웃음을 겨냥한 통속적인 오락만화이다. 오락만화는 성인 취향 만화도 있었으나, 어린이나 청소년 독자를 겨냥한 것이 대부분

---

* 그 전까지는 1단 만평이 부정기적으로 실렸을 뿐이며, 해외 만화인 칙 영Chic Young의 〈블론디〉가 《서울신문》을 거쳐 《한국일보》에 전재된 바 있다. 이를 계기로 국내 만화가들 사이에 "우리 손으로 우리 만화를 신문에 연재하자."는 담론이 형성되었다.(손상익, 『한국만화통사(하)』, 시공사, 1998, 124쪽.)

이었다. 이런 만화들은 단순한 코믹물부터 역사, 동물 우화, SF, 군사, 탐정 등 장르의 폭이 매우 넓었다. 5·16 이후에는 몇몇 경우를 제외하고는, 이러한 흥미 위주의 만화들이 주를 이루게 된다. 이전보다 한층 심해진 정치적 폭압 탓이었다.

이들 작품 가운데 한국 현대 시  사만화의 선구로 꼽히는 작품이 바로 〈고바우 영감〉과 〈두꺼비〉 이다. 〈고바우 영감〉은 처음부터 시사성 강한 정치풍자만화는 아니었다. 초창기에는 주로 일상적인 생활을 소재로 한 유머나 난센스적인 무언극 스타일의 가벼운 사회풍자만화였다. 그러던 것이 시대와 생활 형태가 다양하고 복  잡하게 변하면서, 정치·경제·사회·문화 등 각 분야의 모순들을 직간접적으로 비판하고 꼬집는 시사성 위주의 만화로 성격이 바뀌어갔다.[3] 이런 이유로 1950년대 후반 자유당 정권 때에는 몇 차례의 필화사건을 겪기도 했다. 하지만 당국의 노골적인 탄압은 오히려 만화의 인기를 더 높여주었다.*

---

* 시사만화 필화사건은 자유당 정권 이후 급격히 줄어드나, 완전히 사라졌던 것은 아니다. 하지만 사건이 여론화되면 오히려 자신들에게 손해라는 점을 알아챈 새로운 위정자들은 노골적인 탄압 대신, 간접적인 방법으로 선회한다. 김성환에 의하면, 1956년과 1958년에 있었던 두 차례의 필화사건 이후 당국은 "임의 출두와 진술서 쓰기, 게재된 만화의 삭제와 미행 등 암암리에 압력을 가해왔다."고 한다.(김성환, 앞의 글, 앞의 책, 15쪽.)

20~30대 젊은층이 주인공으로 등장하는 〈두꺼비〉는 〈고바우 영감〉보다 재치 넘치고 활기찬 느낌을 주는 만화였다. 작가가 바뀌는 과정에서 캐릭터 도용이 문제가 되기도 했으나, 안의섭은 1980년대까지 '두꺼비'를 손에서 떠나 보내지 않았다. 당시 안의섭은 《경향신문》 만평 코너인 〈시사희평時事戱評〉이라는 코너도 함께 맡고 있었는데, 그의 만화는 부패한 자유당 정권을 신랄히 비판했다. 이러한 풍자성 짙은 만화들과 비판적인 논조로 인해 《경향신문》은 '야당지紙'라는 신조어로 불리게 됐고, 이에 자유당 정권은 1959년 눈엣가시였던 《경향신문》을 강제 폐간시키는 어처구니없는 일을 저질렀다.*

이 두 만화가 한국 현대 신문만화의 선구로 일컬어지는 가장 중요한 이유는, 바로 4단 만화의 중요한 특징인 '소시민' 캐릭터를 주인공으로 정착시켰다는 것이다. 소시민 캐릭터란 시대를 대표하는 전형적인 일반 시민을 가리키며, 이후 40여 년간 연령

* 1959년 4월 30일, 자유당 정권은 야당 성향이 강했던 《경향신문》을 미군정 법령 88호를 적용하여 폐간시켰다. 이에 '한국신문편집인협회'에서는 성명서를 발표하고 폐간 처분 취소를 요구했고, 민주당 측에서도 그 부당성을 지적하며 언론자유에 대한 제약을 비난했다. 경향신문사는 법정투쟁을 통해 6월 26일 서울 고등법원에서 행정처분 가처분 결정을 받아 복간의 기회를 얻었으나, 정부는 같은 날 폐간 처분을 취소하고, 무기정간이라는 새로운 제재를 가하는 비상식적인 행위를 자행했다. 이듬해인 1960년 1월 21일 공보실장은 전라도 시찰 도중 남원에서 가진 신문기자회의에서 《경향신문》의 복간을 암시했다. 이는 정부통령선거에 대비한 여당의 포석이었다. 그러나 《경향신문》의 복간은 1960년 4월 26일, 혁명의 기운이 완연한 이후에야 이루어진다.(이해창, 『한국시사만화사』, 일지사, 1982, 216~219쪽.)

과 성별, 직업을 조금씩 달리하며 시사만화의 주인공 자리를 고수하고 있다.

고바우와 두꺼비는 폐허와도 같았던 1950년대 전후의 참담한 현실 속에서, 그리고 자유당 정권의 부정부패와 궁핍이라는 이중고에 시달리면서도 오로지 유머와 풍자만으로 희망을 일궈 나가려는 강한 의지를 보여준 인물들이었다. 물론 그들은 혁명적인 투사도, 전위적인 인텔리도 아니었다.** 그들은 자신을 둘러싸고 벌어지는 숱한 사건에 '모나지 않게' '적절히' 반응하는 대단히 상식적인 인간형이었다.

그러므로 이 시기의 시사만화들은 결코 국가권력이나 지배적인 이데올로기에 배치되지 않았다. 그럼에도 불구하고 필화사건이나 강제 폐간과 같은 정치적 탄압이 비일비재했던 것은, "상식을 벗어나 있는 정치권력의 방자스런 생각과 행위 탓"[4]이었던 것이다. 부언하자면, 이 시기의 시사만화가들은 정권을 부정하는

** 신문만화 캐릭터는 성인군자라든가, 완벽한 사람하고는 거리가 멀다. 김성환의 설명은 이 시기 만화 캐릭터들의 특징을 잘 짚어내고 있다. "어딘지 모르게 어수룩하고 처세에 능하지 못하고 실수만 저지르는 사람이라든가…… 또는 지나치게 정직하되 마음이 좋아서 남에게 웃음꺼리가 되는 사람이라든가…… 그렇게 바보는 아니되 수줍음이 많아서 얼토당토 않은 사건을 자주 일으키는 사람…… 그렇게 나쁜 사람은 아닌데 복수심이 강하여 남에게 보복을 해야만 속이 풀린다는 인간형, 그러나 제삼자에겐 오히려 이 인간에게 동정하여 이 사람이 일으킨 사건을 오히려 자연스런 처사로 알게 만들어 惡意가 없는 평범한 사람으로 알게 하는 이런 인간형을 만들어내어 작자가 의도하는 목적을 달하도록 할 수 있다면 완성품에 가까울 것이다."(김성환, 「연재 주인공 소고」, 『애드벌룬의 미소』, 보성사, 1962.)

위치에 서 있지 않았으며, 기본적으로 긍정 속의 비판을 추구했다고 평가할 수 있다.

1960년 잠시 찾아온 혁명의 봄

혁명은 봄에 찾아왔다. 자유당 정권의 부패에 진저리를 치고 있던 언론계에도 새 바람이 불었다. 4월 19일, 시위대가 사옥을 습격하여 불을 지르자, 얼마 뒤 서울신문사는 자진 무기휴간에 들어갔다.* 4월 27일에는 폐간됐던 《경향신문》이 복간됐고, 새로운 각오로 개편한 《서울신문》이 7월 27일자로 복간됐다. 이러한 일련의 과정은 당시의 언론 상황을 생생하게 보여주는 것으로, 자연스레 신문만화도 활력을 되찾았다.[5]

이 시기 가장 주목할 만한 작가들은 《서울신문》의 홍숙, 《조선일보》의 김규택, 《동아일보》의 김성환, 《한국일보》의 신동헌, 박기정 등이었다. 이들은 풍자와 해학을 넘어 거의 직설적인 표현

---

* 1904년에 창간된 《서울신문》은 한말의 대표적 민족지인 《대한매일신보》에 뿌리를 두고 있다. 국권 피탈과 함께 《매일신보》로 바뀌어 총독부 일어판 기관지인 《경성일보》에 통합, 한국어 기관지로 발행됐다. 1945년 11월 미군정에게 정간처분을 당한 후 《서울신문》으로 제호를 바꾸어 속간했다. 1949년 '동해주 반공사건'의 기사 시비로 발행정지처분을 당했다가 속간하면서 공보처의 지시와 감독 아래 놓이게 됐다. 1950년대에 자유당 정권을 적극 지지하다가, 4·19혁명 때 데모대의 습격으로 정간됐다. 이후 휴간됐다가 5·16쿠데타 이후 속간됐다.

으로 권력을 비판하고 사태의 잘잘못을 따지는, 비판의식 높은 작품들을 선보였다. 폭압적인 독재 권력의 부재는 시사만화에 활기를 불어넣었다. 1년여 동안 모든 시사만화가 비단 정치뿐만 아니라, 경제와 사회 전반에 걸쳐 날카롭고 매서운 비판을 가하는 놀라운 힘을 발휘했다. 1960년 하반기에는 집권 민주당의 분열상을, 1961년을 앞뒤로 해서는 실업과 물가를 비롯하여 서민들의 생계 문제와 부정축재, 매관매직, 그리고 뒤늦은 혁명재판과 같은 문제들을 주로 다루었다.

이 시기 언론은 헌법을 비롯한 법적인 면에서도 제한 없는 자유를 보장받았다. 혁명 2개월 후인 6월 5일에 개정된 헌법은 "모든 국민은 언론 출판의 자유와 집회 결사의 자유를 제한받지 아니한다."는 언론의 절대적 자유를 명시했다. 또한 "국민의 모든 자유와 권리는 질서유지와 공공복리를 위하여 필요한 경우에 한하여 법률로써 제한할 수 있다."고 했지만, "그 제한은 자유와 권리의 본질적인 내용을 훼손하여서는 아니되며, 언론 출판에 대한 허가나 검열과 집회 결사에 대한 허가를 규정할 수 없다."고 못박아 언론 탄압에 법을 악용하는 일이 없도록 규정했다. 이어 7월 1일에는 '신문 등 및 정당 등의 등록에 관한 법률'을 제정하여 신문 발행의 허가제가 폐지되고, 등록제가 다시 실시됐다.

4·19 이후 언론계가 활기가 띤 것은, 등록제 실시로 언론사의 규모가 확대된 덕분이기도 했다. 제1공화국 시절에는 신문 발행 허가를 억제했기 때문에, 6·25전쟁 이후 신문의 숫자가 오히

려 줄어드는 현상까지 나타났다. 전쟁 직후인 1954년 48개 사에 달하던 일간신문이 1955년에는 45개, 1956년에는 43개로 줄었고, 그 2년 후에는 42개로, 1959년 이후로는 41개 사로 줄었다. 이 시기 정부는 군정법령 제88호를 근거로 신규 발행 허가를 철저히 억제했다. 그러나 4 · 19 이후, 등록제를 실시한 지 8개월 뒤인 1961년 2월 말 현재 41종이던 일간지가 무려 124종으로 세 배나 늘어났다. 구체적으로 보면, 주간은 136종에서 513종으로, 일간통신은 14종에서 285종으로, 월간은 400종에서 488종으로 늘어났다. 걷잡을 수 없을 만큼 규모가 확대된 언론계는 저질 간행물 시비를 비롯한 사이비언론의 폐해가 사회문제로 떠오를 정도였다.[6]

김승옥의 〈파고다 영감〉이 연재된 《서울경제신문》도 4 · 19 이후 언론 붐이 한창일 때 창간된 신문이었다. 《한국일보》의 자매지였던 《서울경제신문》은 1960년 8월 1일 '일간종합경제지'로 창간되었고, 그 후 약 20년간 발행되다가, 1980년 11월 25일 제5공화국의 언론 통폐합으로 《한국일보》에 흡수, 종간되었다.[7]

이 신문은 다른 일간지와 달리, 창간 당시부터 시각적인 편집을 대단히 중시했다. 기사 이외에도 기사 내용을 보조하는 도표나 그림, 사진 등을 많이 실었으며, 만화도 중요하게 활용했다. 신문에 실렸던 만화들을 구체적으로 살펴보면, 우선 연재물로 〈파고다 영감〉이 있었고, 부정기적으로 당시 유명한 만화가들의 만평을 게재했다. '현대만협 지상월례전'이라는 제목 아래 현대만화가협회* 회원들에게 작품을 의뢰하기도 했는데, 이 코너의 제3회에 김승옥의 작품이 실렸다. 또한 '만화의 숲', '만화철학' 시리즈 등 특집 코너를 따로 두어 김규택, 신동헌, 안의섭, 김성환, 김경언 등 당시 중견 작가들의 만화를 릴레이 형식으로 게재했다. 다만 《서울경제신문》에 실린 다양한 종류의 만화 가운데 일반대중들에게까지 널리 알려진 만화는 거의 없다. 우선 기성 작가의 연재물이 없었을 뿐만 아니라, 장기 연재된 작품이 거의 없었던 탓이다. 일간신문이기는 했지만, 경제지라는 특수성 때문에 독자층이 제한돼 있었을 것이다.

4·19혁명이 불러일으킨 이러한 활기는 이듬해 봄, 5·16군사쿠데타로 인해 일거에 숨을 죽인다. 군정은 〈고바우 영감〉 등을 비롯한 몇몇 시사만화의 표현에 문제를 제기하며, 시사만화가들의 목에 서슬 퍼런 칼날을 들이밀었다. 일부 시사만화를 제외하고 많은 작품들이 조기 종결되었고, 남은 작품들도 비판의 힘을 잃어갔다. 비로소 그 형태를 갖추기 시작했던 신문만화계는 오

---

* 당시 국내에는 두 개의 만화가 단체가 있었다. 하나는 김용환이 주도하던 '한국만화가협회'(한국만협)이고, 다른 하나는 김성환이 주도하던 '현대만화가협회'(현대만협)였다. 두 협회의 창립 시점과 회원에 관한 것은 다소 불명확한 것으로 알려져 왔다. 하지만 손상익의 연구에 따르면, "현대만화가협회는 1960년 제2회 동인전을 개최하면서 발행한 리플릿을 통해 '1956년 12월 순수만화예술을 지향코자 발족했다.'고 그 정식 출범 일자를 밝히고 있다. 현대만협의 정회원은 김성환(회장)을 비롯 안의섭, 길창덕, 박기정, 정운경, 한성철 등 6명이었고, 준회원으로는 김이구(소설가 김승옥의 필명), 이서지(동양화가), 이재화, 이원수, 박기준 등 6~7명을 두었다."고 한다.(손상익, 앞의 책, 230~231쪽.)

락만화 위주로 축소될 수밖에 없었고, 오락만화들도 그리 오래 가지는 못했다. 기나긴 침묵의 시간이 시작됐다.

만화가 김이구의 '엉뚱한' 탄생

김승옥이 만화가로 데뷔하게 된 계기는, 그의 수필 「산문시대 이야기」에 잘 나와 있다. 대학교 신입생이던 김승옥은 성북동 어느 집에서 중학생을 가르치며 생활했는데, 그 집이 과외 선생을 둘 만큼 넉넉하지 않았기 때문에 세 끼 밥 먹고 잠자는 정도의 박한 보수를 받았다고 한다. 결국 한 학기를 마치고 여름방학과 함께 그 집과 작별 인사를 했는데, 방학 동안 고향에 가서 곰곰이 생각하니 다음 학기 서울에서 지낼 일이 막연해졌다.

그 무렵에 한국일보사에서 《서울경제신문》이란 일간지를 창간한다는 광고가 나왔기에 국민학교 때부터의 그림 솜씨를 동원해 연재만화 샘플 몇 장 그려 《서울경제신문》 문화부장 앞으로 부치면서, "아직 연재만화가 결정되지 않았으면 본인에게 그리도록 해주십시오. 본인이 직업 만화가는 아니지만⋯⋯." 어쩌구 했더니 뜻밖에도, 정말 뜻밖에도 문화부장 임영林英이란 분한테서, '고료 등 계약할 테니 신문사로 와 달라.' 는 회신이 왔다. 얼씨구 이제는 살았구나 하고 달려갔더니 내가 예상했던 것보다는 적었지만, 그러나 대학생 한 사람이 하숙비를 내고 책을 사보고 조금씩 저축하여 한 학기 등록금을 마련하기에는 충분한 액수를 월급으로 준다는 것이었다.[8]

학비 조달과 생활비가 급하긴 했어도, 그 스스로 '엉뚱했다'고 술회할 만큼 대단히 즉흥적인 행동이었는데 채택된 것이다. 여하튼 이렇게 하여 김이구라는 만화가가 세상에 나왔다. 이구二究라는 이름은 고향 집 번지수(二十九번지)에서 따서 지은 것으로,* 가끔은 만화 속에 KIMIKU라는 일본인 이름 같은 영문명을 써넣기도 했다.

그러나 만화가 노릇은 그리 녹록하지 않았던 것 같다. 사실 그의 만화 실력은 아직 어설펐다. 그림과 만화에 대한 기본적인 재능은 있었으나, 어디까지나 아마추어 수준이었다. 그에게 만화는 독학이 전부, 게다가 별도의 수련 과정도 거치지 않은 채 일간지 연재를 맡게 되었던 것이다.** 그것은 마치 자동차 매뉴얼만 보고 장거리 운전을 하는 것처럼 '황당한' 일이었다. 김승옥

---

* '김이구' 라는 필명의 유래는 작가의 증언 그대로이다. 한편 만화가 김성환은 김승옥이 당시 김이구라는 필명을 쓰기 이전에 김서金書라는 이름으로 《아리랑》 등의 대중잡지에 만화를 그렸다고 말한 바 있다. 그래서 그 즈음 발간된 《아리랑》을 모두 찾아보았으나, 해당하는 만화를 발견하지 못했다.

** 당시 만화가로 데뷔하는 데 학력이나 경력 등에 엄격한 제한 기준이 있었던 것은 아니다. 하지만 대부분의 작가들이 선배 만화가의 소개를 통해 만화계에 입문하고, 잡지와 신문 등에 단편들을 게재하다가, 실력을 인정받아 고정 작가가 되거나 연재를 하는 것이 보통이었다. 물론 당시의 선후배 관계는 1980년대 이후에 확립되는 도제관계와 달리 자유롭고, 서로 우호적인 것이었다.

은 당시의 심정을 이렇게 적고 있다.

그리하여 엉뚱하게도 만화가 노릇을 한 학기 동안 하게 되었는데, 신문의 연재만화란 게 가난한 집 가정교사 노릇 이상으로 골치 아픈 것이었다. 아침에 눈만 뜨면 그날 그려야 할 만화에 대한 생각으로 머릿속이 가득 찼다. 그때 내가 그리던 만화의 주인공 이름은 '파고다 영감'이었는데 그 '파고다 영감'이 불문학과 학생인 내 머릿속에서 불어 단어를 쓰레기 치우듯 빗자루로 쓸어내는 광경이 환히 보이는 것이었는데 그거야말로 진짜 만화였다.[9]

매일 매일 찾아오는 마감과 그에 따르는 창작의 고통, 그리고 거의 매일같이 강의를 빼먹는 불성실한 학교 생활에 대한 부담감 등 직업만화가의 생활은 학생이었던 김승옥에게 버거운 일이었다. 이제 막 세상에 나온 사회 초년생이자, 가난한 시골 출신 고학생으로서 그가 어렵게 적응해야 할 일이 또 하나 생긴 것이었다. 그러나 무엇보다도 그를 괴롭힌 것은, 만화라는 매체가 자신을 표현하기에 적합하지 않다는 점이었다.

漫畫의 着想이란 게 人生을 無條件 肯定해놓은 뒤에야 찾아오는 것이 돼놔서 때때로 自己生活을 否定 乃至 懷疑해보는 수가 있는 人間으로서는 漫畫 그리기처럼 복잡하고 시끄러운 것이 없는 것으로 생각될 때가 때때로 있는 것이다. 희미하게나마 있어줄 듯하던 自

自己矛盾

글·그림 金二究

漫畵가 思想이 많게 人生을 無條件 肯定해 오는 것이 되어서 때때로 自己生活을 懷疑해 보는 수가 있는 人間으로서는 漫畵 그리기처럼 분잡하고 시끄러운 것이 없는 것으로 생각될 때가 때때로 있는 것이다 ↓

회의하게나마 있어진듯하던 自己나름의 哲學이 漫畵 그려야한다는 執念 비슷한것 앞에서 산산조각이 되어버릴때는 영 가슴 아프고 서럽다 아직 어린 執念을 나의 哲學에 融合시키고 싶으나 미치 밝인지 그게 내겐 참 어렵게 생각된다 人生을 活하는데 漫畵用이 줄어야한다는 事實이 나를 미치게하는 때가 있는 것이다

1961년 1월 15일자 《서울경제신문》에 실린 제3회 '현대만협 지상월례전' 중 김승옥의 글 〈자기모순〉과 그가 그린 만화. 이 글과 그림에서 김이구, 즉 김승옥은 만화라는 매체가 자신의 철학과 맞지 않음을 고백하고, 그래도 만화를 그려야만 하는 자신의 현실을 슬퍼하고 있다. 어지럽고 지저분한 방 안에 이불을 쓰고 앉아 있는 남자의 모습은 그런 심적 갈등을 표현한 듯하다.

근 나름의 哲學이 漫畫를 그려야 그려야 한다는 執念 비슷한 것 앞에서 산산조각이 되어버릴 때는 영 가슴 아프고 서럽다. 이 執念을 나의 哲學에 包含시키고 싶으나 아직 어린 탓인지 그게 내겐 참 어렵게 생각된다. 生活하는 데 費用이 들어야한다는 사실이 나를 미치게 하는 때가 있는 것이다.(〈自己矛盾〉)[10]

이제 막 자기 세계를 구축해가고 있던 스무 살의 김승옥에게, 그리고 정치와 사회에 대한 비판의식으로 똘똘 뭉친 대학생이던 그에게 당시의 현실은 긍정보다는 부정을, 호기심보다는 회의감을 더 크게 느끼게 했을 것이다. 게다가 그는 혁명을 경험한 투사가 아니었던가. 그런 그에게 그것이 아무리 사회에 대한 조소나 풍자라 할지라도, 밑바탕에 재미와 웃음을 깔아야 하는 만화라는 매체가 잘 맞을 리 없었다. 게다가 경제적인 이유에서 시작한 일이었다. 전업 만화가로서 성공하겠다는 목표의식이 없었기 때문에, 매일 매일의 창작은 더 큰 고통을 안겨주었다. 그리하여 언제부턴가 만화가 김이구로서의 정체성은 그의 내부에서 삐걱거리며 마찰음을 내고 있었다.

이런 힘든 생활 속에서 김승옥이 찾은 유일한 위안이라면, 만화가 김성환과의 사귐이었다. 김성환은 당시 서른이 채 안 되는 젊은 나이에 이미 시사만화계의 일인자로 군림하고 있었다. 그러나 김승옥에게서 김성환은 형이자, 선배, 그리고 친구 같은 존재였다. 두 사람은 매일 오후 동아일보사 근처의 찻집에서 만나

문학과 미술을 논하고, 때로는 상대방
의 작품을 평하기도 했다. 김승옥은 김
성환이 주도했던 만화가 단체(현대만화
가협회)에도 가입하여 다른 회원들과 함
께 활동하기도 했는데, 이 역시 김성환
과 맺은 친분관계가 크게 작용했으리라
추측된다. 김승옥이 만화를 그만둔 후
에도 두 사람의 친분은 오랫동안 지속
되었던 것 같다. 김승옥의 초기 문학작
품 속에 등장하는 만화가들, 구체적으
로 「생명연습」의 오 선생이나 「차나 한
잔」의 김 선생은 모두 김성환을 모델로
한 것이며, 김성환 역시 자신의 수필집

시간에 쫓겨 살아가는 현대
인의 모습을 풍자한 김승옥
의 카툰. '시계 바늘에 목을
매는' 표현 자체는 진부하지
만, 멍한 표정과 축 늘어진
팔다리가 재미있게 형상화되
었다. '제2회 현대만협전' 출
품작, 손상익의 『한국만화통
사』 하권에서 재인용.

속에서 김승옥의 소설가 데뷔를 언급하며 그를 격려했다.

(소설 부분 생략) 이건 올해 《한국일보》 신춘문예 소설 당선작으
로 뽑힌 '김승옥'의 소설의 한 구절이다. '김승옥' 형은 이번에 소설
이 당선되어 소설로서 유망한 신인으로 지목 받았지만 그는 이미 김
이구金二究란 필명으로 만화계에 데뷔한 신인 만화가이기도 하다. 무
릇 예술에의 길이란 험한 고비 길을 몇 고비건 넘지 않아선 안 되는
바이지만 만화에의 길 역시 험하고 고된 여행을 무한정해야 하는 것
이다.[11]

1961년 2월, 새 학기가 다가오면서 김승옥은 결국 만화를 접는다.* 대학으로 복귀한 그는 기자로서 서울대 인문대 신문인 《새세대》에 새 둥지를 튼다. 김승옥이 만화가 김이구로서 남긴 작품은 연재물 〈파고다 영감〉 134회, 그리고 '현대만협전'에 출품한 두어 편의 카툰이 전부이다. 그가 만화에 쏟았던 시간은 6개월 남짓이다. 결코 짧은 시간이었다고는 할 수 없지만, 한 사람의 만화가로서 고유한 작품세계를 구축하기에는 턱없이 부족한 시간이었다. 만화가로서 그의 시간은 이렇게 끝이 났다.

엄혹한 시대를 견뎌낸 '반바지 영감님'

처음 받아든 〈파고다 영감〉을 가볍게 훑어보다가, 92화(1960년 12월 21일자)를 보고 박장대소했던 기억이 지금도 선명하다. 주인공인 파고다 영감의 가정사를 소재로 한 이 만화는 대사 없이 무언극 형식으로 그려져 있다. 첫째 칸에서는 파고다 영감의 부인이 어항의 물고기에게 먹이를 주고 있다. 다음 칸에서는 개밥을 주고 있고, 그 다음 칸에서는 고양이에게 생선을 주고 있다. 파고다 영감은 그런 아내의 등 뒤에 서서, 바지 주머니에 양손을

---

* 그러나 만화 그리기를 완전히 그만둔 것은 아니다. 인문대 신문인 《새세대》 기자로 활동하면서 신문에 삽화와 만화를 그렸던 것으로 알려져 있으며, 「산문시대 이야기」에는 손수 그린 몇몇 지인의 캐리커처가 삽입돼 있다.

찔러넣은 채 아내의 행동을 물끄러미 바라보고 있다. 마지막 칸, 아랫목에 자리를 잡고 앉은 파고다 영감이 그의 아내가 들여오는 밥상을 기다리고 있다. 드디어(!) 그의 차례가 온 것이다.

밥상 서열에서 적나라하게 나타나듯, 집안에서 파고다 영감의 존재는 미미하기 짝이 없다. 때 되면 밥 줘가며 키워야 하는 애완동물들 중에서도 최하위. 명색이 한 집안의 가장인데, 이렇게 홀대받는 이유는 무엇일까. 그것은 그가 추석에도 설날에도 식구들에게 떡 맛도 보여주지 못하는 무능한 가장이기 때문이다. 모아둔 재산도, 일정한 직업도 없는 파고다 영감. 그에게 찾아오는 손님이라고는 빚쟁이뿐이요, 그에게 들려오는 소리는 아내의 핀잔과 잔소리뿐이다.

작은 키, 숱 많은 코밑수염에 중절모자를 가볍게 눌러쓴 50대 남성. 파고다 영감의 첫인상은 영락없는 초로의 노인이다. 깜짝 놀랄 때마다 모자가 머리 위로 솟구치는데, 그 아래로 보이는 적당히 벗겨진 이마가 그 증거이다. 흔히 만화 주인공은 작가의 분신이라 일컬어지는데, 무슨 이유에서 김승옥은 자신보다 한 세

대나 앞선 늙은 영감님을 주인공으로
삼았던 것일까. 당시 최고의 인기를 누
리고 있었던 〈고바우 영감〉을 흉내 내
려 했던 것일까. 이제 막 세상에 발을
내딛던 스무 살의 김승옥이 기성세대의
눈으로 세상을 보려 했다는 점은 호기
심을 자아내기에 충분하다.

김승옥이 파고다 영감의 눈을 통해
바라본 세상은 어떤 모습이었을까? 그
가 만화 연재를 시작한* 1960년 9월은
혁명의 기운이 사그라들기 시작한 가
을이었다. 전에 없이 자유로운 시대였
지만, 이미 꿈과 희망을 얘기하기에는
어울리지 않는 거친 바람이 불고 있었

다. 무임으로 정권을 잡은 민주당은 신·구파로 내분되어 지도
력을 행사하지 못했고, 지리멸렬한 권력 다툼에만 열을 올리고
있었다. 상층부가 이러하니, 중간 공무원들이 제자리를 지킬 리
만무했다. 그들은 날이면 날마다 출세 가능성이 있는 사람을 쫓
아다니며 '얼굴 도장'을 찍고, 선물 상납에 여념이 없었다. '연

* 〈파고다 영감〉은 1960년 9월 1일 첫 회가 발표되었고, 이듬해 2월 16일까지 총134
  회가 게재되었다. 11월까지는 거의 매일 실렸지만, 12월로 넘어가면서부터는 2~3
  일에 한 번꼴로 실리지 않았다.

줄 만들기'와 '줄서기'가 판치는 세상, 정치권의 부정부패는 혁명 이전보다도 한층 더 심해졌는지도 모른다. 김승옥은 이렇듯 무능한 정치권을 향해, 정치가라는 족속은 도대체 뭘 하는 사람인지 알 수 없다며 조소를 보냈다.(76화, 1960년 11월 22일자)

1960년 하반기에는 혁명으로 기소된 정치인과 정치깡패에 대한 재판의 결과가 속속 발표되었다. 사법부는 혁명과 반혁명의 사이에서 갈팡질팡하다가, 끝내는 도적과 강도를 비호하는 구태의연한 행태를 보였다. 법정에 섰던 원흉들은 소수를 제외하고는 대부분 무죄 방면되었고, 석방 후 이들은 '평화적인' 시위를 벌인다고 난리법석을 떨었다. 김승옥은 특히 이 문제를 자주 다루었는데, "원흉을 따르자니 데모가 울고, 데모를 따르자니 원흉이 운다."며 고민하는 변호사의 모습(13화, 1960년 9월 13일자)이나, 무죄 방면된 원흉들이 신설한 종교인 '판사교'(판사님을 믿고 산다) 등을 통해 사회적 정의를 실천하지 못하는 사법부를 희화화했다.(39화, 1960년 10월 10일자)

사회 분위기가 어수선해지자 혁명정신을

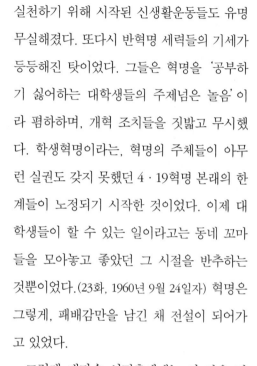

실천하기 위해 시작된 신생활운동들도 유명무실해졌다. 또다시 반혁명 세력들의 기세가 등등해진 탓이었다. 그들은 혁명을 '공부하기 싫어하는 대학생들의 주제넘은 놀음'이라 폄하하며, 개혁 조치들을 짓밟고 무시했다. 학생혁명이라는, 혁명의 주체들이 아무런 실권도 갖지 못했던 4·19혁명 본래의 한계들이 노정되기 시작한 것이었다. 이제 대학생들이 할 수 있는 일이라고는 동네 꼬마들을 모아놓고 좋았던 그 시절을 반추하는 것뿐이었다.(23화, 1960년 9월 24일자) 혁명은 그렇게, 패배감만을 남긴 채 전설이 되어가고 있었다.

그런데 대다수 서민층에게는 이 같은 정치적·사회적 문제보다는 민생고를 해결하는 것이 한층 더 시급한 문제였다. 특히 1960년은 가뭄으로 인해 작황이 부진했고, 만성적인 실업 문제와 물가 상승으로 서민들을 벼랑 끝까지 내몰았다. 사람들은 서로 만나면 "살기가 어려워졌다."거나 "정말 힘들다."는 말을 인사처럼 주고받았다. 버티다 안 되면 강도질에 자살까지 염두에 둔 신년

계획표는 당시 서민층의 비참한 현실을 단적으로 보여준다.(112화, 1961년 1월 13일자)

정치적 혼란과 유산된 혁명, 실업 문제, 천정부지로 치솟는 물가, 치안 부재의 밤거리. 1960년의 하반기는 어두웠다. 정치권력은 무능하고, 서민들은 불운했다. 그러므로 4월 혁명을 한순간의 꿈으로 여기고 엄혹한 시대를 견디기 위해서는 산전수전 다 겪은 기성세대가, 그중에서도 민생고의 한복판에 서 있는 중년의 서민층이 가장 적합했던 것이다. 그래서일까. 1960년 만화 속에 등장하는 서민층 가장들은 누구 한 사람 파고다를 닮지 않은 이가 없다. 거리는 실직자로 넘쳐나고, 직장이 있다 해도 어디선가 흘러나오는 감원설이 그들의 목을 바짝 죄었다. 실낱 같은 목숨줄이나마 이어가기 위해서는, 없는 박봉을 털어서라도 상사의 비위를 맞추고, 강제된 충성심이라도 연출해야만 했다.

그렇지만 파고다 영감이 항상 시대의 무거운 공기에 짓눌려 살았던 것만은 아니다. 그는 자유분방한 성격을 지녔으며, 언제 어디서나 '기발하게 살기'를 실천한다. 부자들의 결혼식장에 간 파고다 영감, 입간판에 써 있는 신랑·신부의 이름을 지우고, 그들이 가진 재산 액수를 적어넣는다.(90화, 1960년 12월 15일자) 부자들의 정체성이란 재산의 많

고 적음이니, 아예 재산으로 이름을 대체해버리자는 것이다.

때때로 파고다 영감이 보여주는 기발함은 어이없을 정도이다. 변소 치는 비용이 오를 것에 대비하여 가랑이가 찢어진 '여우바지'를 입어 대소변을 길에서 처리하자는 발상이나, 민생고에 시달리는 가난한 이들에게 '배설을 하지 말자'는 캠페인을 벌이는 것이나, 내핍 생활에 견디기 위해 '위 축소 수술'을 제안하는 것 등이 그러하다. 사실 이러한 행동들은 시대를 비웃는 것 외에는 어떠한 실효도 없다. 그것은 그의 말마따나 '사는 재미'일 뿐이며, 모순으로 점철된 시대에 주눅 들지 않고 살기 위한 소시민들의 기지인 것이다.

숱 많은 코밑수염에 중절모자를 쓴, 키 작은 파고다 영감을 처음 보았을 때에는, 어딘지 모르게 부자연스럽다고 생각했다. 한겨울에도 입고 나오는 반바지와 목이 긴 구두가, 초로의 영감에게는 어울리지 않았다. 하지만 지금 보니 반바지는 영감의 어린애 같은 모습과, 가볍고 경쾌한 성격을 잘 드러내준다. 반바지를 입은 영감님. 어쩌면 파고다 영감은 이중의 목적을 위해 탄생한 캐릭터인지도 모른다. 우선은 엄혹한 시대를 견뎌내는 것, 그리고 이왕 견뎌내야 한다면 최대한 즐겁게 살자는 것.

김승옥이 발견한 서울의 '모던 시티 라이프'

현대 신문에 실리는 시사만화의 역할은 세 가지로 구분할 수 있다. 유머에 대한 요구, 하루의 복잡한 사건들을 명확하게 보여주는 회화적 삽화에 대한 요구, 그리고 시사면 구독율을 높여줄 시각적 구성에 대한 요구가 바로 그것이다.[12]

이 세 가지 조건에 비추어 평가한다면, 〈파고다 영감〉은 높은 점수를 받기 어렵다. 우선 〈파고다 영감〉은 그리 재미있지 않다. 물론 웃음이란 시의적인 것이므로, 40여 년의 세월이 만화의 유머감각을 퇴색시켰다는 점을 감안하더라도 그렇다. 〈파고다 영감〉은 대체로 웃음을 터뜨리게 하기보다는, 공감하여 실소하게 만드는 정도이다. 게다가 비참한 시대였던 탓에 쓸쓸한 미소를 짓게 되는 경우도 상당수이다.

두 번째, 하루에 일어나는 복잡한 사건들 중에서 가장 중요한 것을 골라내어 명확하게 제시하는 것은 시사만화가 수행하는 가장 중요한 역할인데, 〈파고다 영감〉은 구체적인 사안이나 사건을 다루는 경우가 많지 않으며, 간혹 전달하려는 내용 자체를 파악

(62)

(30)

할 수 없는 경우도 있다.

마지막으로 전체적으로 볼 때, 〈파고다 영감〉은 인물이나 배경에 대한 시각적 형상화가 서툰 편이다. 특히 인물들의 표정이나 행동 묘사가 어색하고, 배경 묘사 역시 산만하다. 하지만 칸 구성이나 연출 면에서 가끔씩 참신한 면모를 보인다. 각각의 칸을 수직으로 이등분하여 두 개의 이야기를 병렬적으로 보여줌으로써 비유적 효과를 높인 제62화의 연출은 이전의 4단 만화에서는 찾아보기 어려운 것이다.(1960년 11월 3일자) 또 제30화는 음영 처리가 대단히 감각적이다. 밤손님들의 밤일을 소재로 한 이 만화는, 각각의 칸마다 등장인물이나 건물 등 일부분에만 먹칠을 했는데, 이것만으로도 야간이라는 시간적 상황이 잘 표현되고 있으며, 인물의 정체가 밝혀지지 않게 됨으로써 도둑들이 서로 속고 속인다는 내용을 군더더기 없이 보여주었다.(1960년 10월 1일자)

여러 가지 미숙함과 결점에도 불구하고, 〈파고다 영감〉은 대단히 흥미로운 작품이다. 이 만화는 신문에 실린 시사만화라기보다는 시대를 다룬 소설이나 다큐멘터리 영화와 같은 느낌을 준다. 이 만화의 강점은 1960년을 실제로 살았을 등장인물들과 당시의 생활 및 문화를 생생하게 나타내고 있다는 점이다. 만화가 김승옥은 하루하루 일어나는 구체적인 사건보다는 한 사건을 둘러싼 다양한 인물 군상에, 그리고 그들의 생활에 더 큰 관심을 기울였다. 그의 섬세한 관찰력과 소설가적 감수성이 충분히 발휘되었던 것이다.

예컨대, 〈파고다 영감〉 속에 등장하는 '거지'들은 항상 고개를 푹 숙이고 구걸에만 관심을 갖는 일반명사로서의 거지가 아니다. 그들 중에는 장관 사퇴 기념으로 구걸 받은 돈을 집어던지는 '기분파' 거지도 있고, 영화를 보며 시대의 문화를 즐기는 거지도 있다. 사회의 최하층으로서 천대받는 그들의 처지는 지금과 다를 바 없지만, 김승옥은 그런 그들의 모습 속에서 다른 사람들과 다를 바 없는 욕망과 감정의 흐름을 읽어내고 있다.

김승옥의 시선이 머무는 또 다른 곳은 바로 서울이라는 공간이다. 서울 종로에 있는 공원의 옛 명칭인 '파고다'라는 주인공의 이름에서 알 수 있듯이, 이 만화에는 도시적인 문화와 정서가 짙게 깔려 있다. 물론 이 시기의 신문만화는 기본적으로 도시적이다. 대부분의 신문 독자가 대도시의 화이트칼라와 지식인이었기 때문이다. 하지만 〈파고다 영감〉은 이러한 신문만화의 일반적인 경향에서 한 발 더 나아가, 도시문화 자체를 하나의 얘깃거리로 삼는다. 도시의 일상에 확대경을 들이댄 것이다. 불 구경이나

싸움 구경에 열을 올리는 모습이나(93화, 1960년 12월 22일자), 모든 상황을 자신의 이해득실에 따라 해석하려는 태도(117화, 1961년 1월 21일자), 유행성 감기에 걸리고 싶어 안달하는 도시 처녀의 왜곡된 욕망(72화, 1960년 11월 17일자), 문명인은 자동차 매연을 좋아해야 한다는 이상한 논리(127화, 1961년 2월 2일자) 등등. 김승옥은 만화 곳곳에서 도시민 특유의 이기심과 허영심을 풍자하고 있다.*

한편 빈부 격차가 극대화된 도시는 인간을 인간 이하로 추락시키는 곳이기도 하다. 배고픔에 남의 집 개 노릇을 자

처하는 한 남자의 모습(67화, 1960년 11월 9
일자)에서 우리는 도시의 폭력을 경험한다.
부자들이 모던한 시티 라이프를 추구할 때,
빈자들은 지옥을 구경한다. 이들은 같은 공
간에 있지만, 전혀 다른 것을 체험한다. 그
곳이 바로 도시인 것이다.

1960년 서울, 모든 문명의 집결지로서 발
전 일로에 있었던 대한민국 최대의 도시.
김승옥은 한 수필 속에서 "부패와 무질서
속에서 훨씬 더 풍요로운 색채를 발견할 수
있으며, 큰 감동을 느낄 수 있다."고 말한
바 있다.[13] 그에게 만화를 그린다는 것은 그
런 것이 아니었을까. 낡아빠진 고물더미 속에서 빛나고 아름다
운 것을 찾는 일. 그러므로 서울은 만화를 그리기에 최적의 장소
였을 것이다. 깊은 절망 속에서 다양한 사람들의 욕망만이 들끓
는 곳이었으므로.

* 그렇다고 농촌이 김승옥의 시선에서 비껴나 있었던 것은 아니다. 한해 농사를 입
  도선매해야 하는 빈농의 모습의 슬픔(37화, 1960년 10월 8일자)이나 가난해서 시
  집 못 간 설움에 우는 농촌 처녀의 모습(71화, 1960년 11월 16일자) 등 비참한 농촌
  의 현실도 자주 만화화되었다.

소설가 김승옥의 출발점, 만화가 김이구

무척 짧은 기간이었지만, 만화가 경험은 김승옥에게 꽤 강렬한 기억을 남긴 것으로 보인다. 만화를 그만둔 뒤 그가 발표한 소설들에서 그 흔적을 비교적 쉽게 찾아볼 수 있다. 특히 「차나한 잔」에는 당시의 체험이 가장 직접적으로 드러나 있으며, 그런만큼 작가의 특별한 애정이 담겨 있다고 거론되는 작품이다.

"작가가 자신이 쓴 작품 중에 애정이 안 가는 작품이란 있을 수 없겠죠. 「차나 한 잔」은 64년에 내가 대학 졸업을 못한 상황에서 두 군데 잡지사로부터 동시에 청탁을 받아 「무진기행」하고 같이 쓴 작품이었는데, 마감 기한이 같아서 낮에는 「차나 한 잔」을 쓰고 밤에는 「무진기행」을 썼어요. 「무진기행」은 비교적 쉽게 쓸 수가 있었는데, 「차나 한 잔」은 애를 좀 먹었죠. 읽어봤다면 알겠지만, 한 만화가의 고독감과 외국문화 속에서의 한국문화의 위치. 뭐, 그런 얘기인데 내가 대학 다닐 때, 집안이 갑자기 가난해지는 바람에 《서울경제신문》에 연재만화를 그린 경험을 토대로 쓴 거라 유난히 애정을 갖고 있다는 정도예요. 어찌됐든 그 소설이 그래도 가장 정석에 가까운 소설 형태를 보여주고 있는 작품입니다." (《문예2000》과의 인터뷰 중, 2000년 여름)

만화를 연구하는 처지에서 보면, 「차나 한 잔」은 무척이나 흥미로운 작품이다. 시사만화가를 주인공으로 한 이 소설은 마치 1960년대의 신문만화계를 세밀화로 그린 듯 당시의 정황을 아주 잘 포착하고 있다. 아마 김승옥의 개인적인 경험 외에도 김성환과의 교제가 큰 영감을 주었으리라 생각된다. 예를 들어, '기사가 폭주하여' 연재만화가 누락됐다든가, '필화사건'을 겪었다는 내용은 김성환의 실경험이며, 주인공이 만화를 그리게 된 계기가 '군대 시절 정훈에 배속되어 신문을 만들다가 그랬다.'는 부분 역시 김성환을 비롯한 당시 많은 만화가들의 이력 그대로이다.

한편 소설 속에서 주인공이 그리는 두 캐릭터, '선글라스를 쓴 대통령 각하와 아톰X군'은 당시 시사만화와 오락만화로 양분됐던 신문만화의 두 경향을 전형적으로 보여주고 있으며, 미국 신디케이트(공동 판매망을 통해 들어온) 만화가 국내에 시장을 넓히려고 한 것도 모두 그 즈음의 사정이다.

무엇보다 「차나 한 잔」이 뛰어난 점은, 시사만화가의 내면을 섬세하게 묘사했다는 데 있다. 주인공은 자신을 "국민 된 자의 공분公憤으로서 때로는 겁나는 줄 모르고 정부를 공격하고 사회악을 비꼬던 만화가 이 아무개"로 정의한다. 정부를 비판하고 사회악을 폭로함으로써, 국민의 공분을 대변하는 것. 그것이 바로 시사만화가의 사명이라는 것이다. 주인공은 이러한 사명을 위해서라면 어떠한 탄압도 두려워하지 않는 정의로운 존재가 될 만반의 준비를 갖추고 있다. 그러나 불행히도 그의 만화는 이러한 소명을 다할 수 있을 만큼 훌륭하지 않다. 그의 작품들은 대중들을 사로잡을 수 있을 정도로 재미있지도 않고, 정부를 노하게 할 수 있을 만큼 불순하지도 않다. 이 때문에 그는 번민한다.

버스에 흔들거리며 신문사로 가면서, 그는 영감의 의견과 같이 정부측의 압력 때문에 만화 연재를 중단할 수 있다면 얼마나 행복할까 하고 생각했다. (중략) 자기의 경우는 아마, 아마가 아니라 거의 틀림없이 자기 만화 자체 속의 어떤 결함, 말하자면 '웃기는' 요소가 부족했다든가 하는 결함에서 당하고 있는 일이라는 것을 그는 짐작하고 있었기 때문이다. 정부가 자기 만화 때문에 노해주었으면 얼마나 좋을까. 그런 생각을 하자 그는 자신이 우스꽝스러워져서 눈을 감아버렸다.(「차나 한 잔」, 1964)

소설 속 주인공의 심리를 작가의 그것과 동일시하는 것은 우스운 일일 것이다. 하지만 만화가 김이구는 이 주인공과 똑같은 문제로 고민하지 않았을까. 그 역시 사회와 정부에 대한 비판의식과 풍자정신으로 가득 차 있었지만, 대중들에게 큰 반향을 불러일으킬 만화를 그려내지 못했기 때문이다. 만화를 그리는 동안, 김승옥은 자기 만화의 부족함을, 자기 재능의 한계를 뼈저리게 느꼈을 것이다. 그가 두려워했던 것은 정부의 탄압이 아니라, 자기 만화에 무관심한 대중들이었다. 「생명연습」에서도 유사한 심리를 읽어낼 수 있다.

만화漫畵로서 일가一家를 이룬 오 선생 같은 분도, 좀 이상한 애기지만 일을 하다가 문득 윤리의 위기 같은 걸 느낄 때가 있다, 라고 내게 말씀하시는 때가 있다. 윤리의 위기라는 거창한 말을 쓰고 있지만, 내가 보기엔 작은 실패담이라고나 할 수밖에 없는 일인데 당사자에겐 퍽 심각한 문제인 모양이다. 이야기인즉, 하얀 켄트지紙를 펴놓고 먼저 연필로 만화의 초草를 뜬다. 그리고 나면 펜에 먹물을 찍어 연필 자국을 덮어 그리는데 직선을 그려야 할 경우엔 어쩐지 손이 떨려서 그만 자를 갖다 대고 그려버릴 때가 가끔 있다는 것이다. 그렇게 해서 다 그리고 난 뒤에 작품을 보고 있노라면 어쩐지 자꾸 그 직선 부분에만 눈이 가고, 죄의식이 꿈틀거린다는 것이다. 그리고 독자들이 이렇게 외치는 소리가 들리는 듯하다고 한다. 그건 당신의 선線이 아니다. 그것은 직선이라는 의사意思밖에는 가지고 있지 않은 자〔尺〕의 선이다. 당신은 우리를 속이려 하는구나, 라고.(「생명연습」, 1962)

김승옥은 만화가로서 성공하지 못했다. 자신의 고유한 선을 갖지 못했던 것이다. 그것은 재능의 부족일 수도 있고, 짧은 경험 탓일 수도 있다. 자신이 그은 선에 자신감을 갖지 못하고 자〔尺〕를 찾는 떨리는 손, 그리고 밀려드는 죄의식과 후회……. 어쩌면 김승옥은 이런 마음으로 만화를 그렸던 것이 아닐까.

알 수 없다. 하지만 한 가지만은 분명하다. 그가 만화를 그리는 동안 작가로서의 자의식을 키웠다는 것, 혹은 만화를 그린 경험을 통해서 작가로서 성장할 수 있었다는 것. 달리 말하면, 우리가 알고 있는 소설가 김승옥이라는 존재는 스무 살 만화가 김이구로부터 출발했다는 사실이다.

1 최열, 『한국만화의 역사, 우리 만화의 발자취 일천년』, 열화당, 1995, 97쪽.

2 김성환, 「고바우와 함께 산 半生」, 『고바우와 함께 산 반생』, 열화당, 1978, 8쪽.

3 윤영옥, 『한국신문만화사』, 열화당, 1995, 100~102쪽.

4 최열, 앞의 책, 124쪽.

5 최열, 앞의 책, 129쪽.

6 한국정신문화원 편, 『한국민족문화대백과사전』 제13권, 1991, 781쪽.

7 윤영옥, 앞의 책, 275쪽. 그로부터 8년 뒤인 1988년 8월 1일, 6공화국 시절에《서울
   경제신문》은 복간되었다.

8 김승옥, 「산문시대 이야기」, 『내가 만난 하나님』, 작가, 2004, 198쪽.

9 김승옥, 앞의 책, 198~199쪽.

10 제3회 '現代漫協 紙上月例展' ,《서울경제신문》, 1961년 1월 15일.

11 김성환, 「나의 걸작 해설」, 『애드벌룬의 미소』, 보성사, 1962, 196쪽.

12 랜달 P. 해리슨 지음, 하종원 옮김, 『만화와 커뮤니케이션』, 이론과실천, 1994, 78쪽.

13 김승옥, 「색채와 나」, 『내가 만난 하나님』, 2004, 작가, 140쪽.

대중 속으로,
60년대가 사랑한 감수성

이 글을 쓴 이정숙은 석사논문으로 「김승옥 소설의 소통양
상 연구」를 썼으며, 현재 서울대 국문과 박사과정에 재학 중
이다.

'감수성'이라 부를 만한 정서적 연대

1980년, '김승옥의 感受性은 世紀의 감수성입니다.'라는 단행본 광고 문구가 신문 지상에 오른다.

1980년은 광주민주화항쟁이 일어나던 해로, 김승옥 개인으로서는 절필이라는 작가적 죽음의 긴 터널로 들어간 때이기도 하다. 불혹의 나이에 닥친 이러한 위기와 대조적으로 광고에 등장한 젊은 김승옥은 환하게 미소짓고 있다. 이 광고는 1967년 3월 1일부터 그해 6월 15일까지 《중앙일보》에 연재된 장편소설 『내가 훔친 여름』의 단행본 광고였다. 연일 계속되는 학생들의 시위 소식을 전하는 긴박한 신문 기사

1980년 《중앙일보》에 실린 『내가 훔친 여름』 단행본 광고.

와, 그것과 전혀 동떨어진 듯한 느낌을 주는 신문광고 속 한 젊은이의 밝은 웃음. 이미 10여 년이나 시효가 지난 소설과 그 작가가 80년대 초 일간지 광고에 갑자기 등장한 까닭은 무엇이었을까? 1977년에 이상문학상을 받으면서 '재기'의 스포트라이트를 받았지만, 독자들을 오래 기다리게 한 셈 치고는 너무 싱싱한 젊은 웃음과 그것도 그 웃음만큼 발랄한 '세기의 감수성'이라는 문구로.

우선 '김승옥의 감수성은 세기의 감수성'이란 문구가 겨냥한 독자층이 누구였을지 생각해보자. 결론적으로 이 문구는 70년대의 최인호와 한수산, 조세희를 경험한 독자들을 상대로 이 작가들의 뿌리가 된 감수성의 몸체를 환기시키려는 시도였을 것이다.

1960년대를 시작하면서 우리 문단은 유독 김승옥에게 '감수성의 작가'라는 수식어를 부여해주었다. '60년대 문단의 총아'이자 '젊은 지성의 기수'로 떠오른 김승옥에 대한 60년대 문단의 흥분은 거기서 멈추지 않고 곧 대중들에게로 옮겨갔다. 김승옥은 짧은 기간에 대중들에게서 집약된 반응을 이끌어내었다. 그것은 김승옥을 중심으로 형성된 감수성의 연대였다.

1990년대 초반, 우리들은 이른바 '하루끼 현상'을 통해 시대적 감수성이라 부를 만한 정서적 연대가 일반 대중들 사이에서 광범위하게 형성되는 것을 목격했다. 텍스트 내부의 고유한 감수성이 텍스트 외부의 독자들 사이에 넘나듦으로써 생기는 이러한 정서적 효과가 1960년대에는 '김승옥'이란 작가를 통해 형성되었던 것이다. 김승옥의 감수성은 당시 대중을 이끄는 필수적 유혹의 기제였다. 달리 말해, 바야흐로 대중의 탄생이 감수성을 구심점으로 이뤄졌다는 점이 바로 1950년대와 구별되는 1960년대의 특징이었다. 이러한 대중의 망탈리테mentalites(사회현상의 밑바닥에 자리한 집단적 무의식)야말로 60년대 우리 문학의 모습을 드러내는 중요한 특징이다.

1960년대에 이렇게 공유된 감수성의 근원을 탐색하려는 시도는 마치 숲 속에 가득 찬 안개의 흐름을 파헤치는 것만큼이나 어렵고 모호한 작업일 수 있다. 감수성은 말로 증명하기 어렵기 때문이다. 이러한 시도가 전혀 없었던 바는 아니지만, 수전 손택이 지적한 대로 특정 시대의 감수성에 대해 뭔가를 말해주는 역사 연구는 매우 드물다.[1] 김승옥의 감수성도 그러하다. 김승옥 문학이 지닌 힘의 본질이 감수성에 있다는 점에는 누구나 동의하지만, 그 논의는 대개 문체나 소재의 새로움을 말하는 것으로 대체되었다. 그 결과, 우리에게 남아 있는 것은 그가 '도시적 감수성'을 지녔다는 정도일 것이다. 감수성의 동력이 되는 상상력도 별로 얘기되지 않았다.

감수성이란 세상을 받아들이는 방식, 보는 방식이다. 작가는 남들과 다르게 보려고 노력하는 존재이고, 자기만의 방식으로 세상을 남들과 다르게 보여주고자 한다. 따라서 작가의 감수성 sensibility은 일상화된 감각의 틀을 깨고 자동화된 의식을 일깨

운다.[2] 김승옥이 세상을 바라보는 새로운 방식은 대중이 세상을 바라보는 방식을 균열시키고 변화시켰다. 취향이 그렇듯 감수성 역시 계발되기도 하고 주입되기도 한다. 대중은 김승옥을 통해서 자신들의 취향뿐만 아니라 감수성을 계발했고, 그것에 주입됐다. 김승옥만이 1960년대 독자 대중의 망탈리테를 움직였다는 것은 지나친 과장이지만, 적어도 그 거대한 움직임 속에 자리잡은 큰 주류로서의 김승옥을 엿보는 일은 의미 있다.

소설과 영화, 김승옥의 전성시대

김승옥은 언제부터 '유행'하기 시작했을까? 알려진 대로 김승옥은 「무진기행」으로 세간에 알려지기 시작했다. 「무진기행」이 발표된 1964년 10월에 「싸게 사들이기」와 「차나 한 잔」 등 그의 다른 소설들이 동시에 《사상계》·《문학춘추》·《세대》에 각각 발표되었으나, 시간이 지날수록 「무진기행」만이 유독 사람들의 관심을 불러모았다.

"一九六四년 十월 金承鈺은 돌연 신진 소설계의 박신자가 되었다.*「舞津紀行」이 앞의 세 작품에 비하여 엄청나게 월등하다

---

* 박신자는 한국 최초로 '미 여자농구 명예의 전당'에 헌액된 농구선수로, 1960년대에 국가대표 선수로 활동하며 세계선수권대회에서 동양 선수로는 유일하게 '베스트 5'로 뽑혔다.

고 공인되기 힘들음에도 불구하고, 이 마지막 작품의 발표는 한 가난한 재학 중의 문학청년을 일약 문단의 총아로 만들어버린 것이다."[3]

그리고 그로부터 불과 1년 후 《사상계》에 발표한 「서울 1964년 겨울」이 동인문학상을 수상하며 김승옥은 명실상부한 문단의 대표 작가가 되었다.

김승옥의 이러한 화려한 데뷔와 관련하여, 당시 동인문학상이 한국 문단뿐만 아니라 문학 시장에서 상당한 영향력을 지닌 상이었다는 점에 주목해야 한다. 당시 독자들은 동인문학상을 한국의 노벨문학상으로 여길 만큼 동인문학상의 권위를 인정하고 있었고, 이 때문에 동인문학상 수상 작가라는 타이틀은 해당 작가의 출판물 판매량에 직접적인 영향을 미쳤다. 이는 동인문학상이 사상계사에서 제정한 상이라는 점과도 연관이 있는데, 《사상계》는 종합교양지로서 1960년대 진보 지식인 집단의 정치적 · 사회적 담론의 장이었다. 게다가 소수 지식인들만이 《사상계》를 구독하는 게 아니었다.

《사상계》는 이른바 식자층이 가장 많이 보는 잡지이자, 당시 발행 부수 면에서 수위를 차지할 만큼 인기 잡지였다. 1966년 4월 연세대학교 학생신문인 《연세춘추》가 학생들의 독서 실태를 조사한 결과를 보면, 설문에 응한 전체 학생 650명 중 과반수가 넘는 363명이 《사상계》를 구독하는 것으로 나타날 정도였다. 이런 이유로 《사상계》의 고정 필진이 되는 관문 역할을 하는 동인

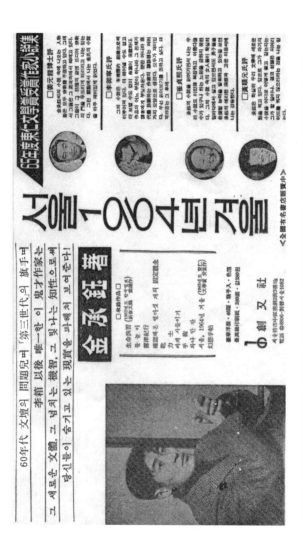

《조선일보》 1966년 2월 20일자에 실린 「서울 1964년 겨울」 광고. 광고는 "60년대 문단의 문제아며 제3세대의 기수며 이상 이후 유일한 이 귀재작가는 새로운 문제, 그 넘치는 기지, 그 빛나는 지성으로써 당신들이 숨기고 있는 현실을 파헤쳐 보여준다!" 이제 첫 창작집을 낸 신출내기 작가에게 붙인 수사어로는 과한 점이 없지 않지만, 그만큼 당시 동인문학상이 지닌 권위는 대단한 것이었다.

문학상은 "그토록 뚫기 어려운 것이었다."[4]

김승옥 자신은 이에 대해 "세상의 허술함에 놀라고 싶을 지경"이라고 익살을 부렸지만, 독자들에게 이 상은 작가 김승옥의 첫인상을 결정짓는 요인이 되었다고 할 수 있다. 같은 4·19세대로서 당시 학생들은 김승옥을 일종의 '연구 대상'으로 보았다. 김승옥을 굉장한 문인이자 실제적인 학문적 연구 대상으로 느낀 것은 대학원생들도 마찬가지였다. 이런 이유로 권위 있는 동인문학상이 선택한 이 "스물네 살의 연소작가年少作家"는 대중에게 곧 천재의 이미지로 각인되었으며, 이 천재성을 사람들은 그의 '감수성'이라고 불렀다.

동인문학상 수상 1년 뒤인 1966년 1월에 출간된 김승옥의 첫 창작집 『서울 1964년 겨울』은 대중들의 이러한 호기심을 수치로 보여주었다. 출간되자마자 곧 베스트셀러에 오른 이 책은 2년 이상 베스트셀러 자리를 지켰다. 그리고 문학평론가 김병익이 말한 "그의 첫 창작집이 가한 충격"은 이러한 감수성의 실체가 무엇인지를 자문하게 하는 본격적인 계기가 되었다.

문학평론가 유종호의 글 「감수성의 혁명」 역시 이러한 '김승옥 현상'에 대한 해석의 성격을 띤 것이다.[5] 이 글에서 유종호는 김승옥이 불과 열 편 안팎의 단편으로 독자를 매혹시키는 작가적 재능을 발휘했으며, 단기간에 신구세대를 막론하고 만장일치로 공인된 평가를 받았다고 말했다. 유종호에 의하면, 그것은 김승옥이 당대 독자들의 '건강한 직관적 향수 능력'을 복원시켜주었기 때문이다. 즉, "지적 스노비즘snobbism(고상한 체하는 속물 근성, 또는 출신이나 학식을 공개적으로 자랑하는 일)이나 위선의 독자에게 조소를 퍼부으면서 문학 전문인의 머릿속에만 있던 '가능성'의 육체를 아름답게 보여"주었다는 것이다.

이러한 유종호의 증언은 전대의 관념적 문학을 의식하며 그것에 대한 김승옥 문학의 변별점을 강조하는 동시에, 김승옥의 감수성이 독자들에게 미친 영향이 어떤 것이었는지를 알려준다. 김병익의 분석을 따르자면, 당시 독자들은 김승옥의 눈을 통해 모든 사물을 기성세대와 다른 감각과 의미로 보는 법을 배우게 되었던 것이다.

김승옥의 감수성에 대한 이러한 호응과 관심은 영화 작업으로 옮아갔다. 이 사실은 대단히 중요하다. 천재적인 감수성을 지닌 작가가, 이제 첫 단행본을 냈을 뿐이지만, 그 한 권으로 젊은 대중의 감성을 흔들고 있는 역량 있는 작가가 영화로 행보를 옮긴 것이다. 그것도 활발하게.

1960년대 후반은 한국의 대중매체가 막 본격화되기 시작한 시점이었다. 특히 영화는 이 시기에 급부상한 문화 주도 장르였다. 김승옥도 이 새로운 장르에 매혹되었다. 김승옥의 시나리오 작업은 그의 초기 문학작품이 지니고 있던 문예적 감수성과는 또 다른 영화적 감수성이 갈라져 나오는 지점을 보여준다. 영화 〈안개〉 이후의 작품에서 이것이 구체적으로 드러나기 시작한다. 1967년 2월 《중앙일보》에 연재한 「내가 훔친 여름」의 광고에는 이미 '한국의 장 콕토'라는 문구가 등장할 정도였다.

「내가 훔친 여름」은 청년기의 감수성을 지닌 재기 넘치는 작가가 역시 두 젊은이의 무전여행을 신선하게 그렸다는 점에서 독자층의 호응이 높았다. 김승옥은 중앙일보사가 마련한 '대표 작가 5인'의 첫 번째 주자였다. 서울·부산·대구·광주·당진의 20대 독자들은 「내가 훔친 여름」이 젊은 세대의 상황과 호흡을 "알뜰히 발가냈다."는 독후감을 투고했다. 어떤 독자가 말했던 것처럼 김승옥은 "우리 문단의 숙제인 대중과의 거리를 단축시킨 데 성공했다." 아니 거리를 좁힌 것이 아니라 이미 대중 속에 존재하고 있었다고 해야 옳다.

1967년 여름은 김승옥에게 그야말로 '인기 절정'의 시기였던 셈이다. 『서울 1964년 겨울』은 잘 팔렸고, 한편에서는 그의 영화가 뜨고 있었다. 독자들은 영화 〈무진기행〉을 즐기는 한편으로, 소설 「무진기행」과 1960년대 초반의 《산문시대》 작들이 지닌 감수성을 동시에 음미했다.

문예적 감수성으로서의 서정성

대중의 망탈리테와 연관지어 김승옥의 감수성을 살펴보는 데, 그의 첫 단행본이 대중에게 소개된 시점이 1960년대 중반이란 점이 중요하다. '해풍'과 '바다내음'이 주는 서정성의 세계는 김승옥이 60년대 초에 건조한 세계이지만, 그것이 대중의 감수성 속으로 파고 든 것은 대중매체 붐이 막 일어나기 시작한 60년대 중반이었다.

이 시기 독자들은 문학에서도 오락성을 기대했다. 텔레비전으로 대표되는 대중매체가 이 시기 독서계에 끼친 파급 효과는 대단했다. 문단에서는 독자 부재의 현실에 대한 위기감이 고조되었으며, 그 결과 '읽히는 재미'가 있는 글쓰기를 고려해야만 했다. 문예물에서 기대하는 오락성이란 단순히 재미난 소재를 다룬 것만을 의미하는 것이 아니었다. 1960년대 중반에는 신문마다 문예란이 특성화되어가고 있었고, 연재소설이 활발하게 실렸다. 일반 신문기사도 문학적인 표현을 쓰는 것을 주저하지 않았다. 문예적 감수성은 교양주의의 맥락에서도 요구되었던 것이다. 이때 소설의 문체는 대중이 문예물에서 기대할 수 있는 오락성의 핵심 요건이었다.

김승옥의 첫 작품집 『서울 1964년 겨울』에 대한 《사상계》 서평에서 평론가 정상호는, 1950년대와 별로 다를 바 없는 "일련의 판자집 분위기를" "화사한 왕국"으로 바꾸어놓는 힘이 바로 김승옥의 문체이자 감수성이라고 평했다. 유종호 역시 「감수성의 혁명」에서 작가의 감수성은 언어 구사력 자체에서 비롯된다며, 김승옥이 '모국어의 가능성'을 발견하게 했다고 말한 바 있다.

이런 글들은 김승옥의 문체가 가졌던 역할이 무엇인지를 해명하는 데 도움을 준다. 더 구체적으로는 '해풍'과 '바다내음'의 정서가 의미하는 바가 무엇인지를 말해준다. 언어를 사용함으로써 표상과 정서들을 제어하고 지배하는 상징계의 체계에서처럼, 김승옥은 당대의 정서를 지배하고 제어하는 방식으로 문체를 계발해나갔다. 일례로 전후에 폐허가 된 어촌 풍경도 그의 작품 속에서는 감각적으로 되살아났다. 폐허가 된 어촌 풍경은 시각적으로만 환기되는 것이 아니라, 서정적인 감수성을 전달하는 방식으로 드러났다. 여기서 폐허의 너절한 풍경들은 지워지고 화자의 정서만이 독자에게 전가轉嫁된다. 아래 예문을 보자.

해풍이 끊임없이 솔솔 불어오고 있다. 소금기에 절인 잎사귀들은 사그락대고 있다. 다시 한 번 말하거니와 우리가 꾸며놓은 왕국에는 항상 끈끈한 소금기가 있고 사그락대는 나뭇잎이 있고 머리칼을 나부끼는 바람이 있고 때때로 따가운 빛을 쏟는 태양이 떴다. 아니 이러한 것들이 있었다기보다는 우리들이 그것을 의식하려고 애쓰고 있었다고 하는 게 옳겠다.(「생명연습」)

'해풍'이나 '바다 내음', '염전' 같은 것에서 비롯된 작가의 서정적 상상력은 「생명연습」, 「환상수첩」 등 동인지《산문시대》에 발표된 초기작에서 주로 드러나며, '해풍에 섞여 있는 정도의 소금끼'와 같은 구절은 「무진기행」까지도 꾸준히 이어진다. 분명 김승옥에게 고향 바다는 서정성의 원천으로 작용했고, 그 정서를 통과해서 만들어진 시적인 문체는 감수성의 연대에 중요한 부분을 차지했다. 그러나 이 문장을 읽는 독자에게 감각의 전이가 일어난다면, 그것은 시각적인 환기가 아니라 감각 자체의 전이에 가깝다. 세계를 받아들이는 방식, 즉 감수성은 이때 독자에게 그 방식 자체를 가르친 것이다. 이러한 감각의 전이 앞에서 독자들은 부끄럽고 초라하게 폐허가 된 풍경들이 문체로 아름답게 살아나는 것을 볼 수 있었다.

그렇다면 김승옥 작품에서 독자들이 발견한 혹은 즐긴 김승옥 특유의 문체란 어떤 것이며, 우리가 그것을 즐길 수 있는 토양은 무엇일까. 감각적인 문체의 대명사로 널리 인용되는 「무진기행」의 다음 문장을 살펴보자.

그 집 주인 부부는 내가 들어 있던 방을 우리에게 제공해주었다. 나는 그 방에서 여자의 조바심을, 마치 칼을 들고 달려드는 사람으로부터, 누군지가 자기의 손에서 칼을 빼앗아주지 않으면 상대편을 찌르고 말 듯한 절망을 느끼는 사람으로부터 칼을 빼앗듯이 그 여자의 조바심을 빼앗아주었다. 그 여자는 처녀는 아니었다.

1960년대의 교양주의를 반영하고 있는 위와 같은 문장이 대중에게 떨림을 제공했다면, 그것은 어떤 것일까. 화자 '나'의 시각에서 묻어나오는 도시적인 세련성이 한몫했지만, 독자가 매료되는 것은 상황을 전달하는 문체의 감각이다. 어떠한 감수성이 소위 '감각적인' 문체의 문제로 치환될 수 있었던 것도, 따지고 보면 여러 가지 1960년대적 상황에서 비롯된 상상력이라고 할 수 있다. 유종호의 '감수성의 혁명'이라는 어사가 분출되고 확산된 과정은, 그 현상 그대로가 하나의 사건으로서의 의미를 갖는다.

이렇게 '감각'이 향유될 수 있었던 지적인 풍토는, 평론가 김윤식이 지적했듯 '한글세대'의 글쓰기가 지닌 관념성 배제, 외국 문학작품의 번역 붐을 통해서 훈련된 독자의 감각 등일 것이다.[6] 전대의 관념적 문체가 주는 답답함에서 벗어난 한글세대의 문체가 독자들에게는 그만큼 가볍고 발랄하게 느껴졌을 터이다. 새로운 문체는 바로 사물을 받아들이는 새로운 사고방식으로 이어져 새로운 감수성을 낳고, 그것이 다시 새로운 문체를 통해 향유된다. 이러한 읽는 재미와 문학성이 가장 행복하게 결합된 사례가 1960년대 중반에 등장한 김승옥 소설이었던 것이다. 김승옥 소설의 서정성은 바로 이런 의미에서, 문체로서의 서정성 그 자체이다.

김승옥식 유머, 시니컬한 감수성

창작집에 수록된 초기작에서 드러나는 '소금기'의 서정성은 1960년대 중반, 문학 공론장을 통해 발표된 작품부터는 점차 사라지기 시작한다. '소금기'에 매료된 평자들은 김승옥의 소설이 더 이상 문학적이지 않다고 평했(하)지만, 김승옥의 감수성은 처음부터 '바다내음' 과 '해풍' 의 세계에만 고착된 것이 아니었다. 오히려 김승옥의 감수성은 '바다내음' 과 '해풍' 의 세계로 지나치게 신화화되어 있다. 당대의 어느 월평가가 지적한 바 있듯, 김승옥의 스타일은 '밝은 시니시즘cynicism' (사물을 냉소적으로 보는 태도)에 있다. 이러한 특성은 등단작 「생명연습」에서부터 내내 견지된 사항이므로, 오히려 이런 식의 시니컬한 유머가 김승옥 감수성의 본질에 가까울 것이다.

이러한 감수성은 그가 그린 삽화와도 연관지어 생각해볼 수 있다. 김승옥이 자신의 몇몇 작품에서 선보인 삽화는, 그의 문체에서 독자가 느낀 정서가 무엇이었는지 잘 드러내준다. 시각적인 삽화가 전달하는 감수성이 그 소설이나 문체와 어떤 연관이 있는지는 생텍쥐페리나 꼬마 니콜라 캐릭터로 유명한 장자크 상페의 삽화를 떠올려보면 쉽게 알 수 있다. 생텍쥐페리의 삽화가 서정성을 담지하고 있다면, 상페 그림은 밝고 유머러스하다. 김승옥의 문체와 삽화는 이 둘을 함께 지니고 있다. 특히 그의 문체에는 밝고 유머러스하며 부드러우면서도, 날카롭게 대상을 포착해가는 삽화적 관찰자의 시선이 존재한다.

일례로 "누구나 멋있는 옷을 입으면 꼿꼿이 걸어가게 되는 법이다."(「확인해본 열다섯 개의 고정관념」)라는 문장을 보자. 이 문장은 독자의 웃음을 유발한다. 이 서술은 시각적이면서도 평면적인 모사가 아니다. 즉, 대상을 시각적으로 포착해내면서 동시에 그 특징을 잘 서술하고 있다. 이는 곧 유머가 발현되는 방식이라고 할 수 있다. 요컨대 「확인해본 열다섯 개의 고정관념」과 「싸게 사들이기」는 소설의 전체 구조에서 이러한 유머가 드러난다. 군데군데 반복적으로 '코믹터치'가 그려진다. 가령 이런 식이다. "나는 전쟁터에서 팔을 버리고 온 용사를 하나 알고 있는데 그는 편하게 지내면서도 우울해할 줄 알게 되었다."(「확인해본 열다섯 개의 고정관념」) 이러한 서술은 그것을 말하고 있는 서술자의 캐릭터와 불가분의 관계를 지니는 것으로, 김승옥의 초기작들은 대체로 이렇게 '팔을 버리고 온 용사'와 같은 뭔가 어긋나는 조합을 이용한 시니컬한 문장으로 웃음을 유발한다.

그러나 삽화적인 관찰이 꼭 유머러스한 문체를 낳는 건 아니다. 소설의 상당 부분에서는 이런 관찰이 내면적인 성찰을 통해 어떤 깨달음을 전달하는 방식으로 드러난다. 이런 문장들은 냉소를 자아내기도 하지만, 대개는 그 웃음기를 가시게 한다.

> 하나의 세계가 형성되는 과정이 한 마디로 얼마나 기막히다는 것을 나는 잘 알고 있다. 그 과정 속에는 번득이는 철편鐵片이 있고 눈뜰 수 없는 현기증이 있고 끈덕진 살의가 있고 그리고 마음을 쥐어짜는 회오悔悟와 사랑도 있는 것이다.(「생명연습」)

> 아아, 모든 것이 그렇지 않았더냐. 하나를 따르기 위해서 다른 여러 개 위에 먹칠을 해버리려 할 때, 그것이 옳고 그르고를 따지기보다 훨씬 앞서 맛보는 섭섭함. 하기야 그것이 '자라난다'는 것인지도

모른다.(「건」)

> 평범한 사람이 한 가지 분노를 팔 년 동안이나 간직하고 있기란
> 쉬운 일이 아니다.(「60년대식」)

이런 구절들이 초기 소설에 드러날 때, 김윤식은 냉소적이고
어두운 분위기가 풍기는 그 분위기를 두고 '4·19세대의 앓음'
이라 명명하고, 소설에 드러나는 이러한 앓음의 바탕에는 예술
적인 탐미성이 있다고 지적했다.[7] 이 탐미성의 근저에는 인물과
상황을 극적으로 형상화하는 한글세대 작가의 방식이 놓여 있
다. 그래서 그 '앓음'은 '연기적'이고 '환상적'이다.

그런데 그것을 발현시키는 동력은 다만 그들 세대의 '앓음'만
으로 교직된 것이 아니다. 「생명연습」이나 「환상수첩」 같은 작품
은 이러한 '앓음'을 구체화하고 있지만, 그 외의 작품은 그렇지
않기 때문에 모든 작품을 하나의 정신주의적인 상태로 묶어 설
명하기는 어렵다. 다만 대상을 삐딱하게 풍자하는 유머러스한
태도는 어느 작품에서든 드러난다. 앞에서 설명했듯, 이 시니컬
하고 유머러스한 포즈는 관찰자의 삽화적 시선에서 나온다. 이
런 방식의 '낯설게 하기'는 소설을 읽는 독자를 시종 재미있게
만든다. 이는 초기 소설부터 1960년대 중반의 소설까지 시종 이
어지는 김승옥 특유의 감수성이다.

《산문시대》 발표작 중 특히 「확인해본 열다섯 개의 고정관념」

같은 작품과,《산문시대》이후에 문학 공론장에 발표한 작품들은 이러한 유머를 더 구체화시키는 방식을 택하고 있다. 그것은 일상에서 일어나는 다기하고 즐거운 관찰에서 연유한다.

일상의 프리즘, 그 미디어적 감수성

영화는 1960년대 초반부터 이미 대중들의 일상 속에 깊숙이 들어와 있었다. 독자들은 신문의 시사만화를 구독하고 재미난 영화를 보러가는 일, 그리고 그 후일담을 나누는 것에 익숙해 있었다. 이제 독자들은 문학이 관념적인 내용에서 벗어나 '현실적인 소재'를 다뤄주기를 바랐다. 김승옥은 독자들의 이런 '문화'에 관심을 보였고, 이를 소설에서 다루었다. 당시 독자들은 김승옥 소설이 담고 있는 일상의 현실적인 재현에 매료됐다. 이를 뒤집어보면, 김승옥의 섬세한 감수성에 채집된 사안들은 당시의 변화된 취향을 반영했다고 할 수 있다. 그리고 이러한 취향을 좌우하는 것은 프랑스 사회학자 피에르 부르디외가 말한 시대적 '아비투스habitus'(특정한 사회적 환경으로 취득된 성향과 사고, 행동체계)이다.

이 개념을 1960년대 한국과 작가 김승옥에 대입해보면, 김승옥 소설이 왜 당대인들의 취향을 반영하고 있는지 알 수 있다. 1960년대 중반은 미니스커트와 금성 라디오의 시대였다. 안정기에 들어선 근대화 물결 속에서 도시회가 급속히 진행되어 서울로 유입되는 인구가 기하급수적으로 늘었고, 이와 함께 대중매체를 향유하려는 문화적 욕구가 폭발적으로 확산됐다.

따라서 이 시대는 김승옥 소설 「확인해본 열다섯 개의 고정관념」에 드러나듯, "여자들의 자기 용모에 대한 판단력조차 영화가 압박하"는 시대였고, 공간적으로 '서울'은 이러한 모든 것이 집적된 공간이었다. 이렇게 시민사회에 일어난 일상성의 변화를 반영하는 문화적 기표들이 소설 안에 자리잡는 것은 어쩌면 당연한 일이었다. 이런 변화를 소설 속으로 적극 끌어들인 김승옥에게 당대인들이 환호를 보낸 이유가 여기에 있다.

가장 두드러진 것은 미디어적인 기표들과 연관된 것들이다. 그의 소설에는 우선 '단돈 이십 원에 영화를 둘씩이나 보여주는' 청계극장이 등장한다.(「싸게 사들이기」) 매달 500원씩 '월부로 텔레비를 놓는 곰보 영감'(「싸게 사들이기」)도 있다. 여기에 '고은정의 목소리를' 흉내낼 줄 알고(「다산성」), 성우 '김성원'을 좋아하지만 '신성일'을 싫어하는 주인공(「보통여자」)이나 '서영춘, 구봉서가 나오는 영화'(「다산성」), '엄앵란이가 빗속으로 미친 듯이 달려가는 장면'(「다산성」), 그리고 '최무룡이 김지미가 사람을 울리는 영화'(「차나 한 잔」)를 쫓아다니는 인물들이 무수히 등장한다.

이외에도 '후라이보이', '서영춘', '사상계 애독자'(「빛의 무덤 속」) 등 현실에서 일상인들이 향유하는 미디어적 기표들은 허구

속에 카메라적 기법으로 가감없이 포착되고 있다. 이러한 기표들은 담론의 차원에서 등장한다기보다는, 일상의 메타적 재현이라는 소설적 장치로 삽입된다.

이른바 '시청각 시대'에 대한 작가의 관심이 담론적 차원에서 극대화된 작품은, 1968년 《선데이서울》 창간호에 발표된 「60년대식」이다. 이 작품은 '시청각교육' 시대의 이면, 즉 경제개발 논리의 이면에 배태되는 음성 섹스산업과 사회의 부정적 현상들을 비판하고 있다. 이 작품에서 주인공의 이름이나 상황들은 미디어적 상상력을 바탕으로 만들어졌다. 주인공 '도인'이 자살하기 전에 만나야 할 옛날 애인 '애경'의 아버지는 '고바우 영감'이란 이름을 달고 있다. '고바우 영감'은 만화가 김성환이 1950년대 중반부터 《동아일보》에 그린 시사만화 〈고바우 영감〉의 패러디다.

빚만 잔뜩 지고 달아난 '도인'의 아내는 "텔레비전의 쇼 프로와 무대의 쇼와 지방공연과 일선장병 위문에 바"쁜 유명 가수이다. '도인'이란 이름 역시 당시 유행하던 가짜 도사의 패러디가 아닐까 한다. 한편 '도인'은 일간신문에 자살 유서를 투고하고 석간이 오기를 기다린다. 극장이라든지 아내가 탤런트라든지 하는 소재들은 「60년대식」뿐만 아니라 1966년작 「다산성」이나, 1977년작 「서울 달빛 0장」에도 이어진다.

신문이나 영화, 텔레비전 같은 미디어적 표상들의 빈번한 출현을 두고 볼 때, 김승옥의 감수성은 미디어적인 상상력을 통과

하지 않고서는 나오기 어려운 것이다. 미디어는 일상이고, 김승옥 자신도 미디어에 빠져 있었다. 그는 결국 영화로 나아갔다. 「60년대식」에서처럼 그것을 비판적으로 논할 때조차도, 작가는 한편으로 자꾸만 그 이미지에 빠져드는 모습을 보인다.

미디어적인 기표를 소설에 차용하는 것은, 대중이 이를 향유하는 방식에 대한 관심도 포함한다. 이때, 작가의 관찰자적 시선은 일상에 대한 프리즘이 된다. 「서울 1964년 겨울」의 '안'과 '나'가 나누는 의미 없는 대화 속에는 '서대문, 종로2가 영보빌딩 변소문'에 쓰인 낙서까지 등장한다. 이것은 단순히 문학적 배경을 선택하는 문제가 아니라, 작품을 이루는 상상력이 일상의 단면들에서 오는 자극이나 감각에서 비롯되었음을 보여준다. 다시 말해, 1960년대적 일상의 분위기 자체가 감수성의 원리가 된 것이다.

대중문화 기표들을 누구보다 다양하고 예민하게 선택하는 민첩성은, 상품 취향에 대한 작가 김승옥의 감각에서도 드러난다. 1960년대에 시인 김수영이 쓴 「생활의 극복―담배갑의 메모」라는 수필에는 "'백양白羊'에서 가장 오래 신세를 지다가 뒤늦게 '아리랑'으로 옮겨와서 최근에 '파고다'로 또 옮겨 온 메모의 배경의 정다운 역사"라는 구절이 있다. 동시대 시인의 수필에 담긴 이러한 일상사의 단면은 김승옥 소설에서 "어렵소, '파고다'다. '백양'에서 언제부터 승급했어?"(「싸게 사들이기」) 하는 식으로 '현실적으로' 제시된다. 일상 속에서 자주 접하는 상표와 취향은

"소주라면 '진로'냐 '삼학'이냐.", '말표 세탁비누'와 같은 구체적인 상표가 주는 이미지와 인물의 취향을 연관시키는 것으로 확대된다.

일상사의 실제 모습에서 선취되는 이른바 분위기의 미학은, 김승옥이 주조하는 인물들의 개성을 통해 더 잘 양각된다. 가령, "미국 작가인 피츠제럴드를 좋아한다고 하는 그 후배는 그러나 피츠제럴드의 팬답지 않게 아주 얌전하고 매사에 엄숙했고 그리고 가난하였다."(「무진기행」)라는 표현에서 인물의 취향은 그 인물의 성격을 드러내는 '요건'이 된다. 김승옥의 문학을 설명하는 핵심어 중 한 가지인 개인성은 바로 이런 면에서 출발한다.

취향으로 드러나는 개인, 서울, 대중

개인성은 김승옥 문학을 전후문학과 변별할 때 주로 등장하는 개념이다. 이때 말하는 개인성이란 「생명연습」의 주인공들이 겪는 '자기 세계의 형성'이라든가, 「환상수첩」 「서울 1964년 겨울」에 등장하는 주인공들의 '앓음'이 전대의 관념적인 아픔보다 구체화·내면화되었다는 뜻일 수 있다. 그러나 김승옥 문학의 진정한 개인성은 일상에 몸담고 있는 개인들의 꿈이 작품의 중심에서 그려진다는 점에 있다.

소설 속 등장인물들이 지닌 고유한 특성을 '성격'이라는 추상

명사로 정의할 때, 인물들이 갖고 있는 각각의 아비투스, 즉 습관과 행동양식은 그들의 성격을 가장 흥미롭게 드러내는 기호이다. 김승옥의 인물들은 아비투스가 비교적 정교하게 살아 있는 존재들이다.

「생명연습」에는 자기 세계를 형성하기 위해 가수라도 되어보겠다고 새벽 바다에 나가 소리를 지르는 '형'이 있고, 세책점에서 책을 빌려보면서도 늘 일등을 하는 '누나', 유학을 가기 위해 애인을 유기해버린 '한 교수'와 같은 인물들이 있다. 「싸게 사들이기」에는 구하기 힘든 헌 책을 싸게 사들이기 위해 책을 찢어두었다가 책 값을 깎는 주인공이 등장한다. 인물들의 취향을 좌우하는 이러한 아비투스는 작품 속에서 주제를 효과적으로 부각시키며, 동시에 새로운 감수성을 형성한다.

1960년대 중반의 '서울'은 60년대에 씌어진 다른 도시소설 속에도 등장하지만, 김승옥은 예민한 감각으로 여타의 서울과는 다른 서울을 창조해낸다. 김승옥의 소설에서 '서울'은 인물들이 지닌 서울에 대한 '지향성'을 통해서 드러난다. 당대의 '서울'은 1960년대의 거의 모든 한국 사람의 취향이었다고도 할 수 있다. '목포의 눈물' 취향을 지닌 「무진기행」속 하인숙이 그 대표적인 예이다.

'서울'은 또한 언젠가는 뿌리내리고 싶거나, 그곳에 가지 못하고 고향에 있는 인물의 콤플렉스로 드러난다. 「빛의 무덤 속」에는 이를 보여주는 두 주인공이 등장한다. '시골에서 살고 있는

형의 집안에 중환자가 생겼다는 소식을 듣고, 얼마 전에 그 달에 받을 봉급을 미리 타서 모두 보내버렸었기 때문에 '매일 점심을 굶'는 '사상계 애독자'와, 서울로 발령을 받지 못하고 '벽촌의 부스럼쟁이들 틈으로 가야만 했던가'를 회의하는 국민학교 여선생이 그들이다. 이러한 설정은 정서적인 효과의 공유라는 측면에서 보면, 당시 시대적 차원의 공감대를 기반으로 형성된 감수성에 속한다. 이때 개인성에 내재된 각 개인의 아비투스는 시대적 공감대를 통해서 사회성을 발현하게 하는 감수성의 원리가 된다.

소설을 통해 취향을 주조하고, 다양한 감수성을 계발해내는 김승옥의 솜씨와 감각은, 김승옥 본인의 작업 태도에서도 찾아볼 수 있다. 김승옥은 그 자신이 취향 주조의 귀재였다. 1960년대의 척박한 문화적 풍토 속에서 그는 가로쓰기를 실행하고자 했다.《산문시대》의 정신적 기조가 언어의 실험정신에 있었다면, 형식상으로는 당대의 문화적인 취향을 조성하는 것에 그 목표가 있는 터였다. 그래서 김승옥을 포함한《산문시대》동인들은 프랑스식 제본 형태라든가, 폴 클레(현대 추상화의 시조로 불리는 독일 태생 유대인 화가)의 그림으로 된 표지 등을 동인지에 도입하려고 했다.[8] 문화를 주도하고 문화적 심미안을 계발하고자 하는 태도는 이전 세대에서는 상상할 수 없었던 획기적이고 전위적인 일이었다.

그러나 여기서 중요한 것은 몇몇 형식상의 실험보다는 이러한 발상을 해낸 토대이다. 동인들이 창간호를 제작하면서 이러한 논의를 했다는 것은 발행 주체들의 문화적 욕구를 반영하는 것이면서, 동시에 그들이 당시 대중들의 취향을 읽었다는 뜻이기도 하다. 《산문시대》의 가로쓰기 역시 당시 출판물에서는 볼 수 없는 새로운 시도로, 1960년대 중반에 이르러 현실화된 편집 체제이다.

김승옥은 특히 출판 과정 전반에 큰 관심을 기울였다. 자신의 책표지 장정을 대부분 직접 했을 뿐만 아니라, 열화당이나 민음사 같은 출판사에서 발행한 '꽤나 예쁜 표지의 책'들의 장정을 도맡아서 작업했을 정도이다. 장정가로서 신문에 소개되기도 했다. 또한 자신의 몇몇 소설집과 콩트집 삽화도 직접 그렸다. 표지를 포함한 책 장정의 심미성이 판매량에 많은 영향을 끼치고, 근래 들어선 삽화의 비중이 높아지고 있는 점을 감안할 때 김승옥은 분명 남다른 안목과 감각의 소유자였음이 여기서도 드러난다.

이러한 다재다능한 활동에는 개인적 재능의 차원을 넘어선, 출판 작업에서 분업을 허용하지 않는 예술지상주의적 태도도 한몫했을 것이다. 다만 이 논의를 우리가 지금 얘기하고 있는 김승옥의 감수성 문제에 한정하여 생각해보면, 김승옥의 책 장정과 삽화 작업 역시 대중 독자의 감성을 자극하고 새로운 취향을 만들어내는 작업이었다고 할 수 있다. 여기서 발견되는 대중성에 대한 김승옥의 긍정적인 태도는 그의 문학적 행보에도 그대로 나타난다.

콩트집 『위험한 얼굴』(지식산업사, 1977) 속에 들어 있는, 김승옥이 직접 그린 삽화들. 김승옥은 삽화뿐만 아니라, 표지와 장정 등 출판 과정 전반에서 특유의 감수성을 드러냈다.

'선데이서울'과 김승옥의 리얼리즘

한 작가의 문학적 경향이 변화를 탄다고 해도 김승옥만큼 확연히 구분되는 변화를 보인 작가도 드물 것이다. 최근 영화와 관련한 연구에서 김승옥의 숨겨진 면모가 새롭게 드러나고 있다면, 그것은 대중성에 대한 김승옥의 전위적인 태도 때문이다. 이를 보여주는 가장 극적인 사건은 그가 순문학의 장인 문학 공론장을 스스로 떠난 일이다. '선데이서울'이라는 기표는 이러한 그의 행보가 의미하는 바를 잘 드러내준다.

《선데이서울》은 '주간지 3파전'이라고 불릴 만큼 경쟁이 치열했던 당시 우리나라의 주간지 시장에서도 획기적인 신상품이었다. 이 잡지의 표지 사진이 한결같이 여성의 성적인 이미지를 부각시켰다는 점 때문에 당시에도 이 잡지를 보는 일이 남부끄러운 일이었을 것이라고 예상해서는 안 된다. 《선데이서울》의 창간호는 며칠 만에 매진되었으며, 발행 부수가 10만 부를 넘어서 그 수입이 본지인 《서울신문》의 수입을 상회할 정도였다. 당시 잘 나가던 다른 여성주간지들도 이런 인기를 누렸다고 하는데, 이는 당시 대중의 취향이 그러했다기보다 주간지에 대한 관념이 오늘날과 달랐다는 점에 더 큰 원인이 있다.

특히 《선데이서울》에는 문예란이 있었고, 그 출발점이 '하필' 김승옥이었다. 김승옥은 1968년 《선데이서울》 창간호에 「60년대식」을, 1969년 《주간여성》 창간호에 「보통여자」를 연재했다. 이

1969년 1월 19일, 김승옥이 『60년대식』 연재를 마치며 직접 그린 삽화와 글. 김승옥이 문학공론장에서 벗어나 '대중' 속으로 진입한 것은 다분히 '의도적인' 행위였다. 김승옥은 주간지 연재를 통해 영화의 밑그림을 실험했다.

를 두고 김승옥이 삼류 잡지에 소설을 연재했다는 식으로 생각해선 안 된다. 창간호 연재라는 것은 김승옥에 대한 대중적인 지지도를 반영하는 것이자, 젊은 작가 김승옥으로선 나름의 고민 끝에 선택한 일이었기 때문이다.

그러나 능히 예상할 수 있듯, 문단에서는 이 '주간지 연재 작가'에게 대중의 기호에 영합했다느니 상업작가라느니 하는 포화를 퍼부었다. 더 온건하게는 김승옥이 다시 1960년대 초반의 감수성을 살리기 위해 상업저널리즘과 결별해야 한다, 고독을 맛보아야 한다고 충고하는 이도 있었다.[9] 그러나 김승옥은 문학 공론장에서 의도적으로 벗어나 대중 속으로 유쾌하게 진입했고, 비슷한 시기에 영화라는 또 다른 외도에 뛰어들어 1960년대 말부터 1970년대 전반에 걸쳐 대성공을 거두었다.

김승옥의 파격적인 행보는 비단 이때가 영화의 시대였기 때문만은 아닐 것이다. 더 근본적으로는 소설과 영화의 장르적 차이, 즉 리얼리즘을 발현하는 다양한 양식을 경험해보고자 하는 욕구가 이러한 전위적인 행위를 감행하게 했다고 볼 수 있다. 주간지는 영화의 밑그림으로써 작품을 실험하기에 좋은 장이었고, 김승옥에게는 리얼리즘을 밀어붙이는 것이 대중성을 실현하는 길이었다. 주간지에 발표한 작품은 전부 영화화되었다. 이 시기에 쓰인 소설이 '통속적'이라는 평가는 이러한 점을 간과한다.

1960년대 중반에 김승옥은 문학과 영화라는 두 마리 토끼를 다 잡으려고 했다. 말하자면 《선데이서울》(「60년대식」)에도 쓰고, 《월간중앙》(「야행」)에도 쓰고, 영화 시나리오도 썼다. '돌아온 탕자'로 영화계에서 문단으로 복귀한 1977년에도 「강변부인」과 「서울 달빛 0장」처럼 서로 경향이 완전히 다른 소설을 동시에 발표했다.

"사실 나는 문학과 영화를 병행시키려고 했습니다. 그것은 영화라는 장르 자체가 매력이 있었기 때문입니다. …… 발자크와 같은 리얼리즘 소설은 솔직히 쓰기가 싫습니다. 리얼리즘 소설을 쓸 바에는 소설을 쓰지 않는 것이 낫지 않느냐 생각해섭니다. 왜냐하면 한 시간 반의 영화가 수십 권의 리얼리즘 소설보다 더 많은 이야기를 담을 수 있기 때문입니다. 간혹 일어나는 리얼리즘 문학에 대한 욕구 때문에 영화를 선택했다고 생각합니다. 그래서 영화만큼은 철저히 리얼리즘을 추구합니다."[10]

지금까지 살펴본 대로 김승옥은 1960~70년대의 대중문화를 주도적으로 이끌고 간 문화 생산자이자 기획자였다고 할 수 있다. 그가 전위적인 주체로서 벌인 이러한 작업의 성과들을 그동안 1960년대의 '고상한' 문학사적 틀 안에만 가두어 둔 경향이 없지 않다. 김승옥 문학은 순문학의 범주에서 전기, 후기로 나누어진 채 오랫동안 전기만을 중심으로 연구되었다. 문학성과 대중성이 반드시 반비례한다고 할 수 없는 것인데도, 대중大衆과 소중小衆을 구분하는 좁은 문이 항상 존재해왔다. 그러나 김승옥은 능동적이고 긍적적인 방향으로 1960년대적인 대중성을 선취해냈다.

알려진 대로 1960년대 김승옥은 우리 문단과 문화 전반에 '감수성의 혁명'을 일으켰다. 그리고 그가 선보인 감수성의 동력은 건강한 대중성이었다. 단순한 문학 생산자가 아닌 대중문화 기획자로서 김승옥이 지닌 감수성은 대중의 문화적 욕구를 새로운 방향으로 나아가도록 선도하며, 대중의 기호에 실질적인 영향을 끼쳤다. 이것이야말로 1960년대 대중이 사랑한 김승옥의 진정한 면인지도 모른다.

주 |

1 수전 손택, 이민아 옮김, 『해석에 반대한다』, 도서출판 이후, 2002.

2 한용환, 『소설학사전』, 문예출판사, 1999, 25~27쪽.

3 염무웅, 〈未感兒의 疾走〉, 《세대》, 1967년 7월호.

4 한국문인협회, 『문단유사』, 월간문학출판부, 2002, 240쪽.

5 유종호, 「감수성의 혁명」, 『현대한국문학전집』, 신구문화사, 1967.

6 김윤식, 〈비평의 변모〉, 《월간문학》, 1969년 12월호.

7 김윤식, 〈앓는 세대의 문학〉, 《현대문학》, 1969년 10월호.

8 김승옥, 「산문시대 이야기」, 『뜬세상 살기에』, 1977.

9 정창범, 〈60년대 작가 개관〉, 《월간문학》, 1969년 12월호.

10 김승옥, 「서울 1960년의 외로운 방랑자」, 『33인의 자서전』, 양우당, 1998.

김승옥과 60년대 청년들의 초상

이 글을 쓴 송은영은 연세대 대학원 국어국문학과 박사과정을 수료하고, 현재 연세대 강사로 있다. 평론으로 「지금 여기의 바깥을 상상하는 문학」이 있고, 논문으로 「김승옥 소설 연구」와 「대중문화 현상으로서의 최인호 소설: 1970년대 청년문화/문학의 스타일과 소비풍속」 등이 있다. 현재 1960~1970년대 대중소비사회의 문화론과 문학을 연구하고 있다.

낭만적 청년상의 대중화

한국 근현대 문학사에서 김승옥이라는 이름은 젊음의 동의어이다. 그의 이름이 거론되는 자리마다 아직도 젊음과 청춘이라는 말이 빠지지 않는다. 김승옥이라는 이름 석 자를 젊은 청년들의 낭만적 치기와 번민의 표상으로 봐도 무방할 정도이다. 1960~1970년대 젊은 청년들은 섬세하고 화려하면서도 우울하고 환멸에 가득 찬 김승옥의 소설에 공명했다. '감수성의 혁명'을 일으켰다는 찬사를 받을 만큼 신선하게 반짝이는 문체가, 골방에서 한숨을 내쉬던 자신들의 어둡고 그늘진 세계를 조명하고 있었기 때문이다.

사실 김승옥의 소설이 당대에 불러일으킨 열광적 환호는 당시로서는 매우 새롭고 이채로운 현상이었다. 우리 근대사에서 청년의 표상과 담론은 세대론이나 지식인론과 밀접한 관련을 맺으며 끊임없이 변화하면서도, 언제나 국가와 민족의 장래를 위해 사회의 최전선에서 대중을 선도하는 엘리트적 사명을 중심으로 전개되었기 때문이다. 청년들에게는 문화·정치·경제·교육·일상의 영역을 넘나드는 임무가 부과되었고, 청년들의 전위성과

진취성에 대한 논의는 민족 저항 담론으로서든 관제 이데올로기에 협력하는 담론으로서든 중단된 적이 거의 없었다.

하지만 1960~1970년대 이후 청년의 표상에는 갑자기 그 전과는 다른 변화가 나타난다. 국가와 민족을 위해 전력질주하는 '건강한' 청년의 이미지 대신, 거창한 사명 따위는 안중에 없는 듯 젊은 치기를 발산하면서 불안과 환멸에 시달리는 '나약한' 젊은이의 이미지가 대중적으로 환영받기 시작한 것이다. 물론 이전에도 거대담론의 포위망을 벗어나려는 청년들의 자의식과 무력함은 문학작품 속에 종종 표현되었다. 하지만 퇴폐와 나약함, 낭만적 치기를 전면에 내세운 청년상이 지식인들과 대중들의 경계심을 모두 무너뜨리고 이처럼 열렬히 환호를 받은 적은 없었다. 1960~1970년대에 일어난 이 변화에는 공적 담론장에서의 청년론보다 문학작품에 형상화된 청년들의 표상이 더 큰 영향을 미쳤으며, 거기에 처음으로 물꼬를 튼 것은 1960년대 중반 대중적 인기를 모은 김승옥의 문학이었다.

이런 의미에서 1960년대 초 등단한 김승옥은 청년문화를 탄생시킨 1970년대의 청년작가들을 예비하고 있다. 그러나 그는 대중소비사회가 도래한 덕을 톡톡히 보았던 70년대 청년작가들과 다르기도 하다. 도발적으로 '청년문화 선언'을 내걸고 청년문화의 주역을 자청했던 최인호, 젊은 청춘남녀들의 풍속과 사랑을 적극 반영하는 방식으로 청년문학이라는 유행을 이용했던 한수산·박범신 등은, 평론가 김현의 말마따나 "일개 소설가도 인기

상품이 될 수 있음을 증명해준"[1] 1970년대 대중문화의 아이콘이었다. 이들이 젊은 객기와 욕망을 밖으로 발산하는 혈기왕성한 청년들의 대변인이었다면, 김승옥은 누추한 골방에서 불안과 갈망을 안으로 삭혀야 했던 무력한 청년들의 위안물이었다고 할 수 있다.

김승옥의 소설이 언제나 환영받기만 하지는 못했던 것도 이 때문이리라. 불안하고 위태롭게 보이는 김승옥의 청년들은 때로 미성숙성과 비건강성의 상징처럼 여겨지기도 한다. 이 때문에 지금도 김승옥 문학에 대한 반응은 찬미와 비판의 양극으로 나뉜다. 그러나 성숙한 어른의 시각에서 청년들의 완숙하지 못함을 비판하는 것보다 중요한 점은, 청년의 표상과 그에 대한 담론들이 각 시기마다 사회의 내적 욕망과 분위기를 반영하면서 변화해왔으며, 김승옥의 소설 또한 그러하다는 점을 인식하는 것이다. 실제로 김승옥이 그려낸 1960년대 청년들에게는 지금까지 제대로 평가받지 못한 세계가, 즉 1960~1970년대에 공적 영역에서 침묵을 지켰던 사람들의 삶과 내면이 담겨 있다.

실천적 청년세대의 대표 주자, '대학생'

1960년대 중반 김승옥 소설의 얻어낸 대중적 인기는, 그의 소설 속 청년들과 전혀 다른 목소리를 내고 있었던 공적 담론장의 상황과 뚜렷하게 대비된다.

1960년대 초반부터 중반까지 공적 담론장의 중심을 차지한 이슈는 단연 세대론과 지식인론이었다. 1960년부터 정치와 문화 영역 전반에서 일어난 세대 논쟁은 4·19학생운동을 주도한 대학생 집단의 강렬한 세대의식 및 자부심이 촉발한 것이다. 1950년대에도 전전戰前세대를 거부하는 전후戰後세대의 의식이 적극적으로 표출되었지만, 1960년대만큼 기성세대를 송두리째 거부하지는 않았다. 1960년대의 세대론에는 새로운 세대인 자신들만이 사회의 부정부패를 척결하고 혼란한 세태를 정비할 수 있다고 주장하는 청년들의 목소리만 기세 등등하고, 졸지에 '구세대'로 내몰린 기성세대의 항변은 미약하다.

이 시기에 지식인의 역할과 임무에 대한 고민이 고조된 것도 비슷한 맥락에 있다. 1961년 9월 《사상계》에 실린 '한국의 지식층' 특집은, "지식인의 동향이 곧 이 나라의 운명과 직접 연결되어 있지나 않을까 하는 생각에서" "지식인은 급작스럽게 사회의 이목을 끌게 되었다."는 분석을 내놓는다. 한 교수는 사석에서 주고받은 사담을 소개하면서, 5·16군사쿠데타 이후 일어난 모든 사회적 혼란과 병폐가 "결국은 인텔리들 책임"이라는 당시 사람들의 일반적 관념을 보여주기도 한다. 이들의 논의는 결국 "선진국의 지식인은 중간계급이지만, 후진국에서는 국가 운명이 지식층의 성장과 노력에 달려 있으므로, 지식인은 국가 형성의 책임을 지고 있으며, 지식층의 지도력만이 유일의 정치세력"이라는 주장으로 요약된다.

이러한 담론 구조는 새로운 것이 아니지만, 1960년대 세대론과 지식인론은 그 중심에 '대학생'이라는 특수 집단을 상정하고 있다는 점에서 특이하다. 이 시기 지식인이라면 누구나 한 번쯤 옆구리에 끼고 다녔을 《사상계》, 새로운 지식인 스타 이어령이 젊은 감각으로 만든 종합 교양지 《세대》, 시사종합지 《신동아》 등 당시 출간된 대부분의 잡지에는 대학생들의 책임과 의식, 성향 등을 분석하는 기사들이 줄을 이었다. 이 잡지들 가운데는 대학 내의 정치적 관심과 동향을 소개하는 소위 '캠퍼스 동정'(《사상계》)과 '캠퍼스 여론'(《세대》) 코너가 고정란으로 있는 경우도 있었다.

이 기사들은 모두 전 사회적으로 대학생 집단에 대한 관심이 유례없이 고조되어 있었음을 보여준다. 이는 젊은 세대의 사회적 책무에 대한 관심과 논의가 끊이지 않았던 우리 근현대사 속에서도 새롭게 표출된 양상이었다. 일본 유학생과 소수의 대학 출신들이 담론 형성을 주도했던 일제 하에서도 이처럼 공공연하게 '대학생'이라는 소수 특혜집단을 새로운 청년 세대의 대표로 삼은 적은 없었다.

이처럼 1960년대의 세대의식은 대학에서 고등교육을 받으며 아직 기성 사회를 경험하지 않은 대학생을 중심으로 형성되었으며, 대학에 가지 못하고 곧장 직업을 가진 젊은이들은 여기서 제외되었다. 그러나 지식인론의 경우, 그 대상이 애매해서 지식인

계층이 구체적으로 어떠한 집단을 의미하는지 명확하게 지적된 적은 거의 없었다. 다만 사회의 최상위 교육을 받은 대학생들은 암묵적으로 지식인으로 간주되었고, 대학생들 자신도 지식인·지성인을 자처했기 때문에 그들은 기성세대 지식인들과 모호하게 겹쳐지며 논의되었다.

1960년대에 대학생이 담론의 중심층으로 부상한 일차적인 원인은 '대학 과잉'이라는 말이 공공연하게 나돌 정도로 대학과 대학생, 대학 졸업생 수가 엄청나게 급증한 데 있다. 하지만 더 근본적인 원인은 기성 사회의 때가 묻지 않은 대학생이 지식인 엘리트 계층으로서 과거를 일신하고 새로운 근대 국가를 건설해야 한다는, 이 시기의 광범위한 이데올로기에 있다. 실제로 당시 사회가 대학생들에게 부과한 또는, 대학생들이 스스로 부과한 역할은 지식인의 책무와 거의 구분되지 않는다.* 대학생들이 주장한 대학생상은 그들이 비판한 기성세대들이 이전에 설파했던 것처럼, 국가 재건 프로젝트를 선도적으로 이끌어 대중들을 지도하고 사회 개혁에 앞장설 수 있는 실천적 지식인이었기 때문이다.

그렇다면 이러한 공적 담론장의 목소리들을 비웃기라도 하듯

---

* 청년 담론이 언제나 지식인론과 겹치는 것은 아니다. 1937년 이후의 청년 담론은 파시즘적 주체 기획의 일환으로 지식인적 엘리트와 차별되는 길을 걷게 된다. 또한 1970년대 청년문화론이나 1990년대 신세대론도 청년들을 지식인적 속성과 분리시킨 예라고 할 수 있다.

김승옥의 소설이 환영받은 이유는 무엇이었을까?

대학생 세대의 대변자로 포장된 김승옥

김승옥에 대한 대중 독자들의 환호는 그가 1964년 10월 《사상계》에 「무진기행」을 발표했을 때 시작되어 1965년 「서울 1964년 겨울」로 동인문학상을 수상했을 때 절정에 달했다. 한 평론가가 "광란적 흥분"에 비유한[2] 김승옥의 대중적 인기는, 「무진기행」이 당시 지식인층 최고의 잡지 《사상계》에 실린 덕을 보았다. 등단작인 「생명연습」이 《한국일보》에, 그리고 「역사」가 「무진기행」 발표 직전인 1964년 7월 《문학춘추》에 실린 것을 제외하면, 그의 이전 작품은 모두 대학교 앞 서점에만 제한적으로 배포된 《산문시대》에만 발표되었기 때문이다. 1960년대 중반 이후 그의 소설 독자층은 한정된 대학생 집단을 벗어나게 되었던 것이다.

그러나 앞서 말했듯이, 김승옥이 그려낸 청년 군상들의 모습과 그것이 청년과 대중들의 공감을 모두 얻어내는 상황은 공적 담론장의 분위기와 어울리지 않는다. 김승옥에겐 언제나 '사회의식의 결여'라는 부정적 꼬리표가 따라다닐 만큼, 그가 그려낸 인물 대부분은 거대담론의 세계에 엇박자를 놓는 사람들이기 때문이다. 그들은 지성인으로서의 책무에 전혀 관심이 없는 것처럼, 자기 세계에 몰두하고 불안과 절망에 허우적거리며 사회에서 인정받지 못할 행위를 자청한다.

　김승옥 소설 속의 청년들을 들여다보자. 목숨을 유지하기 위해 대학을 때려치우고 춘화를 그리는 폐병 환자와 문학을 한답시고 기생 놀음하는 청년(「환상수첩」), 밤마다 할 일 없이 서울 거리를 방황하면서 알지도 못하는 남자와 무의미한 농담을 주고받는, 지적이지만 타인의 고통과 죽음에 무감각한 대학원생과 스스로 무의미하다고 생각하는 비밀밖에 간직할 게 없는 청년(「서울 1964년 겨울」), 여자친구를 만나기 전에 창녀를 찾고 책 한 권을 살 때도 속임수를 쓰는 대학생(「싸게 사들이기」)이 그들이다. 그들이 기껏 할 수 있는 일이라곤 부당한 일에 아무런 항의를 하지도 못하고 속을 끓이거나(「차나 한 잔」, 「들놀이」, 「염소는 힘이 세다」), 기껏해야 글을 쓰고 문학에 심취하는(「생명연습」, 「확인해본 열다섯 개의 고정관념」) 정도이다. 좀 더 적극적인 인물들조차, 눈썹을 밀거나 스스로 감정을 마비시키는 비정한 사람이 되거나(「생명연습」), 자발적인 듯 위악을 감행하는(「건」, 「환상수첩」) 극단적인 자기부정의 방식을 택하는 데 그친다.

　이처럼 김승옥의 청년들은 가장 무력하고 위악적이고 퇴폐적인 인물들이다. 사회의 부정부패에 눈감은 채 불투명한 자신의 미래에 한숨을 내쉬는 이 젊은이들은, 책 속에 파묻혀 지내는 창백한 지식인 못지않게 비판받아 마땅한 존재에 불과했다. 그러나 이와 반대로 김승옥의 소설은 대중적 인기를 끄는 데 성공한다. 그 첫째 이유는, 김승옥 소설의 매력이 당시 유행하던 세대론적 관점에서 철저하게 이용되었던 데 있다.

물론 김승옥의 소설이 세대론적 관점에서 이해될 만한 요소를 전혀 가지고 있지 않은 것은 아니다. 그의 소설이 절망과 불안을 세대의식과 무관하게 표출한 1950년대의 손창섭 등과 다른 방식을 보여주고 있는 것은 사실이다. 그러나 이는 당시 대학생이었던 김승옥에게는 아마 무의식적인 것으로, 그는 단지 자신이 직접 느끼고 있던 것을 그대로 써낸 데 불과했을 것이다.

김승옥의 소설은 비평가와 지식인 집단에게 먼저 발견되어 대중에게 전파되었다. 비평가들이 발견한 김승옥의 새로운 세대로서의 특성은 화려한 감수성과 감각적 문체였다. 그들은 김승옥이 《현대문학》 등 기성 추천제도를 통해 등단하지 않은 점, 해방 이후 한글로만 교육받은 세대에 속하는 대학생이라는 점, 그 화려한 감수성과 문체는 기성세대가 아니기 때문에 가능하다는 점 등을 특별하게 강조했다. 이렇게 김승옥은 얼떨결에 특출한 재능을 가진 한 개인이 아니라, 새로운 한글세대이자 4·19라는 장한 쾌거를 일궈낸 대학생 세대로 포장되었다. 김승옥을 젊음의 대변자로 만든 당사자는 김승옥 자신이 아니라, 그의 감수성을 세대론적인 담론 구조 안에서 증폭시킨 지식인들이었던 것이다.

화사한 감수성이 충족시킨 당대의 욕망

물론 지식인과 비평가 집단의 포장과 상찬만으로 김승옥의 소설이 그렇게 쉽사리 인정받을 수만은 없는 법이다. 그의 소설이 새롭게 느껴진 것은 뭐니뭐니해도 사회의 어두운 구석들을 궁상맞지 않게 보여주는 화사한 스타일이었다. 김승옥이 아니어도 암울한 사회 상황에서 오는 어두움과 절망을 표출한 소설들은 이미 충분히 많았다. 평론가 유종호는 김승옥의 소설을 보면 다른 "많은 작가들이 펜이 아니라, 곤봉이나 말뚝으로 글을 쓰고 있는 게 아닌가 하는 착각을 갖게 된다."고 칭찬했다.

김승옥의 소설은, 무디고 투박한 한국 문화의 세계에 화사하고 세련된 문화의 도래가 가능하다는 착각을 일으켰다. 사람들이 새로운 청년세대의 전유물로 간주한 것은 화려하고 섬세하며 감각적인 문장과 분위기였으며, 그것은 당대인들이 가난하고 누추한 한국 땅에서 실현되기 바라던 세계였다. 그것은 김승옥 소설의 감수성이 당대인들이 갈망하던 감각을 충족시켰다는 것을 의미한다.

김승옥이 스타가 된 1964년은, 비록 일본어 중역이 대부분이었지만 1959년부터 시작된 『세계문학전집』의 출간과 번역 문학 붐으로 인해 사람들이 서양의 문학과 문화적 전통에 대한 감식력과 소양을 조금씩 키우던 때였다. 김승옥을 처음으로 알아보고 환영했던 이들이 또래 친구들이 아니라,* 훗날 그들이 기성세대라고 몰아붙인 영문학자 유종호, 1960년대 서구 문화 전도사 이어령,** 독일 유학을 다녀온 후 한국 사회의 분위기에 숨막혀 하던 전혜린 같은 사람들이었던 것은 우연이 아니다.

김승옥이 대중적 인기를 얻었던 사회적 배경에는, 1964년 민간 TV 개국과 주간지 시대의 도래 등으로 상징되는 본격적 근대화의 시작과 그것을 국가 발전으로 믿게 한 박정희 정권의 이데올로기, 또 이러한 사회 풍토가 창출해낸 서구 근대 사회에 대한 선망의 시선이 존재한다.*** 김승옥이 보여준 감각적인 스타일

---

* "마침 동인지 인쇄 관계로 전주에서 모인 김현, 최하림에게 이 작품(「무진기행」)을 낭독하여 들려주고 강평을 청했더니 '별로 좋은 것 같지 않다. 발표하지 않는 게 좋을 것 같다.'고 하여, 나 역시 몹시 미심쩍고 탐탁치 않던 차에 그만 찢어버릴 작정이었으나, 잡지사 한남철 씨에게 약속한 기일 안에 원고를 써보긴 했다는 표시는 해야 할 거 같아서 '제발 잡지에 싣지 말고 돌려보내주시면 다음에 좋은 글 써보내겠습니다.'는 편지와 함께 부쳤던 것이고 …… 그런데 뜻밖에도 이 작품이 오늘날까지도 내 대표작처럼 되어버렸다." 김승옥, 「자작해설」, 『뜬세상 살기에』, 지식산업사, 1977, 169쪽.

** 이어령, 「제3세대 선언」, 『거부하는 몸짓으로 이 젊음을』, 동화출판공사, 1969. 이어령은 흔히 1960년대 비평가들로 알려진 김현, 염무웅, 백낙청 등이 김승옥을 자기 세대의 대변자로 만들기 전에, 이미 김승옥의 출현을 '제3세대'의 등장이라는 화려한 어구로 수식하며 한글세대의 특별한 감수성으로 명명했다. 그러나 김현은 이 글이 "유행에 뒤지길 싫어하는 한 평론가의 신경질적인 현실 파악의 소산에 지나지 않는다."고 평가한 바 있다. 김현, 〈세대교체의 진정한 의미〉, 《세대》, 1969년 3월호, 203쪽 참조.

*** 이러한 욕망은 대학생을 둘러싼 당시의 담론에도 반영되어 있다. 1960년대 초반부터 중반까지 잡지마다 외국 대학, 그중에서도 서양 대학과 서양 유학생에 대한 소개가 급증한다. 《사상계》는 1960년 4월호에서 소르본느 · 하이델베르크 · 하버드 · 옥스포드 대학을 다루었는가 하면, 《세대》는 1964년 3월 하버드 · 옥스포드 · 소르본느 대학과 세계의 대학생을 다루는 특집을 내고, 1964년 8월에는 불란서 · 영국 · 독일 · 일본 · 미국 대학생들의 하기 휴가 특집을 실었고, 《신동

은, 그 화려한 세계가 피폐한 문화의 황무지 한국에서도 실현될 수 있다고 암시해주는 듯했다. 김승옥은 세련되고 화사한 세계에 대한 선망을 억압해온 대중들의 무의식을 일깨웠고, 덕분에 어느 날 자고 일어나니 스타가 되어 있었다.

그렇다면 이 매혹의 실체가 한낱 '이국 취향'이나 '서양에 대한 맹목적 동경', '근대주의의 신화'에 불과했을까? 젊은 날의 이어령은 당시 현대 문명의 독소를 비판하는 내용으로 문학상을 수상한 어느 소설을 읽고 이렇게 썼다.

"지금 우리 사회가 (현대 문명의) 메카니즘의 독소에 침해당하고 있다는 것은 옳다. 그런데도 불구하고 또 옳지 않다. 대도시 서울 한복판엔 아직도 원시적인 요분차尿糞車가 질주하고 수도 꼭지를 아무리 돌려도 물이 나오지 않는 곳이 많다. 또한 촛불 혹은 등잔불을 켜고 정전된 암흑의 도시를 밝히는 것이 오늘의 현상이다. 그뿐만 아니다. 화신 앞에는 마치 기적을 바라보는 군상들과 같이 텔레비전을 구경하는 시민들이 매일밤 인산人山을 이룬다. 우리가 이렇게 기계의 혜택에 굶주리면서도 메카니즘에 반항하지 않으면 아니 될 이 현상은 얼마나 모순이냐? 생활 감정

아》는 1965년 10월호부터 1966년 11월호까지 옥스포드 · 뮌헨 · 파리 · 마드리드 · 윈 · 루뱅 · 덴마크 왕립농과대학 · 아테네 · 런던 스쿨 오브 에코노믹스 · 대만대학 등을 다룬 기사를 연재했다. 이 연륜과 전통을 자랑하는 서양의 유수한 대학들은 진정한 학문 탐구와 낭만이 존재하는 곳으로 서술되는데, 이는 「환상수첩」에서도 묘사되듯이 당시 우리 대학생들의 가장 큰 불만 중 하나였던 대학 교육제도와 대학교수들의 강의 수준에 대한 불만과 대비된다.

과 관념의 세계가 이렇게 상이한 그 모순은 무엇을 의미하는 가?"[3]

이 낙차감이야말로 우리의 근대에서 가장 뿌리깊게 이어졌던 무의식이다. 김승옥은 1960년대의 이러한 간극을 메우고 위로해 준 작가였다. 이를 서구 취향이라는 말 한 마디로 비판하고 지나가는 것은 우리 근대의 가장 문제적인 지점, 가장 가려운 곳이자 가장 말하기 어려운 곳을 무시하고 넘어가는 것이다.

대학생을 통해 드러난 가난과 가족의 고통

김승옥은 사회의식의 결여를 비판하는 사람들과 매혹적인 문체를 찬탄하는 사람들 사이에서 논란의 대상이 되어왔다. 그러나 만일 비판자들의 주장대로 김승옥 소설에 사회의식은 없고 화사한 문체만 있었다면, 김승옥은 그저 그런 스타일리스트로 남았을 것이다. 지금까지 김승옥의 소설이 읽히는 것은 그의 소설에 당시 공적 담론장에선 표출되지 못한, 혹은 추상적인 서술 뒤에 숨겨진 대중들의 구체적이고 현실적인 삶의 결이 담겨 있기 때문이다.

김승옥이 반짝이는 문체로 소설 속에 한 땀 한 땀 새겨놓은 대학생들의 생활은 빛나는 청춘이 아니라 궁색하고 어두운 그늘이다. 「환상수첩」의 대학생 정우는 산기슭에 한 칸짜리 방을 얻어

자취를 하며 밤마다 '야경' 일에 나선다. 하루 500환을 버는 그 일은 가정교사 자리조차 구할 수 없었던 대학생들의 부업 중 하나였다. 여대생인 선애도 "몸 파는 것보다는 낫지 않"느냐고 항의하듯 내뱉으며 야경 일자리를 구하러 온다. 그들은 대학에 입학하여 영화관과 술집에 드나들거나 연애를 할 수 있는 자유를 얻었지만, 실제로는 가난 때문에 그러한 자유를 거의 누리지 못한다.[4]

「싸게 사들이기」에는 대학생 K가 호주머니 속에 잡히는 돈 20원조차 함부로 쓸 수 없어 돈과 손을 계약시키는 장면이 나온다. "두 분은 계약하시라. 거리의 건달인 바나나에도, 작부들의 화장 냄새가 꽉 들어찬 청계극장에도, 가짜 커피와 센티멘털을 파는 다방에도 두 분은 옆눈을 팔지 않을 것이며……." 그들이 누릴 수 있는 사치는 헌책방에서 책을 사는 정도이다. 그렇지 않으면 빗물이 새서 변색되고 축 처진 천장과 지저분한 낙서가 가득한 빈민가 하숙집에 처박혀 있거나(「역사」), 난방도 되지 않는 차디찬 방 안에 누워서 스물거리는 이를 잡고 냉기를 참아가며 엉뚱한 상념에 잠기는 것밖에 할 일이 없다.(「확인해본 열다섯 개의 고정관념」)

젊은 청년들을 공통적으로 괴롭히는 것은 그 어떤 대의명분이 아니라 어떻게 해도 벗어날 수 없는 가난이다. 가난이 나쁜 것은 그것이 죄의 근원이기 때문이다. 사람들로 하여금 교과서에서 배운 가치가 무용하다는 사실을 더욱 실감하게 만드는 것은, 정치가 아니라 경제적 생활난 때문에 생존만이 절대적 가치로 남게 된 일상이었다.* 소위 '윤리의 위기'(「생명연습」)가 가정, 대학, 친구 관계 등 일상생활 어디에나 파고들었기 때문이다. 순결을 잃은 대가로 버스 차장이 될 수 있었던 누나(「염소는 힘이 세다」)와 돈을 벌기 위해 도시로 갔다가 침묵만 얻고 돌아온 누이의 이야기(「누이를 이해하기 위하여」)는 대학생이 있는 가정에서만 일어나는 일이 아니었다.

게다가 모든 경제적 지원과 희생을 아끼지 않은 부모들은 대학생들에게 가장 큰 죄책감을 안겨주는 존재였다. 부모들은 어려운 살림 속에서 자식의 납부금과 하숙비로 돈을 변통해 부쳐준다. 돈과 함께 부친 "어머니의 철자법에 무식한 글은 그러나 거의 울음으로 찬 느낌을 주고 있었다."(「누이를 이해하기 위하여」) 「환상수첩」의 정우는 아버지 앞에서 무릎을 꿇고 동사무소에라도 취직하겠다고 말한다. 앞으로 어떻게 살지 고민해보라고 돈을 내미는 어머니에게서 그는 고통을 느낀다. "정우야. 우리도

---

* "1960년대 초반의 서울은 모두들 너무 가난했습니다. 한국의 경제는 미국의 원조에 의존하고 있을 때였습니다. 6 · 25의 상처는 아직도 생생하게 남아 있고 서울은 이북 피난민들과 무작정 상경인들까지 거느리고 새로운 도시로 출발하기 시작할 때였습니다. 생존만이 절대가치였고 생존하기 위해서는 어떠한 도덕적 가치도 양보해야 하는 사람들로 들끓었습니다. "이것이 인생이다."라고 저는 생각했습니다. 가정과 학교와 교회에서 배워온 가치는 적어도 서울 바닥에서는 바보의 꿈에 지나지 않아 보였습니다. 저는 심한 갈등을 느꼈고 그 갈등을 토해버리는 방법으로 소설을 쓰기 시작했습니다." 김승옥, 「이제 나는 허무주의자가 아니다」, 『싫을 때는 싫다고 하라』, 자유문학사, 1986, 12~13쪽.

남들처럼 한번 살아보자. 여행하고 와선 마음 단단히 먹고 한번 살아보자."라고 어머니가 떨리는 목소리로 말했을 때, 정우는 더 견디어낼 수 없었다.

대학생들에게 가족은 행복이 아니라 죄책감의 원천이었다. 이 죄의식은 "가족들을 통해 반영된 우리 사회의 보다 일반적인 딜레마들"[5]이 내면화된 것이다. 그의 소설에서 당대 사회의 실감은 주로 청년 김승옥의 시야에 포착된 젊은이들의 모습을 통해 드러나고 있다. 당시 대학생들이 김승옥에게 자신의 이야기를 대신 써준 듯하다고 공감을 표시해왔다는 일화는, 분명 그의 소설에 그들의 생활과 감정이 담겨 있기 때문일 것이다.

그러나 김승옥의 소설에 재현된 청년들은 특수한 사회 집단의 표상에 그치지 않는다. 그들은 김승옥이 당대 사회를 바라보고 재현하는 일종의 프리즘이다. '청년'이라는 존재가 원래부터 근대 사회의 문제적 징후와 고통이 가장 격렬하게 나타나는 지점이라는 말을 증명이라도 하듯,** 김승옥이 그려낸 젊은 청년들의

***

** "근대인은 누구나 불가피하게도 끊임없이 자기 자신을 찾고 다니는 것 같다. 만약, 이것이 이해된다면 '소외감'과 그것에 수반하는 아이덴티티의 위기가 왜 오늘날의 젊은이들 가운데 가장 격렬한가도 명백히 될 것이다. 사실 '젊은이'라는 자체가 생물학적 사실이기보다는 오히려 사회적 규정의 문제이며, 그것은 근대 사회의 거대한 제도적 구조에 의하여 '남겨진' 또는 공백이 되어 있는 틈이라고 볼 수 있을 것이다. 이 이유 때문에 그것은 동시에 가장 심한 자기소외의 체험과 신뢰할 수 있는 아이덴티티의 가장 강렬한 추구의 장소인 것이다." 피터 버거·브리짓 버거·한스프리트 켈너, 『고향을 잃은 사람들』, 이종수 옮김, 한벗, 1981, 88~89쪽.

삶은 1960년대 사회의 여러 딜레마들을 절절하게 보여주는 장소
가 된다.

'극기'와 '위악'의 진실

김승옥은 이런 맥락에서 대학생들이 '극기'와 '위악'을 자발
적으로 선택할 수밖에 없는 상황을 그린다.

김승옥이 그려낸 청년들의 상징처럼 종종 언급되었던 '극기'
는, 1960년대 사회 상황에서 속물이 되지 않기 위해 애쓰는 이들
이 취할 수 있는 마지막 보루 같은 것이었다. 김승옥과 함께《산
문시대》동인이었던 최하림은 '극기'가 화두가 될 수 밖에 없었
던 젊은 시절을 회고한 바 있는데, 이는 중요한 자료이므로 다소
길지만 인용해보자.

"1960년대 말 4월혁명이 좌절되고 5 · 16이라는 군사문화가 저벅
저벅 거리를 누비고 있을 때 명동이나 무교동, 관철동 일대의 뒷골목
에서는 밤마다 젊은이들이 막걸리를 마시며 열변을 토하고 있었다.
…… 누군가가 '왜 시를 쓰는가'라고 젊은 시인들에게 물었다. 젊은
시인들은 돌아가며 한 마디씩 했다. 그들이 무어라고 했는지 남아 있
는 것이 없지만 내가 '극기克己'라고 했던 것은 희미하게 떠오른다.
내 말이고 내 문제였기 때문에 기억에 남아 있었던 모양이다. 그러나

내가 왜 '극기'라고 했는지에 대해서는 캄캄절벽이다. 아마도 60년대를 살기가 너무 힘들었고 70년대 역시 막막했기 때문에 나를 이기고 나를 추스리지 않으면 안 된다는 생각에 '극기'를 떠올렸으며, 그러므로 시에 있어서도 '극기'가 화두가 되었던 모양이다.

김승옥이 직접 그린 최하림의 캐리커처. 최하림은 시를 쓰는 이유를 '극기'라고 했고, 극기를 가르쳐준 것은 '굶주림'이었다고 했다.

그 무렵 나의 삶에는 '극기'가 화두로 등장할 만도 했다. …… 나에게 시 같은 것을 가르쳐준 것은 국어 선생님도 아니었고 문예반도 아니었고 선배들도 아니었다. 사리 때의 해안통 거리였다. 더 정확히 말하면 등록금도 낼 길이 없이 빈한했던, 언제나 뱃속에서 쫄쫄쫄 소리가 흐르는 굶주림이 시 같은 것을 떠올리는 풍경으로 나를 인도했고, 나는 시 같은 것에서 시로, 시의 길로 들어가게 되었다고 할 수 있다. 즉, 나에게 시를 가르쳐준 것도 '극기'를 가르쳐준 것도 굶주림이었다.

그렇다고 해서 그 무렵, 굶주림이 극기와 비등한 화두로 내게 등장했던 것은 아니다. 굶주림은 '극기'를 가르쳐주었을 뿐 그것 자체가 문제로 등장하지는 않았다. 굶주림은, 혹은 가난은 조선시대 지식인들이 그러했던 것과 같이 한 문화로 작용하고 있었다."[6]

최하림의 이 회고적 고백은 당시 젊은이들에게 극기가 어떠한 의미를 지니고 있었는지 직접적으로 알려준다. 김승옥의 청년들은 이 극기를 "요즘 학생들 간에 유행"이라는 '눈썹 밀기'로 보여준다. "알루미늄처럼 하얀 표정"을 지을 수 있게 해주는 학생들의 눈썹 밀기는, 생식기를 잘라버린 선교사 혹은 어머니의 부도덕한 남자 관계를 억지로 합리화시키는 누나의 행위와 '극기'라는 이름 아래에서 동격으로 놓인다.(「생명연습」) 극기는 자신의 모든 번뇌들을 극복하는 것, 모든 혼란과 타락에 눈 감고 초연해지기를 바라는 것이다. 그것은 차라리 자신의 자식은 백치 같은 아이로 만들고 싶은 마음(「환상수첩」)의 다른 이름이다.

김승옥의 소설에서 극기 정도로 만족할 수 없는 젊은이들은 '위악'이라는 더 극단적인 방법을 택한다. 「환상수첩」에서 여자를 차례로 정복해나가면서 문학자연然하는 영수, 춘화를 그리는 임수영, 기생놀음하는 김윤수, 사랑하는 여자와 창녀를 맞바꾸자는 제안을 아무렇지도 않은 척 받아들이는 화자 등은 물론이고, 「누이를 이해하기 위하여」에 등장하는 소설가는 "미친 바보"이자 "치한"에 가깝다.

이 위악의 핵심은 '척'하는 데 있다. 강한 척, 잘난 척, 그 어떤 일도 해낼 수 있는 척하는 것은 스스로 비도덕과 반윤리를 선택하는 비겁한 자들의 포즈이다. 위악은 그들이 부정하고자 하는 사회의 모습을 '척'하며 따르는 것이기 때문이다. 그러나 이는 동시에 스스로 고립과 불화를 자초하는 자기파괴이기도 하다. 청년들의 위악은 "자기 과시욕"이 "거추장스럽게 마련된 카테고리를 돌파할 수 있는 경험을 안겨준다."는 이유로 자발적으로 선택된 행위다. 이는 기성 문화의 타락에 저항도 순응도 할 수 없는 젊은이들의 이중적 사고를 그대로 드러내준다.

실제로 이렇게 극단적 위악을 행하는 청년들은 많지 않았을 터이다. 문제는 대중들이 소설에 등장하는 이러한 극단적 행위에 기시감을 느낄 만큼, 대학생들이 당시 윤리의 위기와 타락을 고통스럽고 민감하게 느꼈다는 점이다. 김승옥은 이 번민을 심미적으로 해결하기 위해 위악을 더 과장되게 그렸던 것이다.

'대학생'에 투사된 1960년대 한국 사회의 욕망

극기와 위악은 사실은 모든 책임과 의무를 임시적으로 유예받은 대학생들만의 특권이다. 공장에서 일하던 그 형과 누이들은 이러한 극단적 자기소외 방식을 상상조차 할 수 없었을 것이다. 물론 극히 일부를 제외하면 당시 대학생과 근로 청년들의 실제 생활은 둘 다 빈민에 가까웠으며, 둘 사이에 외관상 큰 차이는 존재하지 않았다. 하지만 대학생과 근로 청년은 분명히 다르다. 그들의 결정적 차이는 현재의 차이가 아니라 미래에 보장된 기회와 가능성의 차이며, 이 차이는 그들의 정체성을 좌우하는 힘을 지니고 있었다. 대학생은 고등고시를 통과해 관료가 될 수도 있고, 안정된 직장을 잡을 수도, 운 좋게 돈 많은 집 아가씨를 만나 결혼할 수도 있었지만, 대학에 들어가지 못한 가난한 젊은이들에게는 이러한 기회가 원천적으로 차단되어 있었다.

김승옥 문학의 한계를 지적할 때마다 누누이 지적되는 것이 이 근로 청년들, 즉 나중에 '공돌이, 공순이'라는 비하적 용어로 불리게 될 존재들에 대한 고려가 전혀 없다는 점이다. 그러나 이 시기의 가장 진보적인 청년론과 세대론도 남성 및 대학생 중심의 사고에서 전혀 벗어나지 못하기는 마찬가지였다. 문제는 김승옥이 당시 대학생들의 행동방식을 과장되게 보여줌으로써 드러내려고 했던 바가 무엇이었는가 하는 것이다.

당시 대학생들이 가지고 있던 '가능성'이라는 건 말 그대로 가능성에 불과했다. 1960년대는 대학 교육의 팽창으로 인해 대학생 수와 대학 졸업생 수가 급격하게 팽창한 시기였다. 당시 졸업장이 '부도수표'에 불과하다는 자조가 나올 만큼 현실의 취업 문이 높아서 실업자 중 상당수를 대학 졸업자들이 차지했다. 가족들의 희생과 기대를 한 몸에 받은 대학생들이 그 기대에 부응하기란 쉽지 않았던 것이다.

이런 상황에서 대학생들이 느낀 절망과 불안을 '하잘 것 없는 개인적 하소연'이나 '사치스러운 엄살'로 폄하할 수만은 없다. 김승옥 세대가 자랑스러워했던 가치, 즉 4·19학생운동이 표방한 가치는 현실의 어디에도 보이지 않았다. 그것은 실상 사람들이 일반적으로 가장 자유롭고 창조적인 공간이라고 말하는 대학에서조차 실현 불가능한 것이었다. 청년들이 대학에서 배운 것은 "어떠한 공격도 막아낼 수 있는 전제투성이의 이론"과 "상대방을 어떻게 하면 꽈악 눌러버릴 수 있느냐 하는 공격방법"이거나, 헤겔과 쇼펜하우어가 오로지 서양의 유명 인물이라는 이유로 똑같이 상찬되는 수준의 지식이었다.(「환상수첩」) 대학생들은 강의실에서 교수의 눌변 때문에 권태와 낮잠에 시달리고, 바다 건너 온 이역의 지식의 공허함에 한숨을 내쉬는 것이 고작이었다.

흔히 학교는 사회와 다르다고 하는 사람들의 말과 달리, 당시 대학생들은 대학에서 사회의 축소판을 보고 있었다. 청년들의 꿈은 상아탑인 줄만 알았던 대학에서조차 실현 불가능한 가치였고, 또한 유신정권의 군화발 아래서는 상상할 수도 없는 세계이자, 부모의 희생과 피땀 위에서는 차마 발설할 수 없는 소망에 불과했다. 사회는 대학생들이 입신출세를 위해 졸업장이나 따려고 대학에 다닌다고 질타하기에 바빴지만, 정작 그들의 진정한 소망은 제대로 표현된 적이 거의 없었다. 그 소망은 김승옥의 소설에서 이렇게 '환멸'로 바뀌어져 있다.

"소원. 소원? 소원? 나는 목이 메었다. 너무나 많기에 없느니만 못한 소원. 나는 무엇이 되고 싶습니다,라고 꼭 한 가지를 분명하게 얘기할 수 있는 사람은 복받은 사람임에 틀림없으리라. 아버지, 모든 것이 다 되고 싶습니다. 모든 것이 다 갖고 싶습니다. 이런 대답은 있을 수 없었다. 그러나 솔직히 말하면 무엇을 맡겨도 감당해낼 자신이 없다고 얘기했어야 할 것이었다."(「환상수첩」)

프랑스의 사회학자 부르디외는 "학교의 인플레이션 효과"를 논하면서, "학교제도가 부추긴 열망과 실제로 그것이 보장하는 기회 사이의 괴리는 집단적인 거부와 환멸을 일으키는 원천"이라고 말한 바 있다. 이를 김승옥 소설에 대입시켜 보면, 소설 속 대학생들의 환멸 어린 행태는 1960년대 청년들에게 필연적으로 발생하거나 적어도 공감을 얻을 수 있는 '어느 정도 현실감 있는' 현상이었다고 볼 수 있다. 물론 부르디외의 말처럼 "실패를 통해서조차 학교제도는 특권을 재생산하는 데 기여"하기 때문에, 자기 앞에 놓인 가능성 혹은 욕망을 과감히 포기할 수 있는 대학생도 별로 없었을 것이다. 실제로 1960년대 이후 한국 사회가 이 욕망의 실현에 충실했던 것을 생각해본다면, 당시 대학생들이 품고 있던 욕망은 비단 청년층뿐만 아니라 당시 한국 사회 전체의 욕망이었다고 해도 과언이 아니다.

이 문제를 소설에 담았던 작가는 김승옥만이 아니다. 그러나 김승옥은 유독 젊은 청년, 그중에서도 대학생이라는 특수 집단을 통해 당시 한국 사회를 바라봄으로써 1960년대의 대변자로 남게 되었다. 1970년대에 30대의 생활인이 된 김승옥이 욕망밖에 모르는 타락한 사회인들을 등장시켜 간헐적으로 써낸 대중소설들은 막상 대중들에게 큰 울림을 주지 못했다. 그가 1960년대 사회를 포착하는 도구로 사용한 대학생이라는 존재는 모든 책임과 의무를 유예받고 있기에 도피적이고 기회주의적일 수도 있다. 하지만 바꾸어 생각해보면 사회의 가장 인접한 바깥에 머물고 있기에 1960년대 사회를 가장 잘 관찰할 수 있는 위치에 있었던 사람들이자, 당시 사람들의 마음속에 들끓고 있던 번민과 욕망의 용광로를 가장 뜨겁게 보여줄 수 있는 지점이었다.

작가가 의도했든 안 했든 바로 이것이 김승옥 소설이 당시 청년들의 호응을 이끌어낸 주된 이유였고, 또 가난과 생존경쟁에 몰려 있던 일반 대중들이 당시 세대론의 열풍 속에서 대학생들의 욕망과 가능성, 도덕적 정당성 등에 자신들의 욕망을 투사할 수 있는 근거였다.

꿈 줄이기와 '부끄러움'의 흔적

1962년 당시 한 학생은 "영국은 앵그리, 미국은 비트, 프랑스는 앙띠로망, 일본은 태양족이지만, 한국의 젊은 세대에게는 이름이 주어져 있지 않다."고 개탄하는 글을 썼다. 한국의 젊은이들은 "모두 고독한 반항을 계속하고 있으며 질식할 듯한 정적의 공포 속에서 호흡을 계속한다."는 것이다. 이 학생은 "한국의 젊은이에겐 무거운 짐(생활고)만이 눌려져 있"으며, "사회가 개방되어 있지도 않다. 이들에게 허용된 것은 고작해야 영화를 보는 일과 뮤직홀에 가서 음악을 듣는 일 정도다. 술이라야 대포집에서 곱게 마실 뿐"이라고 토로했다. 이 글을 인용한 기성세대 교수는 "그런 즐거움은 감히 바라지도 못하고 평생을 살다 눈을 감는 사람도 무수"한 상황에서 그것은 "귀족주의적인 불평"에 불과하다고 안타깝게 충고한다.[7]

이후 1970년대 대학생들은 60년대식 대폿집에서 맥주집으로, 음악감상실에서 콘서트장과 생음악 다방으로 발길을 옮김으로써 자신들의 욕망을 표현했다. 그 발걸음이 사회적으로 볼 때 중산층의 소비 유혹과 겹쳐진 것은 사실이지만, 일부 젊은이들에게 그것은 귀족적인 유행에 편승하는 것이 아니라 그들의 삶에서 겨우 뗄 수 있는 한 발자국의 걸음이었다. 머리를 기르고, 청바지를 입고, 맥주를 마시며 통기타를 친다고 해서 풍족한 생활에 다가간다고 믿었던 대학생들은 없었다. 1960년대 대학생들이 아무 소용도 없는 '극기'와 '위악'을 행할 수밖에 없었던 것처럼, 1970년대의 대학생들은 현실적으로 무용하고 헛되어 보이는 청년문화의 풍속을 적극 수용하고 유행시키는 것으로 자신들의 소망을 표출했다. 김승옥이 절필하고 다른 후배작가들에게 펜을 넘겨준 1970년대에도 그의 소설이 지닌 아우라가 전혀 사그라들지 않았던 것은 이러한 맥락 때문일 것이다.

김승옥이 그려낸 청년들은 현대적이고 세련된 생활을 동경하면서도 동시에 그것을 거부해야 하는 당시 젊은이들의 딜레마를 가장 절박하게 드러내고 있다. 그의 청년들은 꿈이 없는 것처럼 보이기도 한다. 그러나 그렇게 보이는 것은 이들에게 정말로 꿈이 없어서가 아니라 그 꿈이 너무 크기 때문이다. 적당히 큰 것은 볼 수 있고 잡을 수 있지만, 너무 큰 것은 볼 수도 잡을 수도 없다. 1960~1970년대 한국의 현실은 젊은이들의 꿈을 가시적이고 구체적인 것으로 만들어주기에는 너무나 초라했던 것이다.

당시 젊은이들도 자신들이 자기 세대와 청년문화에 투영한 꿈이 "환상적인 기준"(「환상수첩」)에 불과하다는 사실을 알고 있었다. 그래서 그들은 꿈의 크기를 줄이고, 현실 속에서 젊음을 죽여가는 방법을 터득하고, 허황된 꿈을 꾸지 않는 게 현명하다는 사실을 배웠다. 돈 많은 과부를 만난 덕에 고향에서 가장 출세한 사람으로 대접받는 사람이 '부끄러움'이나 느끼며 과거의 자신에게서 황급히 도망치는 애상조의 소설(「무진기행」)이 왜 그리 젊은이들에게 인기가 있었겠는가. 그들은 부끄럽지만 쫓아갈 수밖에 없는 자신들의 앞길을 이미 알고 있었던 게 아닐까. 그래서 이제 어느덧 60대가 되어버린 그들에게 겨드랑이에 있던 날개의 흔적이 문득 가려울 때가 있다면, 또 그것으로 족한 게 아닐까.

주 |

1 김현, 〈대중문화 속의 한국문학〉, 《세대》, 1978년 5월호, 238쪽.

2 염무웅, 〈미감아의 질주〉, 《세대》, 1967년 7월호, 182쪽.

3 이어령, 「신화 없는 민족 ─ 오늘의 문학적 조건」, 『거부하는 몸짓으로 이 젊음을』, 248쪽. 괄호 안에 넣은 말은 맥락을 고려해 인용자가 추가한 것이다.

4 당시 대학생들의 궁핍한 생활을 느낄 수 있는 자료로, 김인수의 〈불꺼진 대학가 ─ 한 남자대학생이 말하는 고민〉과 김영자의 〈부화직전의 불안 ─ 한 여자대학생이 말하는 고민〉, 《사상계》, 1962년 4월호. 129~130쪽. 135쪽 참조.

5 케네스 케니스턴, 「소외와 청년문화」, 『청년문화론』, 이중한 편, 현암사, 1974, 11쪽 참조. 가족들이 대학생 자녀나 형제들의 출세에 걸었던 기대와 교육열에 대해서는 김동춘, 「한국의 근대성과 '과잉교육열'」, 『근대의 그늘』, 당대, 2002 참조.

6 최하림, 〈나는 왜 문학을 하는가〉, 《한국일보》, 2002년 11월 14일자, 10면.

7 김태길, 〈파이오니어로서의 자세 ─ 대학생과 모랄의 개조〉, 《사상계》, 1962년 4월호, 100~101쪽.

문학의 **영화화**, 영화의 **문학화**

- 몽타주 지향의 문예영화 〈안개〉

이 글을 쓴 조현일은 서울대 국문학과에서 『손창섭, 장용학 소설의 허무주의적 미의식에 대한 연구』로 박사학위를 받고, 현재 홍익대 강사로 있으며 1960년대 자유주의 문학을 연구하고 있다. 논문으로 「임화 소설론 연구」·「김수영의 모더니티관과 '파르티잔 리뷰'」·「근대 속의 이야기: 황순원론」이 있으며, 저서로는 『한국문학의 근대성과 리얼리즘』·『전후소설과 허무주의적 미의식』 등이 있다.

영화와 소설의 생산적 접근을 위하여

1895년 뤼미에르 형제가 최초로 활동사진을 상영한 이래, 영화는 "현대예술에서 비록 질적으로 가장 풍부한 장르는 못 되더라도 스타일 면에서는 가장 대표적인 장르"[1]로 자리잡았다. 1990년대 이후 우리의 문화적 상황은, 하우저의 이와 같은 규정을 실감나게 한다. 각 매체의 자율성을 인정하더라도 1980년대까지는 문학, 특히 소설이 예술성을 겸비한 지배적인 문화매체였다. 반면, 최소한 문화론적 차원에서 바라볼 때, 1990년대 이후부터는 점차 문학과 소설이 지배적 영향력을 상실하고 그 자리를 영화가 대신 차지한다.

1990년대 초반 소설과 영화의 상관관계가 문예지의 특집으로 다루어진 것은 이와 같은 상황 변화에서 발생한 위기의식의 표현이라고 볼 수 있다.[2] 서구에서는 현재의 문화를, '매스미디어가 구어나 책과 같은 이전의 문화적 양식을 대체하고 문화·여가를 식민화, 지배하고 있는 미디어 문화'[3]라고 규정하는데, 우리의 상황도 여기에서 크게 벗어나지 않는다. 특히 여타의 미디어 문화와 달리 예술성까지 겸비하고 있는 영화가, 전통적인 문예 장르의 위계 구조에 지각 변동을 일으키고 있다는 점은 부인할 수 없다.

소설 역시 애초부터 고급예술이 아니었음에도 이후 지배적 장르로 정착했다는 점을 고려할 때, 그리고 비록 영화가 문화산업의 기제에서 완전히 벗어나기 힘들다 하더라도 소설 못지않은 풍부한 가능성을 갖고 있다고 할 때, 이와 같은 지각 변동의 시기에 우리의 문화적 지형도가 어느 하나로 일방적으로 흡수되는 것은 결코 바람직하지 않다. 오히려 양자의 생산적 접근이 이후의 문화적 지형도를 결정하는 데 관건이 될 것이다. 영화 중심의 관점에서 바라볼 때 왜 하필 소설인가라는 의문이 발생할 수도 있지만, 손택의 지적처럼 영화는 회화나 연극보다 소설과 더 많은 유사성을 갖고 있으며,[4] 그만큼 영화의 발전에서 주요한 참조점 역할을 할 수도 있다는 점에 주목해야 한다.

이 글은 소설과 영화가 과연 생산적으로 접근할 수 있는가, 그것이 가능하다면 그 미학적 근거는 무엇인가라는 문제의식에서 출발했다. 일차적인 작업으로 1960년대 문예영화, 특히 〈안개〉, 〈오발탄〉을 중심으로 소설의 영화화 과정에서 구체적으로 어떤 양식상의 전환이 이루어지고 그 미학적 차이는 무엇인지에 초점을 맞추었다. 특히 〈안개〉는 김승옥 원작의 「무진기행」을 김승옥 각색으로 영화한 작품으로서, 원작자가 직접 참여했다는 점에서 소설을 영화화할 때의 구체적인 양상을 확인할 수 있게 해준다. 「무진기행」, 「오발탄」 등의 소설을 영화화한 결과물을 검토하여 원작 소설의 장르상 특성을 제외하고 남은 특성들에서 일정한 미학적 경향성을 발견할 수 있다면, 그것은 곧 영화예술이 고유하게 갖는 미학적 토대를 의미할 것이다. 그리고 그것은 소설과 영화가 상호 접근할 수 있는 미학적 토대를 의미하거나 아니면 애초부터 접근 불가능한 미학적 토대를 의미하거나 둘 중 하나일 것이며, 이에 대한 의미 있는 판단을 내리는 데 시금석으로 작용할 것이다.

이를 위해 우선 소설의 영화화가 갖는 의미를 1960년대 문예영화 붐에 초점을 맞춰 살펴보고, 소설 「오발탄」과 영화 〈오발탄〉, 소설 「무진기행」과 영화 〈안개〉 분석을 통해 양식상·미학상 전환의 구체적 양상을 밝힌 후, 그것의 미학적 의미를 고찰하고자 한다.

1960년대 문예영화와 '영화의 문학화'

영화사가들이 평가하듯이, 1960년대는 한국 영화의 중흥기·전성기였다. 1960년대에 제작된 총 영화 편수는 1,450편으로, 1년 영화 제작 편수가 통상 100편을 넘었다. 1950년대와 1970년대 전반기에 비해 두 배 가까운 수치다. 작품의 질에서도 〈상록수〉(신상옥, 1961), 〈마부〉(강대진, 1961), 〈오발탄〉(유현목, 1961), 〈귀로〉(이만희, 1967), 〈안개〉(김수용, 1967), 〈메밀꽃 필 무렵〉(이성구, 1967), 〈독 짓는 늙은이〉(최하원, 1969) 등 명작들이 대거 제작되었다.* 이때 주도적 역할을 한 것이 문학, 특히 소설을 영화화한 문예영화이다. 1960년대에 발표된 문예영화는 필자의 조사에 의하면 총 72편으로 양적으로도 상당할 뿐만 아니라, 영화진흥공사에서 선정한 1960년대 대표작 63편 중 29편이 문예영화로서 질적인 차원에서도 공히 1960년대 영화를 주도해나갔다고 할 수 있다.[5]

이때 결정적인 역할을 한 작가로 김승옥을 꼽을 수 있다. 김승옥은 《산문시대》 동인으로 1960년대 신세대문학을 대변하는 작가이면서, 1960년대 후반 문예영화를 주도해나간 시나리오 작가이기도 했다. 김승옥이 최초로 영화와 관계를 맺은 것은 자신의 소설 「무진기행」을 영화화한 〈안개〉의 시나리오를 쓰면서부터이다. 이후 1967년 김동인의 「감자」를 영화화하여 감독으로 활동하는가 하면, 총 16편의 시나리오를 쓰기도 했는데, 그 대부분이 자신이나 다른 작가의 소설을 각색한 것이었다.

　요즘 많은 소설들이 영화로 만들어지고 있다. 10여 년 전, 아니,

---

* 김종원과 정중헌에 따르면, 1960년대 초반 연간 제작 편수가 87편이던 것이 불과 2년 만에 100여 편을 넘어섰고, 1969년에는 200여 편을 돌파한다. 관람객 수도 1950년대에 전국 극장 수가 200여 개, 연간 관람객 수가 1천만 명에 미치지 못했던 것에 비해, 1961년에는 관객 수가 5배 이상 늘어났으며 1969년에 이르면 극장 수 447개, 관람객은 1억 400만 명에 이른다. 김종원 · 정중헌, 『우리 영화 100년』, 현암사, 2001, 260쪽.

3~4년 전까지만 하더라도 영화제작회사가 소설을 영화로 만드는 까닭이 흥행수입을 올릴 수 있다는 데에 있기보다는, 정부가 마련한 우수 영화제작 장려제도에 맞추어 어떤 혜택을 받으려는 목적에 더 크게 있었다. (중략) 텔레비전이 보급된 뒤로 심한 불황에 빠져 있던 영화계에서 지난 1974년에 최인호씨의 장편소설인 『별들의 고향』이, 그리고 1975년에 조선작씨의 단편소설인 「영자의 전성시대」가 영화의 불황기 가운데에서도 보기 드물었던 흥행의 성공을 거두자 영화제작회사들은 이제 소설의 영화화는 오히려 상업적으로 안전하다고 생각하게 되었다. 그 대신에 소설을 선택하는 기준을 철저히 상업적인 것으로서, 그 문학적 평가보다는 그 내용의 상업성에 거의 절대적인 역점을 두고, 관객의 취향에 맞추기 위해서는 소설 내용을 대담하게 탈바꿈시키는 것도 마다하지 않게 되었다.

원칙적인 이야기를 하자면, 소설을 원작으로 삼은 영화를 보는 재미는 독자들이 그 소설을 읽는 동안에 자기 나름대로 상상하던 그 장소, 그 인물 및 그 대사 따위를 영화에 맞추어보는 것이겠다. 『바람과 함께 사라지다』를 읽은 독자는 자기가 활자로 읽었던 한 줄의 대사가 클라크 케이블의 입으로 유들유들하게 흘러나오는 데에 기쁨을 느낀다. 『엑소더스』를 읽은 독자는 지도에서 한 줄의 선으로만 보았던 상상하기 힘든 키프러스 섬을 영화 속에서 마치 그곳에 와 있는 듯이 볼 수 있음에 감동한다.[6]

문예영화 제작의 중심에 서 있던 김승옥의 이와 같은 주장은

1960~70년대에 소설을 영화화하게 된 시대적 배경과, 소설을 영화화함으로써 얻고자 했던 미적 효과들을 알 수 있게 해준다. 우선 김승옥에 따르면 1970년대에는 상업성 때문에 소설을 영화화했던 반면, 1960년대에는 우수영화제작 장려제도 때문에 소설이 영화화되었다. 강화된 검열정책으로 인해 소재가 고갈된 데에다, 1965년 우수영화를 선정하여 해당 작품에 영화 수입 쿼터를 주는 '우수영화 보상제도'가 만들어지며 1960년대 문예영화 제작이 붐을 이루었던 것이다.[7] 그리고 당시 소설을 영화화함으로써 노린 일차적 미학적 효과는, 독서 과정에서 얻게 된 관념적 이미지들을 영상과 음향으로 구현함으로써 시각과 청각을 통해 직접 지각하게 만드는 데 있었다고 볼 수 있다.

이와 더불어 1960년대에 소설의 영화화가 활발했던 좀 더 근본적인 이유는, 앞서 제시한 영화와 소설의 친화성에 있으며, 그 영화화 과정에서 질적인 차이를 갖는 미학적 전환이 이루어진다는 것이 필자의 판단이다. 우리 영화사에는 두 차례의 영화 전성기가 있었다. 1960년대와 1990년대 이후 현재에 이르는 시기이다. 1960년대는 물론이고, 1990년대의 준비기라고 할 수 있는 1980년대 역시 문예영화가 주도적 역할을 수행했다는 점[8]은, 시대적 배경만으로는 설명할 수 없는 이유들, 즉 영화 고유의 서사 문법 확립이나 예술성 획득, 관람객 확보에 소설이 결정적 역할을 수행했다는 점을 시사한다.

소설을 영화화하는 것은 영화가 주류 예술로 승격하는 과정에서 발생할 수밖에 없는 필연적이고 일반적인 과정이라 할 수 있다. 서구의 경우 역시 1910년 전후에 확립된, 유사한 재현과 직선적이며 연속적 서술방식에 기초한 고전적 사실주의 영화,* 즉 현재의 주류 영화 또한 그 형성 과정에서 '소설'에 의해 결정적인 영향을 받았다. 최초의 영화는 세기 전환기의 오락산업 제도들, 즉 보드빌 극장·대목 시장·뮤직홀 등의 버라이어티 쇼의 한 부분으로 상영되었고, 이때의 영화는 심리적 동기를 찾기 힘든 익살극과 육체적 액션 등이 주요 소재였으며 각 쇼트가 분리되어 판매되는 등, 현재와 같은 연속적 서술 형식을 취하고 있지 않았다. 고전적 사실주의 영화의 확립 과정은, 이와 같은 대중문화의 전통에 생산·수용·영화 형식의 차원에서 중산계층의 소설 전통을 결합시킴으로써 이루어진, 즉 시민예술의 대표적 장르인 소설의 결정적인 영향 하에서 이루어진 '영화의 문학화 과정'[9]이었다.

고전적 사실주의 영화의 확립, 곧 '영화의 문학화'란 우선 작품 형식 차원에서 고전적 사실주의 소설의 연속적 서술 형식의 수용과 확립, 영화적 언어로 표현할 때 180도 체계에 기초한 연

---

* 이 글에서 사용하는 '고전적 사실주의 영화'란 다음과 규정에 입각해 있다. "유사한 재현과 직선적인 서술방식에 토대하고 있는 영화, 즉 투명성과 현재성의 개념들을 뒷받침하고 결속시켜 주는 이데올로기적인 체계에 명백하게 포함되어 있는 영화를 나타내고 있다. 할리우드 영화의 수용이 완전히 이데올로기적인 체계에 의해 규정되는 한에 있어서 할리우드 영화는 그러한 고전성 또는 전형성의 모델로 여겨질 수 있다." J. Paech, 임정택 옮김, 『영화와 문학에 대하여』, 민음사, 1997, 259쪽.

속적 편집의 확립을 의미한다. 그리고 무엇보다 소설 향유 계층 인 중산계층을 영화관객으로 포섭하는 과정을 의미하며[10] 궁극 적으로 "시민적 문화와 예술제도 속으로의 영화의 정향적 편입" [11]을 의미한다.

시기적인 차이에도 불구하고 1960년대 문예영화 역시 동일한 의미를 지닌다고 할 수 있다. 1960년대에 그토록 급속도로 영화 관람객이 증가할 수 있었던 이유는 1960년대 영화를 주도해나갔 던 문예영화가, 활극·공포극, 풍자 희극, 반공영화, 사극 그리 고 당대 영화의 태반을 이루는 통속극에 만족하지 못하고 있던 소설 독자층과 중산층 관객을 흡수하는 데 중요한 역할을 했기 에 가능했다고 볼 수 있다. 또한 1960년대 영화 중 최고의 작품 성을 갖고 있는 영화들이 문예영화였다는 점은, 문학·소설의 영화화가 고전적 사실주의 영화의 문법과 작품성 확립에 중요한 기여를 했음을 직접적으로 보여준다.

주목해야 할 점은 영화사에서 일반적으로 발견되는 영화에 대 한 소설의 영향, 구체적으로 소설이 1960년대 문예영화에 미친 이와 같은 영향이 미학적인 차원에서 반드시 긍정적인 것만은 아니라는 점이다. 벤야민에 따를 때 현대적 소설, 즉 모더니즘 소설의 등장이나 영화의 등장은 기술 복제시대에 예술이 처한 근본적 변화, 미학적 전환에 기초하고 있다. 그는 대도시 체험과 그것에 근거하는 지각 양식의 변화로 인해 충격의 형식, 즉 몽타 주가 현대적 예술의 근본적인 미적 형식이 되었으며, 궁극적으

로 '상징'에서 '알레고리'로의 미학적 전환을 낳게 되었다고 본다.[12]

이에 비추어 볼 때, 영화의 문학화를 통해 이루어진 고전적 사실주의 영화의 확립 과정은 영화가 초창기에 지녔던 풍부한 미학적 가능성, 즉 "비문학적이었던 초기 단계에 '순수 활동사진적' 영화 미학의 영구적 도전"[13]이 좌절하는 과정, 초창기 영화가 간직하고 있던 미학적 가능성을 역행하는 과정이었다고 볼 수 있다.

1960년대 문예영화 역시 예외는 아니다. 고전적 사실주의 영화의 확립, 영화의 문학화라는 관점에서 바라볼 때, 1960년대 문예영화는 크게 두 가지 부류로 나눌 수 있다. 하나가 신상옥의 〈상록수〉(1961)·〈사랑방 손님과 어머니〉(1961)·〈벙어리 삼룡이〉(1964), 이성구의 〈메밀꽃 필 무렵〉(1967)·최하원의 〈독 짓는 늙은이〉(1969) 등이라면 다른 하나는 유현목의 〈오발탄〉(1961), 김수용의 〈안개〉(1967), 이성구의 〈장군의 수염〉(1968) 등이다. 전자는 소설의 영화화를 통해 고전적 사실주의 영화를 확립한 영화들로, 원작과 비교할 때 다양한 차이를 드러낼 뿐만 아니라, 각각의 작품이 영화사 차원에서 일정한 의의를 갖는다. 특히 신상옥의 작품들은 원작 소설에서는 발견할 수 없는 '고유의 미장센의 미학', '근대화 이데올로기' 등이 영화사적으로도 매우 중요한 의미를 가진다. 그럼에도 불구하고 이 작품들은 근본적으로 앞서 서술한 영화의 문학화에 철저하게 기여하고, 영화 고유의 미학적 가능성에는 역행했다.

반면 후자의 작품들은 비록 원작의 영화화 과정에서 일정 정도 영화의 문학화에 기여했다 할지라도, 근본적으로는 영화 고유의 미학적 가능성을 포기하지 않았다. 고전적 사실주의 영화의 확립이 형식적 차원에서 사실주의 소설의 연속적 서술체계의 수용과 180도 체계에 기초한 고전적 · 연속적 편집의 확립을 의미한다고 할 때, 이 작품들은 이와 같은 고전적 · 연속적 편집에서 벗어난, 즉 충격효과에 기초한 몽타주가 주된 형식적 원리였기 때문이다. 이와 같은 차이는 김승옥이 각색한 영화들에서도 나타난다. 1960년대 각색한 〈안개〉와 〈장군의 수염〉이 후자에 속한다면, 1970년대에 각색한 〈영자의 전성시대〉와 〈겨울여자〉는 전자에 속하며, 동일한 「무진기행」을 영화화했음에도 〈안개〉와 달리 〈황홀〉 · 〈무진, 흐린 뒤 안개〉 등은 전자에 속한다.

이러한 차이를 염두에 두고, 원작이 영화화될 때 나타나는 변화들을, 고전적 · 연속적 편집으로부터의 이반, 즉 몽타주*의 충격효과가 어떤 식으로 추구되고 있는지에 초점을 맞춰, 1960년

---

* 몽타주montage는, 불어로 '조립하다'라는 뜻의 건축용어 'monter'를 에이젠슈타인이 영화 편집에 사용하면서 영화적 언어로 정착되었다. 몽타주의 미학적 의미에 대해서는 쇼트와 쇼트 간의 연속성을 강조하는 프도프킨의 견해와, 충돌을 강조하는 에이젠슈타인의 견해가 처음부터 대립하고 있었다. 현재, 영화에서 몽타주는 쇼트와 쇼트를 결합하여 의미를 전달하는 편집과 동의어로 사용되거나, 좀 더 폭넓게 부분들을 결합해서 특정한 효과를 내는 영화적 장치 일반을 가리키는 용어로 사용되고 있다.(최상식, 『영상으로 말하기』, 시각과언어, 143~169쪽.) 필자는 후자의 의미를 사용하되, 그로 인한 효과를 연속성보다는 충돌, 충격효과에서 찾고

대 모더니즘 영화의 대표작으로 평가받는 김승옥 각색 · 김수용 감독의 〈안개〉와 리얼리즘 영화의 대표작으로 평가받는 이종기 각색 · 유현목 감독의 〈오발탄〉을 살펴보도록 하자.

장면 내 몽타주, 도시 공간의 병치: 〈오발탄〉

이범선의 「오발탄」(《현대문학》, 1959년 10월호)을 영화화한 유현목의 〈오발탄〉은 한국 영화사에서 가장 뛰어난 리얼리즘 영화로 평가되고 있다. 그러나 이것이 '유사한 재현과 직선적 서술방식을 토대로 한' 고전적 사실주의 영화의 미덕을 극대화시킴으로써 얻어진 성과는 아니다. 그것은 오히려 몽타주를 효과적으로 배치함으로써 이룬 성과이다.

우선 영화 〈오발탄〉은 소설 「오발탄」에 비해 서사 구조에서 매우 다른 모습을 보여주고 있다. 소설 「오발탄」은 크게 세 부분, 즉 사무실에서 손을 씻으며 원시인의 환상을 보는 부분 집으로 돌아와 동생 영호와 논쟁을 벌이며 양갈보가 된 누이에 대한 기억을 되새기는 부분 영호를 면회하고 돌아온 후 아내의 죽음을 알게 되고 거리를 방황하는 부분으로 구성되어 있다. 서술은 주

자 한다. 따라서 이 글에서 '몽타주'를 편집(editing), 장면화(mise-en-scène), 화편화(framing) 등에서 발견되는 모든 종류의, '충격효과를 야기하는 이질적 부분들의 접합'의 의미로 사용한다.

리얼리즘 영화의 대표작으로 평가받는 이종기 각색, 유현목 감독의 1961년작 〈오발탄〉. 소설 「오발탄」과 매우 다른 서사 구조를 보이는 영화 〈오발탄〉은, 전체적으로 볼 때 공간적 연속성과 시간적 연속성에 기초한 고전적·연속적 편집으로 구성된 고전적 사실주의 영화이지만, 소설이 영화화될 때 발생하는 미학적 전환은 결정적으로 몽타주 효과에서 비롯됐다.

인공인 철호를 중심으로 이루어진다. 반면 영화 〈오발탄〉은 영호를 중심으로 영화배우 미라, 야전병원 간호장교였던 설희, 상이군인 경식 등 새로운 인물들이 설정되고, 경식과 명숙의 사랑 이야기, 영호와 설희의 사랑 이야기, 그녀의 권총을 수단으로 한 범죄 이야기 같은 새로운 사건들이 진행된다. 철호를 전경화한 소설과 달리, 영화 〈오발탄〉은 영호를 전경화하고 있으며, 전혀 다른 서사 구조를 만들어내어 영화의 대부분을 진행시키다가 마지막은 철호가 방황하는 모습으로 마무리한다. 이와 같은 서사 구조의 변형은 원작의 의미를 크게 훼손하지 않으면서 전후 제대군인들의 절망을 강화시킨 것으로 해석할 수 있다.

설희와 영호, 경식과 명숙의 비극적 사랑 이야기로 변형한 것

역시 일정한 의의를 갖겠지만, 오히려 주목할 부분은 서사 구조의 변형보다는 소설을 영화적 양식(편집editing, 장면화mise-en-scene, 화편화framing)으로 전환시킬 때 발생한 변형이다. 특히 영호와 철호의 논쟁 시퀀스나, 영호의 도주 시퀀스, 철호의 방황 시퀀스는 소설을 읽을 때에는 느낄 수 없는 미학적 효과를 산출하는데, 이는 모두 몽타주에 힘입은 바 크다.

〈오발탄〉은 전경과 후경을 뚜렷이 부각시켜 입체감을 강조하는 장면 구성을 취하고 있는데, 이는 단지 공간의 깊이감, 그로 인한 리얼한 느낌을 주는 데 그치지 않고 인물 간의 심리적 거리, 동일한 공간에 위치하면서도 상이한 세계에 살고 있다는 거리감을 효과적으로 표현한다. 철호가 명숙을 경찰서에서 데리고 나온 후 사무실로 걸어가는 시퀀스나, 철호와 영호의 논쟁 시퀀스가 대표적인 예이다. 전자는 프레임 내에 철호를 전경에, 명숙을 후경에 위치시키고 철호가 명숙보다 약간 앞서서 아무 말 없이 사무실까지 묵묵히 걸어가는 모습을 담고 있다. 영화에서 이처럼 전경과 후경 사이의 거리감을 창출하는 것을 전심공간 장면화(deep space mise-en-scene)[14]라고 하는데, 이 장면은 이를 통해 양공주의 길을 걷게 된 명숙과, 누이 · 자신에 대해 절망하는 철호 사이의 심리적 단절을 매우 효과적으로 시각화하고 있다. 철호와 영호의 논쟁 시퀀스에서 한 프레임 안에 누워 있는 노모, 등지고 있는 철호, 카메라 방향으로 사선으로 누워 있는 영호를 각각 전경, 중경, 후경에 위치시킨 쇼트도 이와 동일한 효과를 보여준다. 이성을 잃은 어머니, 윤리를 강조하는 철호, 현실에 분노하는 영호 각각의 이질적 세계와 그것들 간의 단절감이 공간적으로 표현되고 있는 것이다. 두 경우 모두 한 프레임 안에 완전히 다른 영상을 결합시키는 식의 몽타주는 아니지만, 공간적 단절을 강조하고 있다는 점에서 역시 몽타주이며, 그때 발생하는 단절의 감각은 충격효과의 결과이다.[15]

철호의 방황 시퀀스나, 소설에는 없지만 영화에서 새롭게 각색하여 첨가한 영호의 도주 시퀀스는 소설 「오발탄」에서는 볼 수 없는, 그러면서도 가장 인상적인 미학적 효과를 산출하는데, 이 역시 근본적으로 몽타주의 효과를 의미한다. 두 시퀀스는 모두 도시의 이질적 풍경을 보여주는 데 초점을 맞추고 있으며, 각각 독특한 형식을 통해 도시의 '내면'과 '외면'을 대칭적으로 보여준다.

우선 영호의 도주 시퀀스는 시간적으로 동시에 일어나는 사건, 즉 영호의 도주 모습과 이를 쫓는 경찰의 모습을 교대로 보여주다가 마지막 부분에서 한 프레임 안에 만나게 하는 전형적인 교차편집(cross-cutting)으로 구성되어 있다. 도주 시퀀스에서 관람객이 느끼는 긴장감은 서로 다른 공간에서 동시에 일어나는 사건들 간의 충돌에서 발생하는 몽타주 효과이다. 그럼에도 불구하고 교차편집이 갱스터 무비에서 긴장감을 산출하기 위해 흔히 사용되어온 고전적 사실주의의 편집 기법이라는 점, 영호가 벌이는 은행털이 역시 갱스터 무비의 성격에서 크게 벗어나지 않는다는 점에서, 그 효과는 할리우드 갱스터 무비에서 흔히 보이는 긴장감을 산출하는 정도에서 멈추고 만다.[16]

주목할 것은 교차편집 자체보다는 교차편집의 한 축, 즉 영호의 도주 과정에서 제시되는 도시의 이질적 모습들이다. 은행을 나온 영호가 깨끗하게 정돈된 은행 옆의 담장을 넘어 도주하는 순간부터 황폐한 도시의 이면들, 도시의 이질적 풍경들이 제시된다. 영호는 뼈대만 앙상하게 남은 건물을 뛰어올라가고, 노동자들의 데모대 속에 끼이는가 하면, 복개 중인 청계천 밑의 구조물들 사이를 지나, 텅 빈 채 연기만 자욱한 공장에 도착하고 결국 경찰에게 체포된다. 도시의 이면에서 동시에 벌어지고 있는 이질적 장면들의 병치, 즉 몽타주의 형식을 취하고 있는데, 이는 일차적으로 전후 사회의 혼란스러움을 효과적으로 표현한다. 그리고 청계천 밑의 구조물 사이에서 아이를 업은 채 목을 맨 여인의 모습, 아이의 울음소리, 경악하는 영호의 표정 등에 이르면 혼란의 감각을 넘어 관객으로 하여금 공포스런 절망감의 절정에 도달하게 하는 미학적 효과를 산출한다.

아내의 사망 소식을 듣고 병원을 나서면서 시작되는 철호의 방황 시퀀스는 이와는 대칭적으로 도시의 '외면'들을 병치하고 있다. 철호는 병원을 나와 깨끗하게 포장된 거리를 방황한다. 영호가 잡혀 있는 경찰서로, 사무실로, 그리고 상품이 눈부시게 진열되어 있는 거리(금은방, 시계점, 구두점)로. 철호의 방황 시퀀스 역시 도시의 이질적 풍경들을 몽타주하고 있는 것이다. 주목할 점은 영호의 도주 시퀀스와는 달리, 병원 앞에서 갈 곳 몰라 머뭇거리는 철호의 모습을 사각으로 포착한 화면(사각의 화편화 canted camera framing)*으로 시작하며, 불안정한 철호의 눈으로 사물을 바라보는 화면(시점화면point of view shot)**이 중심을 이룬다는 것이다.

철호의 방황 시퀀스는 영호의 도주 시퀀스와 마찬가지로 도시의 이질적인 모습을 몽타주하되, 도시의 이면이 아닌 도시 외면의 질서정연한 모습에 초점을 맞추고 있으며, 이를 객관적 시점이 아니라 갈 곳 몰라 방황하는 철호의 주관적 시점으로 표현하고 있다. 어머니는 미쳐 있고, 동생은 권총강도가 되었으며, 아내는 죽어버린 철호의 상황에서 모든 일상적 감각은 붕괴될 수밖에 없다. 주관적 시점을 통한 도시의 몽타주는 이와 같은 일상적 감각의 붕괴를 시각적으로 표현한다. 철호는 경찰서로, 사무

---

* '화편화' 란 필름의 네모 틀 안에 사물을 포착해내는 다양한 방식을 의미한다. 촬영 각도 · 수평 · 고도 · 거리에 따라 다양한 화면이 구성될 수 있는데, 사각의 화편화란 촬영의 수평도가 땅과 일직선이 아니라 약간 기울어진 경우를 가리킨다. 그 효과는 심리적 혼란을 표현하고 불안정한 감각을 산출하는 것으로서, 이를 뽑은 후 설렁탕 집에서 음식을 시키는 장면은 또 다른 대표적인 예라 할 수 있다. D. Bordwell · K. Thompson, 앞의 책, 262~266쪽.

** '시점화면' 이란 화면들이 "우리로 하여금 그것을 극중인물의 시점인 것으로 받아들이도록 부추기는 경우"를 가리킨다. 예를 들어 어떤 대상을 바라보는 극중인물의 얼굴을 보여준 후, 그 대상을 극중인물의 시점으로 바라본 듯한 느낌을 준 화면을 보여줄 경우(시점 편집point of view cutting) 후자의 화면이 이에 해당한다. 이 화면이 노리는 효과는 인상의 주관성이다. D. Bordwell · K. Thompson, 앞의 책, 266~269쪽.

실로 갔다가 힘없이 돌아서며 진열된 상품들을 무관심하게 바라보며 거리를 방황한다. 철호의 시점화면 속에서, 화려하게 빛나던 상품들은 사용가치를 잃은 기형적인 쓰레기 더미로 전환되며, 삶에 질서를 부여하고 갈 곳을 지시하던 도시의 계량화된 공간들은 아무런 의미도 없는 무의미의 공간으로 전환된다. 도시의 외면적 질서와 풍요로움이 무질서와 빈곤함으로 전환되는 것이다. 이와 같은 전환, 즉 일상적 감각의 붕괴는 동시에 시점화면의 주체인 철호의 내면의 붕괴를 의미한다. 결국 철호의 방황 시퀀스는 궁극적으로 1950년대 말 윤리적 주체의 정체성 붕괴를 시각화한다. 도시의 몽타주를 통해 영호의 도주 시퀀스가 전후 사회의 혼란스러움, 극도의 절망감을 시각화했다면, 철호의 방황 시퀀스는 주체 자신의 붕괴를 시각화하고 있는 것이다.

전체적으로 볼 때 〈오발탄〉은 공간적 연속성과 시간적 연속성에 기초한 고전적·연속적 편집을 통해 구성되어 있다는 점에서 근본적으로 고전적 사실주의 영화에 속한다. 그럼에도 불구하고 소설이 영화화될 때 발생하는 미학적 전환은 몽타주 효과에서 결정적으로 기인한다. 〈오발탄〉은 곳곳에서 발견되는 몽타주, 즉 장면 내의 전경과 후경의 몽타주, 도시 공간의 몽타주의 적절한 배치로 영화의 미학적 가능성을 훌륭하게 살려내고 있는 것이다.

과거 · 현재의 병치, 운율 몽타주 : 〈안개〉

〈안개〉는 "당시 모더니즘 경향을 대표하는 영화로서 그 수려한 영상미와 시공간의 자유로운 운용으로 평단의 극찬을"[17]을 받은 작품이다. 김승옥의 「무진기행」(《사상계》, 1964년 10월호)과 비교할 때 〈안개〉는 서사 구조상 유현목의 〈오발탄〉과 같은 커다란 변화는 보이지 않지만, 그럼에도 불구하고 미묘한 차이가 존재한다. 첫째, 등장인물의 명칭이 윤희중에서 윤기준으로, 조에서 조한수로 변했다는 점. 둘째, 무진으로 향하는 버스에서 시작되고 무진으로 내려가게 된 이유가 회상으로 제시되는 소설과 달리, 영화는 정신없이 바쁘게 일하는 서울 사무실에서부터 시간적 순서에 따라 순차적으로 진행된다는 점. 셋째, 소설에서 하인숙에게 사랑한다는 내용의 편지를 쓰기 전에 제시되는 "한 번만, 마지막으로 한 번만 이 무진을 …… 긍정하기로 하자."는 독백이 영화에서는 편지를 찢고 무진을 떠나는 버스 안에서 제시된다는 점 등이 그 예이다.

이름의 변화는 큰 의미가 없지만, 두 번째와 세 번째 변화는 중요한 의미를 지닌다. 우선 두 번째 변화는 영화 스크린상의 시간적 순서가 소설 플롯상의 시간적 순서보다 오히려 더 순차적이라는 것을 의미한다. 소설은 무진으로 향하는 버스에서 시작하는 현재 시간대가 진행되면서 먼 과거(한국전쟁 당시의 나)와 가까운 과거(무진으로 출발하기 직전의 나)를 자유롭게 넘나든다.

반면 영화는 가까운 과거 시간대의 사건이 제시된 후 소설의 현재적 시간대의 사건이 제시되고 그 중간 중간에 먼 과거(한국전쟁 당시의 나)가 회상된다. 회상 장면을 보여줄 때 항상 특정한 시각적 표시, 즉 윤기준이 화면 밖을 바라보는 숏을 제시한 후 과거의 일들을 보여줌으로써 독자가 스토리를 구성할 때 혼란스럽지 않도록 한다. 이는 일반적 평가와는 달리 시간적 넘나듦에서 「무진기행」이 〈안개〉보다 더 복합적이며 자유롭다는 것을 의미하며, 더 나아가서는 영화 〈안개〉의 장점이 시간적 넘나듦의 자유로움보다는 오히려 그 넘나듦을 소설보다 더 명확히 의식적으로 표현하는 능력과 장치에 있음을 보여준다.

세 번째 변화는 「무진기행」을 읽은 독자들이면 누구나 기억하는 내용, 즉 무진, 무책임을 긍정하자는 주인공의 독백을 그 의미 내용에서 결정적으로 변화시킨다.소설 속에서 긍정의 대상은 무진, 무책임, 자기 자신을 의미하는 하인숙과의 사랑이다. 비록 타협적이라 할지라도 하인숙에게 쓰는 편지는 그러한 결심의 결과물이고 편지를 곧바로 찢어버리는 희중의 모습은 이러한 결단의 취약성을 표현함과 동시에 현실에 타협하는 지식인의 자기모멸을 섬세하게 표현한다. 반면 영화 속에서는 무진, 무책임에 대해 긍정하자는 독백이 무진을 떠나는 버스 속에서 제시됨으로써 그 내용이 하인숙을 버리고 일상적 삶, 서울로 돌아가는 무책임을 긍정하자는 의미로 전환된다. 물론 해석에 따라서는 소설의 독백 역시 영화에서처럼 이해될 수도 있다. 그러나 최소한 소설

김승옥의 「무진기행」을 바탕으로 만들어진 영화 〈안개〉의 한 장면. 1967년 개봉된 이 영화를 통해 김승옥은 각색자로서 영화계에 첫 발을 디딘다. 우리 영화사의 첫 전성기라 불리는 1960년대 당시, 김승옥은 신세대문학을 대변하는 작가이자 문예영화를 주도한 시나리오 작가였다. 김승옥은 소설의 영화화가 활발했던 이유에 대해 "소설을 원작으로 삼은 영화를 보는 재미는 독자들이 그 소설을 읽는 동안에 자기 나름대로 상상하던 그 장소, 그 인물 및 그 대사 따위를 영화에 맞추어보는 것"에 있다고 했다.

은 두 가지 해석이 모두 가능한 언어의 상징성을 간직하고 있는데 반해, 영화는 이를 단순화시키고 있다는 점을 부인할 수 없다. 김승옥의 시나리오에도 소설과 마찬가지로 독백 후에 편지를 쓰는 장면이 배치되어 있는 것을 보면 이러한 변화는 영화화 과정, 즉 편집 과정에서 원작자와는 무관하게 이루어진 변화라 할 수 있다.

이와 같은 사정은 편집 과정에서 원작이 훼손되었다고 볼 수도 있지만, 그보다는 오히려 영화와 소설의 장르상의 근본적 차이점과 관련이 있는 것으로 보인다. 소설에서 주인공은 '무진을 긍정하자고 결심하고, 편지를 쓴 후 다시 편지를 찢는 행위' 이전과 이후에 각각 '불안' 과 '부끄러움' 이라는 상이한 감정에 사로잡힌다. 그러한 결심과 행위 이전에, 즉 하인숙과 정사를 나눈 후 집에 돌아왔을 때 "나는 이유를 끄집어 낼 수 없이 가슴이 두근거렸는데, 그것은 불안이었다."라고 묘사된 반면, 그 이후 즉 무진을 떠나는 버스에서는 "'당신은 무진읍을 떠나고 있습니다. 안녕히 가십시오' 라고 쓰여 있었다. 나는 심한 부끄러움을 느꼈다."라고 묘사되는 것이다.[18] 주인공은 긍정에 대한 결심과 편지를 찢는 행위 이전, 즉 그 전날 밤에 이제까지의 속물적 삶을 버리고 새로운 존재로 태어나는 순간 갖게 마련인 이유 없는 '불안'이라는 긍정적인 심정에 사로잡힌다. 그러나 긍정에 대한 결심을 부인하는 편지를 찢은 후에는 타인의 시선에 사로잡혔을 때 발생하는, 그리하여 일상적인 삶의 감각에 해당하는 '부끄러운' 감정에 빠져든다. 무진을 긍정하자는 주인공의 독백은, 상반되게 해석될 가능성을 간직하고 있을 뿐만 아니라, 불안과 부끄러움이라는 질적으로 상이한 감정이 교차하고 있는 대목으로서 폭넓은 상징적 의미를 지니고 있는 것이다. 이를 언어의 상징성이라고 할 때, 영화라는 장르는 더 명확한 분절화로 나아갈 수밖에 없고, 그 결과 언어의 상징성을 벗어날 수밖에 없는 것이 아닌가라는 조심스런 판단을 하게 된다.

소설 「무진기행」과 영화 〈안개〉의 결정적인 차이는 소설을 영화로 양식화하는 과정에 초점을 맞추어보면 더욱 분명해진다. 영화 〈오발탄〉이 전경과 후경을 뚜렷이 구별함으로써 인물간의 단절감을 표현하는 장면 내의 몽타주를 통해, 그리고 영호의 도주 시퀀스와 철호의 방황 시퀀스 같은 특정 시퀀스에서 도시 공간을 몽타주함으로써 영화 고유의 미학적 가능성을 살려내고 있는 반면, 〈안개〉는 특정 시퀀스가 아니라 아예 영화 전체에서, 즉 작품 전체의 편집 차원에서 몽타주의 가능성을 효과적으로 살리고 있다. 〈안개〉의 이와 같은 면모는 크게 두 가지 차원에서 찾을 수 있다.

첫째는 플래시백, 즉 과거 회상을 통해 현재 윤기준의 모습에 과거 윤기준의 모습을 계속적으로 병치시키고 있다는 점이다. 〈안개〉는 윤기준의 바쁜 일상을 표현하는 '사무실 장면', 전무로 선출되기 전 무진으로 여행을 다녀올 것을 결정하는 '집 안 장면' 등으로 구성된 서울 시퀀스에서 시작하여, 곧바로 열차를 타고 무진으로 향하는 열차 장면으로 이어지고, 그 이후부터는 원작 소설과 거의 동일하게 진행되다가 무진을 떠나는 버스 장면으로 마무리된다. 과거 회상은 '열차 장면'부터 나타나기 시작하여 이후 영화 내내 현재 기준의 모습과 병치된다.

앞서 말했듯 〈안개〉는 과거 회상이 이루어질 때마다, 기준이 화면 밖 어딘가를 바라본 후, 과거 기준의 모습이 등장하는 식의 방법(시선의 일치 편집 eyeline-match editing)*을 취하고 있다. 고전적·연속적 편집에서 등장인물의 시선을 통해 화면 밖과 화면 안의 공간적 연속성을 창출하기 위해 자주 사용하는 방식을, 〈안개〉는 과거 회상으로 들어가기 위한 장치로 변용하고 있는 것이다. 화면 밖 어딘가를 바라보는 기준의 시선은 이제부터 회상이

---

* '아이라인 매치 편집'이란 쇼트 A는 외화면의 무언가를 보고 있는 인물을 잡고, 쇼트 B는 그 인물이 보고 있는 대상물을 잡는 경우를 가리킨다. 정사/역사 (shot/reverse- shot)의 편집과 더불어 고전적·연속적 편집의 대표적인 방식으로 화면 안과 밖의 공간적 연속성을 창조해낸다. D. Bordwell, K. Thompson, 앞의 책, 334~335쪽.

시작된다는 것을 관객에게 알려주는 시각적 표시로서 작용하고 있다. 이와 같은 편집 방법은 시간적 거리가 없는 경우, 즉 주인공이 의식 속에서 환상을 보게 되는 경우나 마음속의 생각을 장면화할 때에도 사용된다. 하인숙을 서울로 데리고 가야 한다는 과거의 나와, 감상에 사로잡힐 수 없다는 현재의 나가 다투는 환상 장면이 시작될 때나, 어머니 무덤에서 서울을 생각할 때, 즉 서울에서 아내와 장인이 벌이고 있을 일에 대한 생각이 장면화될 때에도 윤기준은 어김없이 화면 밖을 쳐다본다.

이와 같은 편집 방법은 고전적·연속적 편집 방식을 변용했다는 점에서, 몽타주의 충격효과를 완화시킨 일종의 타협으로 평가할 수도 있다. 충돌효과에 익숙하지 않은 당대 관객의 영화 관람 관습을 고려하면, 한 번 회상으로 매우 긴 시간 동안의 과거 장면을 제시하는 기존의 영화와는 달리, 매우 짧은 동안의 과거 장면을 매우 자주 등장시킬 때, 과거와 현재를 구별하는 시각적 표시가 필수적일 수 있다.

그러나 주목할 점은, 이를 통해 영화 내내 과거와 현재, 과거의 나와 현재의 나의 충돌이 강화된다는 점이다. 「무진기행」에서 주인공은 조의 집으로 가기 위해 다리를 지날 때 다리에 대한 과거의 공포를 회상하는가 하면, 역 앞에서 미친 여자를 보았을 때 골방 속에서 거의 미쳐가던 한국전쟁 당시의 나를 회상한다. 소설에서 과거 회상은 인접성(다리라는 공간적 인접성)과 유사성의 원리(광기라는 의미의 유사성)에 따라 매우 자연스럽게 이루어진다.

이에 대한 영화적 표현이 불가능한 것은 아니다. 예를 들어 다리를 클로즈업하거나, 미친 여자의 얼굴을 클로즈업한 후 과거 장면을 제시하는 방법도 있다. 그럼에도 불구하고 영화는 어김없이 시선의 일치편집 방법을 사용하여 화면 밖을 바라보는 기준의 모습 이후에 과거 장면을 제시한다. 고전적 · 연속적 편집에서 시선의 일치편집이 주인공을 둘러싸고 있는 화면 밖 공간을 창조한다면, 〈안개〉는 기준의 시선을 통해 인간의 내면에만 존재하는 과거 라는 공간을 창조한다는 결정적이 차이를 보인다.

그 결과 소설과 비교할 때 영화 내내 과거와 현재가 뚜렷이 분리되고 마치 과거가 현실적 공간으로 기준 옆에 존재하는 듯한 느낌을 불러일으켜, 궁극적으로 과거와 현재, 과거의 나와 현재의 나의 충돌을 강화시킨다. 소설에서도 과거의 나와 현재의 나 사이에 갈등이 없는 것은 아니지만, 영화에서처럼 강렬한 의미를 지니지는 않는다. 앞서 제시한 환상 외에도 영화 마지막 부분에 이르면 아내에게 편지를 받은 후 현재의 나가 또다시 과거의 나에게 질책을 당하는 환상 장면이 제시된다. 과거의 나와 현재의 나의 논쟁을 보여주는 이러한 환상들은 과거와 현재의 충돌이 영화 내내 지속, 강화됨으로써 주인공의 내면에 형성된 갈등들을 환상 형태로 보여주는 부분이라 할 수 있다.

이와 같은 소설과 영화의 결정적 차이를 고려할 때, 〈안개〉에서 과거로 향하는 주인공의 시선을 나르시스의 시선이라고 보는 평가[19]는, 과거의 나와 현재의 나의 병치를 통해서 이루어지는 충돌의 효과를 간과한 견해이다.

둘째는 회상이나 환상과는 무관하게 전혀 이질적인 장면들을 병치시키는 순수한 의미의 몽타주 편집이다. 하인숙과의 키스 신에서 갯벌에 누운 하인숙의 모습과 갯벌 위 게의 몽타주, 기준이 조의 사무실을 방문하는 시퀀스에서 조의 바쁜 사무 처리 모습과 서울의 사무 처리 모습의 몽타주 등이 대표적인 예이다. 첫 번째가 두 장면의 동질성에 초점이 맞혀져 있다면, 두 번째는 두 장면의 이질성에 초점이 맞추어져 있다. 첫 번째는 갯벌에 누워 괴롭게 뒤척이는 하인숙과 갯벌 위를 열심히 기어가는 게가 동일하게 미약한 존재에 불과하다는 의미를 부각시키고 있다.

두 번째는 좀 더 복합적이다. 조의 사무실 모습은 굽실거리는 부하직원들의 반복적 동작을 담고 있는 롱 쇼트 하나로 되어 있는 데 반해, 서울의 사무실 모습은 타자기 소리에 흔들리는 결재 서류와 사인하는 손이 클로즈업된 쇼트, 타자기와 그 위의 손이 클로즈업된 쇼트, 그리고 사무실 문 밖으로 바쁘게 오가는 직원들 모습을 담고 있는 쇼트로 구성되어 있다. 조의 사무실과 서울 사무실 장면의 몽타주는 양 장면을 충돌시켜 각각의 의미를 강화시키는 결과를 낳는다. 시골 세무서의 바쁜 모습은 희극적인 광경으로, 서울 사무실의 모습은 인간이 제거된 채, 손·결재서류·타자기와 같은 사물만이 존재하는 공포의 광경으로 뚜렷이 부각된다.

두 장면은 내용뿐만 아니라 쇼트의 길이도 대조적이다. 전자는 하나의 롱 쇼트로 구성되어 있는 반면, 후자는 짧은 세 개의 쇼트로 구성되어 있어, 각각 시골과 서울의 속도감의 차이를 드러낸다. 결국 서울과 시골 사무실 모습의 몽타주는 프레임 안의 내용과 그것을 표현하는 필름의 길이(속도)를 일치시켜 충격 효과를 더욱 강화하는 운율 몽타주(rhythmic montage)[20]에 해당한다.

〈오발탄〉과 〈안개〉의 미학적 의미

1960년대 문예영화는 미학적인 차원에서 이중적인 의미를 갖는다. 우선 고전적 사실주의 영화의 확립과 영화의 문학화라는 측면에서 영화의 미학적 가능성 제거를 의미한다고 볼 수 있는데, 신상옥 류의 문예영화가 이를 대변한다. 다른 한편으로 그 와중에도 영화로 대변되는 20세기 초 현대예술의 고유한 미학적 가능성을 결코 포기하지 않고 있는데, 〈오발탄〉과 〈안개〉가 대표적인 작품이다.

원작 소설과 영화를 비교하여 순수한 영화의 미학적 특성으로 남는 것이 무엇이냐고 질문할 때, 그 답은 서사적 차원의 변형이나, 김승옥이 지적한 바 있는 문학적인 것의 단순한 시각화가 아니라 충돌의 몽타주이다. 〈오발탄〉이 장면 내 몽타주는 물론이고 영호의 도주 시퀀스에 나타나는 도시의 이면적 모습들의 몽타주, 철호의 방황 시퀀스에 나타나는 도시의 외면적 모습들의 몽타주가 작품에서 가장 유의미한 미학적 효과를 산출한다는 것은, 소설과는 달리 영화 〈오발탄〉에서 중요한 의미를 갖는 것이 충돌의 몽타주임을 보여준다.

〈안개〉의 경우도 사정은 마찬가지다. 〈안개〉는 〈오발탄〉과 비교할 때, 장면 내 몽타주가 약화되었다는 점에서 미장센 측면에서는 오히려 후퇴하고 있다고 볼 수 있다. 그러나 영화의 본령이라 할 수 있는 편집의 차원에서 볼 때는 충격의 효과를 훨씬 강화하고 있다. 그 대표적인 예가 시선의 일치편집을 변용한 과거와 현재의 끊임없는 병치, 하인숙의 모습과 갯벌의 게, 조의 바쁜 사무 처리 모습과 서울의 사무 처리 모습의 몽타주 등에서 발견할 수 있는 순수한 의미의 몽타주 편집이다.

클로즈업을 통해 유사성·인접성의 원리에 따라 과거 장면과 현재 장면을 편집할 수도 있음에도, 이를 거부하고 있다는 점은 〈안개〉가 에이젠슈타인이 줄기차게 주장한 충돌의 몽타주에 기초해 있음을 의미한다. 〈안개〉는 할리우드 영화가 주력하는 식으로 현실효과를 창출하여 매우 아름다운 모습의 기준을 창조할 수 있음에도, 이러한 길을 거부하고 있는 것이다.

요약하면 〈안개〉와 〈오발탄〉에서 소설적 형식을 빼고 영화적 형식으로 고유하게 남는 것은 충격효과를 노리는 몽타주이다. 충격효과에 따른 장면 내 몽타주, 할리우드 편집법에 따른 교차

김승옥이 각색자로 참여한 1967년작 〈안개〉는 비록 원작을 바탕으로 했지만, 근본적으로 영화 고유의 미학적 가능성을 포기하지 않은 작품이다. 고전적·연속적 편집에서 벗어난, 충격효과에 기초한 몽타주가 이 영화의 주된 형식적 원리였기 때문이다.

편집이 아니라 그 한 편에서 이루어지는 이질적 도시 모습들의 몽타주, 과거와 현재의 충돌을 야기하는 몽타주, 그리고 전혀 이질적인 장면의 몽타주가 중요한 의미를 갖는다고 할 수 있다.

문제는 그것의 미학적 의미인데, 만약 소설에서 영화로 변형될 때 나타나는 결정적인 차이가 이상과 같다면, 그 미학적 의미를 도출하는 것은 오히려 쉬운 일이다. 벤야민에 따르면 초창기 영화의 미학적 가능성 혹은 미학적 토대는 크게 두 가지로 요약될 수 있는데, 이는 곧 20세기 초에 등장한 현대적 예술, 현대적 소설의 미학적 가능성이기도 하다. 첫째, 현대 시민과 대도시인의 체험을 충격체험, 지각체계의 변동으로 특징지을 수 있다고 할 때, 영화는 이에 상응하는 예술, 즉 "충격의 형식을 띤 지각이 일종의 형식적 원리"[21]가 된 예술이라는 점이다. 영화에서 "충격의 형식"의 대표적 예는 영화 편집이다. 영화의 편집은 이질적인 쇼트들을 접합함으로써 충격효과를 야기하는 몽타주, "충격의 형식"을 의미하게 된다. 이에 비하면,

현실효과를 산출하는 것에만 치중하는 고전적 사실주의의 편집은 영화의 미학적 가능성의 타락을 의미하게 된다.

둘째는 기술 복제를 대변하는 영화가 "아무리 가까이 있더라도 어떤 먼 것의 일회적 나타남"(공간상의 거리와, 시간상의 일회성, 지속성)으로 정의되는 아우라를 파괴함으로써 예술의 성격을 근본적으로 변화시킨다는 점이다. 아우라의 파괴는 '예술작품의 유일무이성'과 그에 기초한 '미에 대한 세속적 숭배'를 종식시킨다.[22] 이는 한편으로는 전통적 예술의 기초가 되는 '거리', '일회성'을 근접성·반복가능성으로 전환시키려는 대중의 욕망을 실현시키는 것, 즉 예술의 민주화를 의미하며, 다른 한편으로는 미학적 차원에서 영화가 상징(미)이 아닌 알레고리(숭고)를 지향하고 있음을 의미한다.* 이와 같은 견해에 따를 때, 고전적 사실주의 영화는 미에 대한 세속적 숭배의 연장, 즉 미학적 퇴행을 의미하게 된다.

1960년대 문예영화 중 고전적 사실주 영화의 확립에만 주력한 영화들이 현실효과를 산출하는 것에만 치중하며, 결과적으로 미에 대한 세속적 숭배의 연장, 즉 미학적 퇴행을 의미한다면, 〈오발탄〉과 〈안개〉는 벤야민이 영화의 초창기 미학의 가능성으로

---

* "아우라의 붕괴와 가상의 부재는 일치되는 현상이다. 보들레르는 알레고리라는 예술 수단을 사용하고 있다"(W. Benjamin, 차봉희 옮김, 「중앙공원」, 『현대사회와 예술』, 문학과 지성사, 1994, 113쪽)라는 지적에서 드러나듯, 아우라의 붕괴는 "예술의 자율성이라는 가상의 소멸", "아름다운 왕국으로부터 벗어나는 것", 궁극적으로는 알레고리로 나아가는 것을 의미한다.

제시한 바 있는 충격의 형식, 즉 몽타주를 주된 형식적 원리로 사용하고 있으며, 궁극적으로는 상징을 넘어서 알레고리로의 미학적 지향성을 보여주는 것이라고 할 수 있다.

에이젠슈타인이 「영화의 원리와 표의문자」라는 글에서 지적한 바 있듯, 충돌의 몽타주는 상형문자에서 보이는 제3의 의미의 창출, 즉 '입 구口' 자와 '개 견犬' 자가 결합하여 '짖을 폐吠' 자라는 완전히 다른 제3의 의미가 창출되는 것을 의미한다.[23] 에이젠슈타인의 이러한 지적은 벤야민이 『독일 비애극의 기원』에서 이솝우화와 구별되는 근대적 알레고리를 설명하면서 상형문자의 수수께끼 퍼즐식 조합을 지적하고, 그것을 근대적 알레고리의 본질로 주장한 것과 맥을 같이한다. 몽타주가 이질적 부분들의 결합을 통해 전혀 다른 제3의 의미를 산출하는 것이라고 할 때, 이는 곧 부분과 전체, 기표와 기의의 유기적 총체성에 기초한 상징을 부정하고 그 자체로는 무의미한 이질적 파편들의 자의적 결합을 통해 새로운 의미를 산출하는 근대적 알레고리를 의미하게 된다. 그리고 알레고리의 미적 효과는 이성적 주체의 붕괴를 통한 비약의 경험, 즉 전율이다.* 에이젠슈타인은 「영화

---

* 벤야민에게 상징과 알레고리는 수사학적 개념을 넘어서, 현대적 예술의 근본적 특성을 가늠하는 핵심적인 심미적 범주이다. 그에게 알레고리는 특수자 속에서 보편자를 표현하며 기표와 기의 간의 유기적 통일성을 구현하는 상징에 대한 거부, 미적 가상의 화해적 형식에 대한 거부를 의미한다. 근대의 알레고리의 기원을 무정형의 파편들의 이질적 결합을 통해 비의적인 의미를 산출하려 했던 르네상스 시대의 상형문자 생산에서 찾고 있는 데에서 알 수 있듯이, 그에게 알레고리란 무정형

의 구조」에서 몽타주의 효과가 관객이 '자신으로부터 빠져나가
는 것, 자신의 정상적 조건으로부터 떠나는 것', '질적으로 다른
것으로의, 반대되는 것으로의 전이'[24]을 노리는 파토스 구성에
있다고 주장하는데, 이는 곧 벤야민이 알레고리를 주장하면서
내세운 충격의 미학, 전율의 미학과 일치하는 부분이다.

〈안개〉와 〈오발탄〉에서 알레고리를 통해 산출된 의미의 더 구
체적인 모습은 논쟁거리로 남는다. 폴 드 만이 주장하듯, 기표와
기의의 유사성에 입각한 상징과는 달리 알레고리가 기표와 기의
의 불일치, 그리고 의미의 끝없는 미끄러짐에 핵심이 있다면, 그
의미의 완성은 관객의 몫으로 남게 된다. 분명한 것은 1960년대
문예영화의 한 축, 즉 〈오발탄〉, 〈안개〉 등이 전통적 리얼리즘 소
설이나 고전적 사실주의 영화와는 미학적 토대를 달리한다는
점, 현대적 예술의 미학적 토대를 이루고 있는 몽타주와 알레고
리를 지향하고 있다는 점이며, 이는 넓은 관점에서 바라볼 때,
초창기 영화가 보여주었던 미학적 가능성을 살리기 위한 노력의
결과물이라고 할 수 있다.

의 파편들의 결합을 통한 이질적인 의미 생산에 핵심이 있다. 벤야민은 이러한 노
력이 의도와는 달리 자의적 의미만을 산출하는 데 그친다고 평가하면서도, 상징
속에 구현되어 있는 신화적 속성과 허위적 총체성을 붕괴시킨다는 점에서 중요한
의미를 부여하고 상징에 대한 알레고리의 우위성을 주장한다. W. Benjamin, The
Origin of German Tragic Drama, trans. J Osborne, NLB, 1977. pp.159~177 ;
W. Menninghaus, "Walter Benjamin's Theory of Myth", On Walter Benjamin,
ed. G. Smith, The MIT Press, pp.310~318 ; T.W. Adorno, 홍승용 옮김, 『미학
이론』, 문학과지성사, 1995. 134~136쪽 참조.

영화와 소설이 생산적으로 상호 접근하기 위한 미학적 토대는 무엇일까라는 애초의 문제의식에 비추어 볼 때, 이상의 결론은 미흡하나마 일정한 시사점을 준다. 영화의 경우 그 성과가, "시민적 문화와 예술제도 속으로의 영화의 정향적 편입"을 넘어서 〈오발탄〉과 〈안개〉가 일구어낸 미학적 성과를 얼마나 풍부하게 발전시키느냐에 관건이 있다는 것은 자명한 일이다. 소설 역시 일정한 논증이 필요하다는 점을 전제로 할 때, 영화에서 본격적으로 구현되고 있는 이와 같은 미학적 가능성을 얼마나 풍부하게 자기화하느냐에 관건이 있다고 조심스럽게 판단할 수 있다.

영화에 대한 이상의 기대는 고전적 사실주의 영화가 오히려 20세기 소설이 폐기하려는 서사적이고 재현적 성격을 충족시킴으로써 이루어졌다는 점을 고려하면 일견 지나친 기대로 보일 수도 있다. 그러나 고전적 사실주의 영화에 대한 반발이 끊임없이 제기되고 있는 것 또한 사실이라고 할 때, 그리고 사실주의 소설이 현재적 상황에서 그 미학적 토대를 상실한 것이 분명하다고 할 때, 도시체험과 그에 기초한 충격효과, 몽타주, 알레고리를 두 장르의 공통된 미적 토대로 상정하는 것은 두 장르의 앞으로의 발전 방향을 가늠하는 데 유용한 판단 기준의 하나가 될 수 있을 것이다.

주 |

1 A. Hauser, 백낙청 · 염무웅 옮김, 『문학과 예술의 사회사 : 현대편』, 창작과비평
사, 1996, 241쪽.

2 〈특집 : 대중매체 · 현대문학〉, 《외국문학》 1990 가을 ; 〈특집 : 영화-텍스트의 이
동인가 문학의 확장인가〉, 《외국문학》, 1993 봄 ; 〈기획토론 : 영상세대의 출현과
인식론의 혁명〉, 《세계의 문학》, 1993 여름 등에 실려 있는 글들이 대표적인 예이
며, 〈기획특집 : 90년대 문학의 성격과 반성〉(《세계의문학》, 1993년 봄호)에 실려
있는 도정일의 〈90년대 문학의 영화적 관심과 형식문제〉도 중요한 의미를 갖는 글
이라 할 수 있다.

3 D. Kellner, 김수정 · 정종희 옮김, 『미디어 문화 : 영화, 랩, MTV, 광고, 마돈나,
패션, 사이버 펑크』, 새물결, 2003, 73쪽.

4 S. Sontag, 이민아 옮김, 「소설과 영화에 관해 한마디」, 『해석에 반대한다』, 이후,
2002, 360~365쪽.

5 영화진흥공사에서 영화평론가 11명을 대상으로 1910년부터 1989년까지의 한국
영화 대표작 200편을 선정한 『한국영화 70년 대표작 200선』(영호진흥공사 엮음,
집문당, 1996) 참조.

6 김승옥, 「원작을 가위질하는 뜻」, 『뜬세상 살기에』, 지식산업사, 1977, 141~142쪽.

7 이영일 편, 『한국영화전사』, 삼애사, 1969, 250~268쪽 참조.

8 1980년대 영화는 총 53편이 선정되었는데, 그중 30여 편이 문예영화이다. 영화진
흥공사 엮음, 『한국영화 70년 대표작 200선』, 집문당, 1996 참조.

9 J. Paech, 앞의 책, 45~70쪽.

10 미국의 경우, 초기 영화의 관객층은 주로 이민 노동자들이었다. 극장주와 제작자
가 고전적 소설들을 영화화한 것은 이야기 영화의 발전뿐만 아니라 관객층의 중
산층으로의 확대를 위해서도 필수적인 전략이었다. J. Mayne, 강수영 · 류제홍 옮
김, 『사적소설/공적영화』, 시각과 언어, 1994, 97~113쪽.

11 J. Paech, 앞의 책, 50쪽.

12 W. Benjamin, 반성완 옮김, 「기술복제시대의 예술작품」, 『발턴 벤야민의 문예이론』, 민음사, 1983 ; 「보들레르의 몇 가지 모티프에 관하여」, 『발터 벤야민의 문예이론』, 민음사, 1983 참조.

13 J. Paech, 앞의 책, 44쪽.

14 이와는 반대로 후경과 전경이 거의 구별이 되지 않는 경우, 예를 들면 실물 크기의 어린이 사진이 붙어 있는 벽을 한 어린이가 지나갈 때, 벽의 사진인지 실제 인물인지 구별되지 않게 장면화하는 경우를 편심 공간(shallow space) 장면화라고 한다. D. Bordwell, K. Thompson, 주진숙 · 이용관 옮김, 『영화예술』, 이론과실천, 1997, 214~215쪽.

15 정재형, 「영화 '오발탄' 의 분석 · 비평」, 『닫힌 현실, 열린 영화』, 제3문학사, 1992 참조.

16 T. Schatz, 한창호 · 허문영 옮김, 『할리우드 장르의 구조』, 한나래, 1995 참조..

17 이길성, 〈소설 '무진기행' 과 영화 '안개' 〉, 《영상예술연구 1》, 영상예술학회, 2001년 5월호 147쪽.

18 김승옥, 「무진기행」, 『김승옥 소설전집 1』, 문학동네, 2002, 151, 152쪽.

19 김선아, 「근대의 시간, 국가의 시간 : 1960년대 한국 영화, 젠더 그리고 국가권력 담론」, 『한국 영화와 근대성』, 주유신 외, 소도, 2001, 77~79쪽.

20 S. Eisenstein, 정일몽 옮김, 「몽타쥬의 방법」, 『영화의 형식과 몽타쥬』, 영화진흥공사, 1994, 128~129쪽.

21 W. Benjamin, 반성완 옮김, 「보들레르의 몇 가지 모티프」, 『발터 벤야민의 문예이론』, 민음사, 1983, 143쪽.

22 W. Benjamin, 반성완 옮김, 「기술복제시대의 예술작품」, 『발턴 벤야민의 문예이론』, 204쪽.

23 S. Eisenstein, 정일몽 옮김, 「영화의 원리와 표의문자」, 『영화의 형식과 몽타쥬』, 60쪽.

24 S. Eisenstein, 정일몽 옮김, 「영화의 구조」, 『영화의 형식과 몽타쥬』, 210쪽.

인간적인, 너무나 인간적인

르네상스인 김승옥은 말한다.
"작가는 자유로워야 한다. …… 지나치게 관습을 존중해서는 안 된다."
그러나 그는 결코 혼자일 수 없었다. 그를 둘러싼 인연의 끈은,
애초에 끊을 수 없는 실존적 조건이었으므로. 그는 소설가, 각본가,
영화감독, 만화가, 삽화가, 장정가……였고, 또한 아들, 남편, 형,
아버지, 친구였다.

어린 시절

1941년 김승옥의 백일 기념 사진. (뒷줄 왼쪽부터 시계 방향으로) 어머니 윤계자, 외삼촌, 아버지 김기선, 아기 김승옥, 외사촌 형.

1942년 3월, 돌 무렵의 김승옥.

1942년 12월, 어머니와 김승옥.

1943년 첫째 동생 영옥과 함께.

1945년 해방 직후, 한국에 돌아온 뒤 동생 영옥과 함께.

1949년 여수 종산국민학교(현재 중앙초등학교) 2학년 때. 가운데가 김승옥.

1956년 10월, 순천중학교 3학년 때. 뒷줄 왼쪽에서 열여섯 번째가 김승옥이다.

1959년 10월, 순천고등학교 3학년 때. 뒷줄 왼쪽에서 네 번째가 김승옥. 앞줄 왼쪽에서 세 번째가 시인 신석정 선생이고, 뒷줄 왼쪽에서 여섯 번째가 소설가 주동후, 일곱 번째가 강호무이다.

1959년 순천고등학교 3학년 때의 모습.

1963년 서울대학교 문리
대 교정에서.

1964년 6월, 아내 백혜욱과 연
애하던 시절.

1964년 7월, '산문시대' 동인들과 함께. 앞줄 왼쪽이 김치수, 맨 오른쪽이 김승옥이며, 뒷줄 맨 왼쪽이 최하림, 그 오른쪽이 김현이다.

1964년 7월, 전주에서 최하림(왼쪽에서 두 번째), 김현(맨 오른쪽)과 함께.

1965년 2월, 남보다 1년 늦게 서울대학교를 졸업하며 형제들과 함께. 김승옥의 왼쪽이 첫째 동생 김영옥, 오른쪽이 둘째 동생 김상옥.

1966년 첫 창작집 『서울 1964년 겨울』 출간 직후, 창우사 출판사에서.

1967년 어머니 윤계자 여사
와 할머니.

1967년 11월, 갓 결혼한 김승옥
과 백혜욱.

1974년 9월, 각본을 쓴 영화 〈황홀〉의 제작진과 함께. 왼쪽부터 이장호(같은 해 개봉한 또 다른 영화 〈어제 내린 비〉의 감독), 김승옥, 주연 배우 윤정희, 조문진 감독.

1976년 각본을 쓴 영화 〈여자들만 사는 거리〉가 개봉될 즈음, 문우들과 함께. 왼쪽 앞부터 조선자, 김광규, 김승옥, 최인호, 오규원, 김화영, 김현, 김주연, 정현종, 오생근, 권영빈, 황동규, 김치수, 조해일, 황인철, 홍성원, 김원일, 김병익, 이기웅.

1973년 큰아들 융세와 함께.

1977년 5월, 어머니 윤계자 여사의 '장한 어머니상' 수상 기념 가족 사진.

1981년 10월, 파리 방문 때 피아니스트 백건우와 함께.

1983년 큰아들 융세의 초등학교 졸업식. 왼쪽부터 부인, 둘째아들 융태, 김승옥, 융세, 어머니. 어머니 윤계자 여사는 1989년 암으로 세상을 떴다.

1983년 한 모임에서 한승원(왼쪽), 이문구(오른쪽)과 함께.

1990년 영국 셰익스피어 생가를 방문했을 때.

1993년 러시아 모스크
바에서 부인과 함께.

1994년 7월, 이집트 시나이 산에서. 시나이 산은 구약성서 「출애굽기」에 나오는 성스러운 산이다.

2002년 추석, 어머니 산소에서. 왼쪽부터 김영옥, 김승옥, 김상옥.

2004년 5월, 산문집 『내가 만난 하나님』 출간 축하 모임. 왼쪽부터 곽광수 서울대 교수, 최하림, 김승옥, 부인 백혜욱, 평론가 김주연.

살아서 써야 할 숱한 이야기들

처음 보는데도 마치 오래 전부터 알아왔던 것처럼
유난히 눈에 익은 사람.
바로 김승옥이 그랬다.
소설 속 내레이터와 인물 속에서 작가의 모습을
수없이 상상해온 덕에, 나는 이미 그를 만나기 전
부터 그를 소설 속에서 '보았었다'. 김승옥이 열
렬히 믿었던 기독교 어법으로 얘기하자면, "믿음
은 보이지 않는 것을 보는 것The belief is to see
what is unseen"이니까.

이 글을 쓴 조성진은 서울대 사범대 화학과를 졸업한 후 서울
대 인문대 국어문학과에 편입, 박사과정을 수료했다. 북경대 조
선어과에서 한국 문학을 강의했고, 현재 서울대와 세종대에 출
강하고 있다. 논문으로 「시조의 담론형식 연구」가 있다.

도움 주신 분 : 이정숙, 천정환
사진 : 김준우

김승옥, 다시, 말, 배우다

그를 만나러 가던 날, 따사롭고 환한 5월의 햇살이 김승옥이 통원 치료받고 있는 경희대 한방병원 뜰에도 쏟아지고 있었다. 노란 개나리와 붉은 홍매화와 하얀 목련이 뜰에 함박 피어 있었다. 소독약 냄새, 흰 가운, 낮은 신음 소리와 한숨, 또각또각 냉정하게 울리는 하이힐 소리. 그러나 병원의 고통과 죽음은 그 뜰에는 없었다. 혹은 벤치에 앉아 한가롭게 볕을 쬐고 있었다. 햇살 때문이었다. 따스한 봄 햇살은 고통과 죽음도 가볍게 넘어선 듯했다.

그 느낌은 김승옥 소설을 읽을 때 마음속에 차오르는 양가적인 의미와도 닮은 구석이 있었다. 김승옥 소설에서, 삶의 고통과 무의미함을 알아버린 젊은 영혼은 죽음 앞에 그대로 자신을 노출시킨다. 자신을 방어할 줄 모를 만큼 젊은 그는, 창백한 얼굴로 거리를 배회하며 차가운 죽음을 생각한다.

하지만 그가 겪는 고통은 진정한 생을 향한 뜨거운 모색이다. 김승옥 소설에는 "신이 없으면 모든 것이 가능하다."며 아비 살해를 교사하던 이반 카라마조프의 악마성과, 죄의식 때문에 속으로만 파고든 윤동주의 순수함이 공존한다. 또는 제임스 조이스의「젊은 예술가의 초상」과 같은 무한한 동경과 지적 호기심, 카프카의 모호하고 불가해한 세계가 병치되어 있다.

어린 나는「환상수첩」(1962)을 읽으며 심장이 콩닥거렸다. 이런 것이 관음증일까. 왠지 모를 불안과 공포가 피어오르지만, 문장이 주는 쾌감에서 벗어날 수가 없었다.「환상수첩」의 '환상'과 '수첩'이야말로 관음증의 구조가 아닌가. '수첩'을 통해 작가의 환상을 들여다본다. 아름다움과는 거리가 먼 기괴하고 음산한 그 '환상'은, 내 안에도 똬리를 틀고 있는 나의 환상이었다.……

장미꽃 한 다발을 안고 김승옥이 기다리는 병원 앞 카페로 들어섰다. 어두운 실내였고 초면이었지만, 부인과 나란히 앉아 있는 그의 얼굴을 쉽게 알아볼 수 있었다. 열망을 누르고 조소하는 듯하던 눈빛, 귀 옆에 살짝 갖다 댄 오른손 손가락에서 타오르던 담배꽁초, 짙은 눈썹에 오뚝한 콧날과 얇은 입술…….

이제 그 날카로운 청춘의 표상은 없다. 대신 중년을 훌쩍 넘긴, 보기 좋게 살진 초로의 '할아버지'가 그 자리에 있었다.

2년 전 김승옥은 뇌경색으로 쓰러진 뒤, 몸을 움직이기는커녕 간단한 말조차 하지 못할 정도로 병세가 심각했다. 병은 김승옥의 좌뇌를 심하게 손상시켰다. 3분의 2가 손상된 그곳은, 하필 언어를 관장하는 부위였다. 지금도 뇌 사진에는 손상된 모습이 뚜렷하다.

종이에 그림을 그리면서 인터뷰하는 김승옥. 맞은편은 필자.

> 김승옥은 말하거나 단어를 쓰는 것보다 훨씬 덜 고통스럽게, 만화체
> 로 쓱쓱 선의 특징만 추려서 서울역과 덕수궁, 전차와 철로들을 그려
> 냈다. 과연 왕년의 만화가, 화가답다.

지금은 꾸준한 치료로 많이 회복됐지만, 부인의 '중개'와 종이·연필 없이는 대화가 어렵다. 그러고도 몇 번씩 되묻고, 부인의 '통역'을 추정하고 확정하는 과정을 거쳐야 한다. 김승옥이 종이에 쓰는 단어도 완전하지 않기 때문이다. '김현'은 한글로 쉽게 썼지만, '김성환'(만화 〈고바우 영감〉의 작자)을 한자와 한글로 적는 데에는 무척 오랜 시간이 걸렸다.

글자보다 그림이 오히려 더 정확했다. 김승옥은 말하거나 단어를 쓰는 것보다 훨씬 덜 고통스럽게, 만화체로 쓱쓱 선의 특징만 추려서 서울역과 덕수궁, 전차와 철로들을 그려냈다. 과연 왕년의 만화가, 화가답다.

선생님의 건강이 훨씬 좋아지신 것 같아 다행입니다. 말씀도 잘하시고.

하고 보니 어색한 말이다. '어른'에게 할 말이 아니다. 부인이 병세를 설명하자, 김승옥은 윗옷 주머니에서 종이를 꺼내 든다. 종이에는 언어 치료와 관련한, 간단한 문장이 열 개 정도 적혀 있다.

"이거, 이거 배워."

김승옥은 그중 '나는 버스를 탑니다.'라는 문장을 손가락으로 짚고는, 볼펜으로 조사 '는'과 '를' 밑에 밑줄을 그었다.

"잘 몰라, 잘 몰라."

김승옥은 머리를 설레설레 흔든 뒤, 다시 종이에 '영어' '프랑스'라고 쓰고는 "괜찮아."라고 한다. 본인이 우리말의 조사 사용에 미숙하고, 영어나 프랑스어에는 조사가 없다는 말이리라.

그러고 보니, 김승옥의 말은 조사가 생략된 채 명사와 동사가 곧장 연결되기도 한다. 지금도 문학 지망생들을 좌절시키는 '언어의 연금술사'가, 다시 말을 배우고 있는 것이다.

믿기 힘든데요. 이렇게 제법 길게 대화를 하시고, 또 모든 말을 다 알아들으시는 것 같은데…….

담당 의사는, 김승옥의 말은 무의식 중에 나오는 일종의 '자연발화'라고 했다. 그의 손상당한 뇌는 그 자체로는 회복될 수 없고, 다른 부분의 지지를 받아 손상된 부분이 담당하던 기능이 대체·보완되는 방식으로 회복 중이라고 한다.

실어증은 대뇌의 손상으로 어릴 때부터 습득한 언어 표현이나 이해에 장애가 생기는 병적 증상을 말한다. 특히 노년기에 뇌출혈이나 뇌경색으로 오른쪽 수족의 마비와 함께 실어증에 걸리는 경우가 많다고 한다. 의학적으로는 그렇다.

그러나 실어의 사례는 신약성서에도 나온다. 제사장 사가랴, 나중에 메시아를 예비하는 선지자 세례 요한의 아비가 되는 그는, 천사의 말을 불신한 벌로 한동안 말을 못하게 된다.

그럼 김승옥은? 신의 현현顯現을 직접 목도했을 정도로 대단한 신앙 체험을 한 그였기에, 어쩌면 남들보다 더 큰 수준의 믿음이 요구된 것인지도 모른다. 그러나 신의 일을 누가 알랴. 대단한 신앙심의 소유자였던 구약성서 속 욥도, 한날 한 시에 모든 것을 잃지 않았던가. 거기에 이유란 없었다. 이유 없이 주고, 이유 없이 가져가는 존재가 바로 신이다.

김승옥이 만난, 그 절대자 역시 그 누구도 갖지 못한 유려한 언어를 그에게 주었다가 다시 거두어 가셨다. 흉내 내기 힘든 탁월한 언어 조탁 능력과 현란한 감각으로 "감수성의 혁명"을 일으켰던 그에게서, 화려한 과거를 부정하고 신께 귀의하여 이제는 신을 위해 글을 쓰겠노라고 한 그에게서……

아무리 그렇다 해도 모국어를 다시 배워야 한다는 것은 너무 가혹하지 않은가. 김승옥은 이제 언어를 잃어버린 작가이다. '언어의 연금술사'는 말을 버리던 화로의 맹렬한 불길에 데여 온몸이 오그라들었다. 손도 다리도, 아름다운 눈과 입술도.

예전에 소설가 주인석이 김승옥을 만나고서 "이건 도대체 믿을 수 없는 일이다. 살아서 그를 만나게 되다니!"라고 쓴 대목 (『김승옥 소설전집 4』)을 읽고서, 난 호들갑이라고 생각했다. 그런데 이제는 내가 외치고 있다. "도대체 믿을 수 없는 일이다. 살아서 언어를 잃어버린 김승옥을 만나게 되다니!"

'조숙한 천재'를 일깨운 4 · 19대혁명

청년 김승옥은 너무 일찍 유명해진 스타였으며, "조숙한 천재"*였다.

그는 스무 살에 4 · 19혁명을 경험하고 시사만화 〈파고다 영감〉을 그렸으며, 학교로 돌아간 뒤 스물두 살에 김현 · 최하림 등과 함께 동인지 《산문시대》를 창간했다. 그리고 그해 「생명연습」으로 화려하게 문단에 데뷔했다. 부인의 증언에 따르면 김승옥은 20대 중반이 되기 전에 이미, 별로 스타가 없던 그 시절의 지적인 젊은이들 사이에서 신성일 못지않은 스타였다. 임헌영의 말을 빌면, 김승옥은 이미 그때 "굉장한 문인이자 연구 대상"이었다.

센세이션을 일으킨 「생명연습」이나 「환상수첩」과는 많이 달라지고, 이미 세상의 때가 묻은 듯 일견 노회해 보일 정도로 완성도가 높은 「무진기행」이나 「서울 1964년 겨울」을 쓴 것은 겨우 스물네 살 때이다. 우리가 알고 있는 김승옥은, 대부분 이 젊디젊은 시절의 김승옥이다.

그는 정말 화려하고 눈부신 청년기를 보낸 셈이며, 보통 사람

---

* 김승옥, 김병익, 임헌영 등이 참석한 「좌담: 4월혁명과 60년대를 다시 생각한다」, 『4월혁명과 한국문학』, 창비, 2000을 보라. "조숙한 천재"는 염무웅의 표현이다.

김승옥과 부인 백혜욱.

66 병을 얻기 전 기억력이 비상했다는 김승옥은, 가끔씩 매우 세밀한 기
억까지 끄집어냈다. 오래된 과거일수록 오히려 더 자세히 짚어냈다. 99

보다 훨씬 긴 청년기를 산 것이다. 세밀하게 보면, 그의 청년기는 세 시기로 나뉜다. 우선 대학 입학과 4·19혁명에서 문단 데 뷔까지, 그 다음엔 소설가로서 짧고도 화려한 이력을 쌓아 동인 문학상을 수상하고 첫 작품집『서울 1964년 겨울』(1965)을 창문 사에서 출간한 시기, 그리고 그 이후 영화판에 뛰어들어 시나리 오 작가로 활약하고 결혼한 시기다.

나는 이번 기회에 이 모든 것을, 그의 입을 통해, 다시 듣고 싶 었다. 하지만 그의 '장애'는 모든 것을 다 허락하진 않았다. 병을 얻기 전 기억력이 비상했다는 김승옥은, 가끔씩 매우 세밀한 기 억까지 끄집어냈다. 오래된 과거일수록 오히려 더 자세히 짚어 냈다. 그러면 4·19는 그에게 어떤 의미를 지닐까.

4·19 당시 어디 계셨습니까?

"대학 1학년 때였지. 그날 시위에 참가했어. 경찰을 만나서 쫓겨 다녔지만."

4·19세대 문학가들 가운데에서도 그 '피의 화요일' 현장에 있었던 사람은 드물다. 김승옥은 4월 19일 서울대 법대생들과 어 울려 종로와 광화문 시위에 참가했다가, 총격을 직접 목격하고 경찰에 쫓겼다. 그리고 이승만 하야의 결정적 계기가 된 4월 26 일 시위 때에도 동대문경찰서 앞까지 친구들과 함께 나갔다.

직접 역사의 현장에 섰던 경험의 진실됨과 강렬함을 무엇과 비교할 수 있을까. 김승옥에게 4·19는 몸의 경험을 통해 인생을 바꾼 현장이었다. 그래서 김승옥은 1960년 4월 19일을 "정직한 이들의 날"이라 불렀다.(김승옥,「정직한 이들의 날」,『뜬 세상 살기에』) 그 경험은 한 '정직한 젊은이'의 죽음에 대한 실화로 재생되었다.

경찰의 총을 맞은 스물두 살의 청년이 과다출혈로 죽어가고 있다. "학생이 데모 주동자인가요?"라는 간호사의 물음에, 청년은 "학교 교과서가 주동자예요. 부정을 그냥 보고만 있는 것도 부정이라고 가르치는 교과서가."라고 답한다. 그는 정신을 잃어가면서도 자기보다 어린 고등학생에게 수혈의 기회를 양보한다. 그 또한 배운 대로였다.
간호사는 청년이 말한 대로 고등학생의 팔에 수혈주사를 꽂아주고 나서야, 비로소 병상에 붙은 환자 카드를 본다. '서울대학교 문리대 수학과 3년 김치호.'
"김치호 씨는 이 담에 정확한 수학 교수님이 되겠어요." 간호사는 그를 위로하지만, 청년은 끝내 눈을 감고 만다. 1960년 4월 19일 밤 10시였다.

김승옥은 에세이를 이렇게 끝맺는다.

그러나 김치호는 수학교수가 되지 못한다. 아아, 4월 정직한 달이여!

'정직함'은 진정 아름다운 것이다. 하지만 그것만으로는 혁명도, 꿈도 이룰 수 없다. 살아남은 김치호들은 혁명을 계승해서 다른 무엇인가로 바꾸어야 했다. 김승옥 역시 외교관이 되고 싶었는데, 4·19 때문에 생각을 바꿨다.

> "나는 원래 외교관이 돼서 세상을 돌아다녀보는 게 꿈이었고……
> 아마 사일구를 겪으면서 생각이 많이 변한 것 같아요. 나는 세상의
> 혼돈을 보았고 어떤 질서를 찾고 싶었어요. 그 질서는 전체주의적인
> 정치지도자가 강요하는 질서가 아니라 지성적인 문학이 질문의 형식
> 으로 던져주는 질서가 되어야 한다고 생각했지요."(『김승옥 소설전
> 집 4』)

그리하여 4·19는 미완으로 끝난, 유산流産된 혁명이지만 그 유산遺産은 장대한 것이 되었다. 새로운 논리와 이념, 그리고 새로운 감수성이 모두 거기에서 흘러나왔다. 그래서 김승옥은 4·19를 '대혁명'이라 칭했다. 이제는 상투적인 용어가 되다시피한 '감수성의 혁명' 전후에, 그는 시사만화 그리기(1960년)와 시나리오 쓰고 영화 만들기(1966)로 이어지는 일련의 문화적 시도를 했다. 그는 '대혁명'의 적자였다.

1962년 김현 등과 꾸렸던 동인지 《산문시대》를 어떻게 4·19와 연관지을 수 있을까요?

김승옥은 '4·19'와 '글'을 따로 종이에 적고는, 선을 하나 그어 이 둘을 이었다. 이어서 '이승만'을 아주 어렵게 쓰고는, '이승만' 위에 가위표를 했다. 4·19로 이승만이 쫓겨났다는 뜻이리라. 그리고 그 자리에 '박정희反'을 쓴다. 박정희를 반대한다는 뜻이다.

"그럼. 글 쓰는 데 이것저것 여러 가지 다 고려해."

그렇게 4·19는 김승옥 글쓰기의 원천이 되었다.

한편 김승옥 개인에게 4·19는 또 다른 특별한 의미가 있다. 4·19는 김승옥이 지니고 있던 지역적·문화적 열등감을 극복하는 계기가 되었다. 그해 봄 서울대 문리대 1학년 새내기였던 김승옥에게 서울(+부산)과 같은 대도시 출신과 지방, 특히 "하와이"(전라도) 출신 사이에 뚜렷하게 존재한 "문화 감각의 차이"는 충격적이었다. 신입생 환영 음악회에서 서울 출신들은 '김광수 밴드'와 재즈싱어 이춘희의 노래에 열광했는데, 김승옥에게 이는 너무 낯선 것이었다. 나름대로 똑똑하다고 자부했는데, 서울 아이들에 비하면 아는 게 없는 '시골' 출신이었던 것이다. 김승옥은 문화적으로 열등하다는 '콤플렉스'를 강하게 느꼈다.

이는 단지 취향의 문제만은 아니었다. 「산문시대 이야기」를 보면, 이 내용이 비교적 상세하고 설득력 있게 설명되어 있다. 그것은 대도시 사람들이 6·25라는 미증유의 상처를 "절실하게

김승옥이 「산문시대 이야기」에 직접 그려 넣은 '산문시대' 동인들의 캐리커처. 책에 실린 순서대로 강호무, 곽광수, 김성일, (산초)김창웅, 김치수, 김현, 서정인, 염무웅, 최하림.

❝ 4·19를 통해서 서울과 지방은 통합되었고, 이른바 '상경민上京民 (촌놈) 의식' 은 극복되었다. 그리고 더 나아가 그 촌놈들은 새로운 문화적 감수성의 주역으로 거듭났다. ❞

겪어낸 난민"으로서 급격한 변화를 경험할 때, 전쟁 이후에도 생활양식에 거의 변함이 없었던 시골 바닷가 출신으로서 느낀, 역사적 경험에서 비껴 서 있다는 인식이었다. 콤플렉스는 밴드니 재즈니 하는 것에 대한 생소함 이상의, 시대와 역사에 밀착해 있지 못하다는 '시대감각의 부재', 곧 새로운 역사와 문화 창조에 필수적인 '감각의 부재'에 대한 자각이었다.

신입생 환영회가 있은 지 바로 얼마 후에 일어난 '4·19'에 의하여 즉 동질의 의식에 의하여 동년배 사이의 감각의 차이를 무시할 수 있게 되었고 나아가서는 의식에 의하여 '지방 출신'의 감각도 어떤 자리를 차지할 수 있게 되었다는 것을 말하고 싶기 때문이다. '4·19'가 없었더라면 난민難民 감각에 의하여 지방 출신의 의식은 앉을 자리를 못 찾았을 것이다.(「산문시대 이야기」)

4·19를 통해서 서울과 지방은 통합되었고, 이른바 '상경민上京民(촌놈) 의식'은 극복되었다. 그리고 더 나아가 그 촌놈들은 새로운 문화적 감수성의 주역으로 거듭났다. 혁명이 없었다면, '하와이 촌놈'이 어찌 한국 문학사를 다시 쓰게 한 '감수성의 혁명'의 주체가 될 수 있었겠는가.

김승옥과 김지하, 그 치명적 관계

"김지하의 사상은 4월혁명과 마로니에 나무 밑 문리대 벤치를 전제하지 않으면 이해할 수 없다."(김지하, 「우정의 글: 무진 나그네」, 김승옥, 『내가 만난 하느님』)

1970년 반공법으로 구속된 김지하를 변호하는 한밤중 재판정에서 김승옥은 이렇게 말했다. 이는 김승옥의 동료이자 4·19세대의 또 다른 상징인 김지하에 대한, 그리고 미완이자 최초의 시민혁명인 4·19혁명의 문화적 원천에 대한 가장 적확한 설명이리라.

혁명과 서울대 문리대 벤치. 둘은 무슨 관계가 있는가? 낭만과 열정, 시민적 교양과 문학이 1960년 혁명과 대학을 잇는 매개였다.

'거지'라는 별칭까지 얻었던 김지하는 문리대 교정과 그 앞 대학가를 어슬렁거리며 공짜 술을 얻어먹거나, 밤이면 강의실 창문으로 기어 들어가 잠을 잤다고 한다. 그리고 김지하와 고교 동문이고, 김승옥과는 불문과 동창인 하길종(영화감독) 등과 함께 '거지그룹'으로 갖가지 문화적 실험을 감행했다. 당시 서울대 문리대에는 부잣집 출신 '사이비 거지들'도 설칠 만큼 '거지'가 상징하는 바가 컸다.

'문학' 이외에도 김지하와 김승옥은 공통점이 많다. 전남의 바닷가 마을 출신으로 아마추어 이상의 그림 실력을 가졌다는 점, 그리고 누구보다 예민한 정치적 감각을 갖고 있었다는 점. 김승옥 본인은 드러내놓고 말하지 않았지만, 혁명 현장을 경험하고 곧바로 100일 넘게 신문 시사만화를 그린 젊은이의 정치의식이 보통 대학 1학생의 그것과 같을 수는 없었다. 그리고 아버지…….

만화를 그리느라 불문학과 수업은 머릿속에서 지워버린 혁명의 가을과 겨울에서 벗어나 학교로 돌아간 1961년부터, 김승옥은 한 살 많은 김지하와 자주 어울렸다. 서로 간 길은 아주 많이 달랐지만, 그리고 인터뷰 과정에서도 수차례 김승옥이 가장 친했던 친구는 '김현'이었다고 말해주었음에도, 김승옥은 김지하와 '치명적' 관계를 맺는다.

4·19의 상징적인 정치적 계승자이자 가장 행동력 뛰어난 지식인으로서, 김지하는 박정희 정권의 집중 타겟이 되고, 결국 풍자 담시 「오적」으로 감옥에 간다. 그때 김지하가 마지막으로 찾은 사람은 당시 영화계에서 일하고 있던 김승옥이었다.

"내가 내일 자수해서 남산(중앙정보부)으로 들어갈 테니 네가 밖에서 문학인들을 모아 구명운동을 해주기 바란다."(『내가 만난 하나님』, 23쪽)

김승옥은 그 약속을 지키기 위해 자신의 30대를 다 바치다시피 했다고 썼다. 김지하 역시 "다른 이 같으면 으레껏 알고도 모르는 체 할 일을 그(김승옥)는 적극적으로 나서서" 했다고 썼다.

1970년 김지하 선생이 「오적」 필화사건으로 감옥에 갔을 때, 그의 구명을 위해 10여 년 동안 애쓰다 소설도 못 쓰고 심지어 알콜중독자가 되었다고 했는데, 김지하 시인과는 대체 어느 정도의 인연인가요?

"1961년부터 김지하랑 학교 안에서 왔다갔다 놀며 알게 됐어."

김승옥 선생은 종이에다 '61, 62→70, 71, 72, 73, 74, 75, 76'이라고 썼다. 그리고 그 아래에 다시 1년, 2년, 3년, 4년을 쓰더니 2년, 4년 위에 가위표를 했다. 당시 김지하가 한 해 공부하고, 한 해 쉬고 하며 휴학과 복학을 되풀이 한 것을 얘기한 것이다.

그리고 김승옥은 '김지하'라는 글자 옆에 '황석영'을 썼다. 그리고 '고은', '김대중'이라 썼다.

"(구명운동을 하던) 74년, 75, 76년 이때는 많이 지쳤다. 이 사람들은 같애. 그러면서 멀어졌어."

김승옥 선생은 그러면서 그 이름들을 큰 동그라미로 묶었다. 1970년대 중반의 정치적 상황에 대한 그 나름의 해석인 바, 이는 김승옥과 그 친구들인 4·19세대가 겪어야 했던 운명적 분기分岐

2005년 6월 30일, 김지하가 김승옥에게 쓴 편지.

66 '문학' 이외에도 김지하와 김승옥은 공통점이 많다. 전남의 바닷가 마을 출신으로 아마추어 이상의 그림 실력을 가졌다는 점, 그리고 누구보다 예민한 정치적 감각을 갖고 있었다는 점. 99

를 말하는 것이기도 하다.

김지하는 그렇게 혁명시인의 길로 걸어들어가 민주화운동의 상징이 되었고, 이청준·김광규 등은 각각 소설과 시 창작의 길로 갔다. 김현과 김치수는 문학비평가와 교수가, 4·19 이후 학생운동의 한 핵심이었던 조동일은 민족주의적 국문학 연구자가 되었다.

4·19세대는 실질적으로 그때까지 존속한 대한민국의 문화와 민주주의 및 그 제도를 완성했다. 특히 정신문화 영역에서 그러하다. 어떻게 그것이 가능했는지는 김지하가 잘 정리했다.

혁명의 주체였으나, 기실 철저한 이념이나 조직 등 아무것도 가진 것이 없어 패퇴했던 1960년의 20대들은 점진적이지만 철저하게, 장기간에 걸쳐 그 패배를 만회했다. 이를 김지하는 '문화적' 혁명*이라 불렀다. 이는 김승옥이 말한 '4·19대혁명' 개념과 일치한다.

이제껏 맛보지 못했던 자유와 민주주의와의 '날카로운 첫 키스'는 젊은 그들의 운명의 지침을 돌려놓았고, 비록 5·16군사정권에 찬탈되어 망각을 강요당했지만, 그럴수록 그 환희의 추

---

* 4월 19일, 혁명의 날에 성북동으로 이사 가느라 이불짐을 지고 택시를 탔다. 시위대와 마주친 김지하는, 시위대에 참여하고 싶은 마음을 억누른 채 계속 짐을 옮겼다. 그날 밤, 그는 『르네상스』라는 책을 읽으며 이렇게 말한다. "나는 아직 나설 때가 아니다. 그러나 참가해야 한다. 조직을 통해서가 아니라 내 온몸의 감각으로 혼자 천천히 조금씩 참가해야 한다. 내 온몸의 감각! 그것은 문화와 예술을 통해서일 것이다."(『흰 그늘의 길』)

억은 더 간절해졌다. 새로운 준비와 감각이 절실했다.

아버지 없는, 장남, 가장, 김승옥

얼마 전 EBS TV 프로그램 〈지금도 마로니에는〉이 1960년대 초중반의 문화사를 다루면서, 김승옥과 김지하를 주인공 격으로 내세워서 관심을 끌었다. 김승옥도 이 드라마를 보았는데, 사실과 다른 부분이 많아서 나중엔 보지 않았다고 한다.

"이럴 줄은 몰랐지."

김승옥은 수첩을 안주머니에서 꺼내어 그 프로그램 연출가와 작가의 이름, 전화번호가 적힌 부분을 가리켰는데, 특히 작가의 이름에 손으로 X자를 쳤다. 김승옥을 섬약하면서도 촌티 나는 '문청'(문학청년)으로 설정한 것이나, 그와 김지하의 관계, 결혼 등도 모두 사실과 큰 거리가 있다고 했다.

미대생이었던 부인과 김승옥은 무교동 음악카페에서 처음 만나 꽤 오랫동안 연애를 했다. 부인은 김승옥뿐만 아니라 김현, 염무웅, 최하림, 김치수 등과도 종종 함께 어울렸는데, 김승옥은 왠지 다른 동년배 친구들보다 "훨씬" 더 어른스럽게 보였고, 말하는 것을 듣고 있으면 빨려들어갈 것 같은 매력을 느꼈다고 한다.

그러나 부인은 결혼은 생각하지 않았고, 집안에서도 두 사람의 교제를 반대했다. 1960년대 초 '어른'들도 서울대 문리대생이란, 취직은 잘 안 되면서 '데모'는 제일 열심히 하는 '골칫거리'라고 생각한 것이다.

그래서 꽤 오랜 기간 두 사람은 헤어져 지냈다. 그러던 어느 날, 김현과 그 친구들이 부인의 하교길을 지켰다. 여자대학교 앞에 남자들이 우르르 한 여학생을 기다리는 것 자체가 입방아에 오를 일이었는데, 김현은 부인을 보자마자 다짜고짜 "승옥이가 순천 내려가 있는데, 편지나 한 장 떼주시오."라고 했다.

이 일이 계기가 되어 한동안 만나지 않던 두 사람은 다시 연락을 주고받고 만나게 되었다. 김현은 그렇게 여러 면에서 김승옥의 후견인 노릇을 톡톡히 했는데, 같이 만날 때면 늘 돈 없는 김승옥을 대신해서 김현이 데이트 비용을 치렀다.

부인이 풀어놓은 옛이야기를 듣고 있던 김승옥의 얼굴에도 미소가 피어오른다.

흔히 김승옥이라고 하면, 「무진기행」을 가장 먼저 떠올리게 되는데, 어떻게 생각하세요?

이 작품이 김승옥을 국민적 소설가로 만들었지만, 기실 처음이 소설을 썼을 때 김현이 읽어보고는 별로 좋은 반응을 보이지 않았다. 심지어 발표하지 않는 게 좋다는 말까지 했다.

옛일을 떠올리며 웃음 짓는 김승옥.

부인이 풀어놓은 옛이야기를 듣고 있던 김승옥의 얼굴에도

미소가 피어오른다.

"그래서 사실 화가 났었지."(웃음)

김현의 감식안도 늘 100퍼센트만은 아니었던 것이다. 그러나 소설가이며《사상계》의 문학 담당 편집자였던 한남철이 이 소설을 걸작이라 치켜세우며 「무진기행」을 실어버렸다. 작품 게재 자체를 망설였던 김승옥은 이 작품에 대한 즉각적이고 폭넓은 반향에 깜짝 놀랐다.

김승옥은 '김승옥 무진기행 외'라고 쓰고, 그 아래 줄에 '백혜욱'(부인 이름)이라고 썼다. 그리고 그 낱말들 사이로 가로 세로로 한 줄씩을 그어, 전체를 네 개의 공간으로 분할한다. 김승옥은 말이 막히면 종이에 단어를 쓰거나 그림을 그린다. 꼼꼼한 솜씨다.

"남이 와서 누가 뭐라고 하면…… '나'는 없어……."

김승옥은 뜸을 두고 말했다. 그는 다시 백혜욱이라는 이름 밑에 줄을 바꾸어 '김융세'(큰아들 이름)를 쓰고, 다시 줄을 바꾸어 '김융태'(작은아들 이름)를 썼다. 그리고 '김승옥'에서 '백혜욱'으로, 다시 '백혜욱'에서 '김융세', '김융세'에서 '김융태'로 내려오는 화살표를 그렸다.

```
김승옥          무진기행 외
  ────────────┼──────────────
       ↓
     백혜욱
       ↓
     김용세
       ↓
     김용태
```

"이러면서…… 없어졌어, 없어져."

없어졌다니 무엇이? 진정한 김승옥이? 김승옥에서 아내와 두 아들로 이어지며, 김승옥 본인의 세계가 축소되고 결국 없어졌다는 뜻인가.

「나의 혼인기」란 글에서 "작가는 자유로워야 한다. …… 편견에 사로잡혀서는 안 되고 지나치게 관습을 존중해서는 안 된다."라고 쓰신 적이 있는데, 혹시 도망가고 싶었던 적은 없었는지요?
"그냥 평범했지. 머릿속에는 자유, 일탈에 대한 생각이 있었지만."

김승옥은 '나―아내―아들1/아들2'라고 다시 썼다. 가족관계 속에서 나 혼자 벗어날 수 없었다는 얘기를 하고 싶었던 것일까. 그는 '나'만 쓰지 않고, '나' 옆에 다시 무언가를 써서 그 둘을 잇는다. '나'는 홀로 존재하지 않고, 인연의 끈, 또는 대상과의 관계 속에서 존재한다.

김승옥은 종이에다 써가며 부족한 말을 보충했다.

66 아버지 돌아가시고, 동생들 안고 어르고 하면서 키웠어, 맏아들이
니까. 그러니 어려서부터 의젓했어. 동생 둘을 재수, 삼수시켜서 대학
에 보냈지. 99

"아버지 돌아가시고, 동생들 안고 어르고 하면서 키웠어, 맏아들이니까. 그러니 어려서부터 의젓했어. (종이에다 '김승옥—어머니'를 쓴다.) 동생 둘을 재수, 삼수시켜서 대학에 보냈지, 서울대학에."

이어서 종이에 어떤 소설가의 이름을 쓰고, 옆에다 '여자 넷'이라고 썼다. 그가 친하게 지냈던 소설가의 이름이다.

"여자…… 넷이야. (또 옆에다 '아들'이라고 쓰고, 다시 동그라미 두 개를 더 보탰다. 그 소설가에게 아들이 셋 있다는 뜻이다.) 시골에 아내를, 시아버지한 테 내버려두고 서울로 도망 왔어. 나는 아버지가 없었어."

김승옥은, 본인에게는 아버지가 없었기 때문에, 아내를 맡겨 둘 데가 없었기 때문에, 앞에서 말한 소설가와 같은 '자유'는 꿈도 꾸지 못했다고 말하고 있었다. 그 소설가가 부러웠던 것일까. 김승옥에게 '일탈' 혹은 '자유'는 어떠한 의미였을까. 그가 말한 대로, 작가란 본래 "인생의 진짜 모습을 붙잡아보려고…… 하느님의 가슴속으로부터 창녀의 자궁 속까지 들어가봐야 뭔가 얘기할 자신이 생기는 사람들"(「나의 혼인기」)이라면, 일탈이란 작가의식을 극단까지 밀고나가는 한 방법이 아닌가.

그런데 김승옥의 작품을 보면, 그는 '생활'에 대한 책임감보다는 사람에 대한 연민 때문에 일탈의 욕망을 억눌렀을 거라는 추측을 하게 된다. "우리나라 여자 생각을 하면 '불쌍하고 미안하고 고맙다'는 느낌에 금방 사로잡히곤 한다."(「한 이불 밑의 행복과 불행」)던 그의 생각은, 단편 「김만수 씨가 패가망신한 내력」에도 고스란히 드러난다. 주인공 김만수 씨는 결혼한 몸임에도 지하철에서 우연히 만난, 우는 애를 달래느라 정신이 없는 과부에게, 과부였던 어머니한테 느꼈던 것과 똑같은 연민을 느끼고는 온갖 방법으로 과부를 도와주려다 결국 불륜에까지 이르고 만다.

결국 부인에게 이혼당하지만, 김만수 씨는 싱긋이 웃는다. 이제야 비로소 아내를 제대로 사랑할 수 있게 되었기 때문이다. 이제 아내 역시 과부의 처지가 되었으므로, 아내에게 돈 벌어다 줄 일을 생각하면 일에 대한 의욕이 부쩍 생기기 때문이다. 사랑이 곧 연민을 의미하는 사람도 있는 것이다.

그러나 이런 이야기는 기실 가장으로서 김승옥이 살았던 생과는 반대되는 것이다. 김승옥은 자유주의자, '거지'에 대한 일탈 욕구를 누르고 장남으로서, 아버지로서 모범적인 삶을 살았다.

유신 시절, 영화계에 대한 '안 좋은 기억'

일련의 소설로 일약 스타가 된 김승옥이었지만, 소설 쓰기가 그리 순탄하지는 않았다. 문학에 대한 열정은 대단했지만, 그것이 '모든 것'일 수는 없었다.

김승옥은 1966년 「무진기행」을 시나리오로 집필한 것을 계기로 영화계에 발을 들여놓았다.(영화 〈안개〉) 이에 대해 김승옥은 이제껏 그 동기가 경제적 어려움이라고만 이야기해왔고, 문학계는 그것을 '일탈'로 인식해왔다. 그러나 「내가 만난 하나님」에서 김승옥은 "소설 가지고는 도저히 생계를 유지할 수 없었고, 또 영화 쪽이 소질이 더 맞는 것 같았다."고 쓴 적이 있다.

영화가 선생님께 잘 맞았나요? 영화는 문학과 달리 집단예술이라 여러 사람들과 같이 작업해야 하는데요.

"〈감자〉 했을 때는 아주 잘했어. 〈장군의 수염〉처럼 내가 기획하고, '이렇게 하자'고 하면 '오케이' 하고는 했지. 내가 하자고 하면 (다른 스탭들이) 대개 따랐어. 좋았어."

김승옥의 대답에 활기가 묻어 나왔다. 전문 각색가와 시나리오 작가가 거의 없던 1960~1970년대에, 그는 시나리오 작가로서 높은 의욕을 갖고 많은 업적을 남겼다. 1967년에는 김동인의 「감자」를 각색·감독했는데, 이 영화는 로카르노 영화제에 초대되었다. 1968년에는 이어령의 「장군의 수염」을 각색하여 대종상 각본상을 수상했다. 또한 1970년대에 〈어제 내린 비〉, 〈영자의 전성시대〉, 〈겨울여자〉, 〈도시로 간 처녀〉 등등 우리 귀에 익은 여러 명작의 시나리오를 담당했다.

김승옥이 영화계에서 활약한 시기는 한국 영화사에서 영화 관객층의 이동이 두드러진 때였다. 즉, 도시 하층 여성들로 구성된 '고무신 부대'와 외국 영화 관객으로 양분된 관객층이 새로운 청년층으로 교체되던 시기다. 이때 김승옥은 대중적 청년문화를 대표하는 최인호·조해일·조선작 등의 작가와 이장호·김호선 등의 감독과 함께 영화 작업을 했다. '우수영화' 각색자에서 '청년영화' 각색자로, '4·19세대의 기수'에서 '6·3세대'의 선봉으로 성공적인 위치 이동을 한 것이다.

　　김승옥은 직접 감독과 기획자 역할까지 하며, 시나리오 작가 이상의 일을 했노라고 회고했다. 영화는 그의 적성에 맞았다. 이는 김승옥이 문학 중심의 관점에서 영화계를 회고할 때 취한 냉소적인 태도나, "별로 재미없었다."고 한 말과는 다른 얘기다.

가장 기억에 남는 시나리오 작품은 무엇인가요?

　"〈영자의 전성시대〉지."

　〈영자의 전성시대〉는 나중에 〈겨울여자〉도 같이 한 김호선 감독과 함께 작업한 영화이다. 김호선 감독은 김승옥과 동년배로, 김승옥의 말에 따르면 영화계에서 가장 친했던 인물이다. 영화 작업 때 김승옥은 때로 독선적인 태도를 보이거나, 작가로서 고집을 세워 감독들과 갈등을 빚었는데, 김호선 감독과도 트러블이 적지 않았다고 한다. 감독이 시나리오를 고치면 그에 반발하

왼쪽부터 김승옥, 부인 백혜욱, 천정환, 이정숙, 조성진

      〈감자〉했을 때는 아주 잘했어. 〈장군의 수염〉처럼 내가 기획하고,
'이렇게 하자'고 하면 '오케이' 하고는 했지. 내가 하자고 하면 (다른
스텝들이) 대개 따랐어.

여 자신이 또 고치고, 말다툼 끝에 그냥 집에 와버리는 일이 반복됐다며 김승옥은 웃는다.

그 외 영화감독 가운데 존경하거나 영향 받은 분은 누구신가요?

"유현목 감독. 옴니버스 영화 〈여·여·여〉를 같이했는데, 러시아도 같이 가고, 사람이 참 좋아. 최고야."

그리고 「무진기행」을 처음 영화화했던 김수용 감독과, 〈충녀〉를 같이 만들었으며 독특하고 그로테스크한 영화로 '천재 감독'이라 불리는 김기영 감독에 대해서도 덧붙였다.

"김수용 감독과는 의견이 달라 트러블이 많았지. 내게 작품을 쉽게 쓰라고 하는데, 나는 싫었어. (손을 내젓고 웃으며) 김기영 감독은 고약해, 아주 고약해."

그런데 이 대목에서 근본적인 의문이 일었다. 바로 김승옥이 영화를 하게 된 계기. 당시 김승옥은 동인문학상도 받고, 『서울 1964년 겨울』을 베스트셀러 반열에 올려놓아 당대의 가장 '잘 나가는' 작가였는데, 어떻게 '생계 문제'가 문제가 됐던 것일까.

소설에서 영화 쪽으로 간 중요한 이유가 생계 문제였다고 하셨는데요. 「서울, 1964년 겨울」은 아주 잘 팔렸다는 말을 들었습니다.

"책은 아주 잘 팔렸지. 그런데 인세를 전혀 못 받았어. 그래서 형편이 아주 어려워서 영화로 간 거야."

문제의 출판사는, 소설가 황순원의 동생이 경영한 창우사였다. 소설집이 나와서 베스트셀러가 됐는데, 사장은 엉뚱한 트집을 잡아 인세를 한 푼도 지급하지 않았다. 김승옥이 다른 출판사와 이중계약을 했다는 것이었다. 당시 김승옥은 다른 출판사에서 책을 낸 적이 없는데, 다만 그의 작품이 다른 작가들의 작품과 함께 작품집 형태로 출간된 것을 문제 삼았다. 결국 창우사는 세상 물정에 밝지 않은, 가난한 20대 작가의 돈을 다 떼먹었다. 그러나 김승옥은 황순원의 체면과 인간관계 때문에, 이에 대해 한 마디도 공개적으로 언급하지 않았다.

지금으로서는 상상하기 힘든, 문학과 '원고료', '인세'를 낭만적으로 생각하던, 지적재산권 개념이 분명하지 않았던 시대의 일이다. 이런 이야기를 공개적으로는 하는 것은 처음이라며, 당시 본인의 마음도 무척 좋지 않았을 것이라고 부인은 덧붙였다. 이야기를 듣던 김승옥은 책을 들었다 집어던지는 시늉을 했다.

"하도 화가 나서 이제 다시는 이런 거 안 한다. 안 해, 이런 게! 그랬지."

문학에 염증이 나던 즈음, 마침 소설 「무진기행」이 크게 화제가 되고, 이를 영화화하겠다는 제작자가 김승옥을 찾아왔다. 이 대목에서 부인은 중요한 증언을 해주었다. 주변 사정뿐 아니라,

김승옥 자신이 '순수소설'을 쓰는 일 이외에도 관심이 많았기 때문에 영화판으로 갔다는 얘기다.

결혼 전 어느 날, 김승옥이 부인 백혜욱에게 진지한 얼굴로 말했다. 나는 여성지나 대중잡지 가리지 않고 글을 쓰고 싶고, 순수소설도 쓰고, 흥미 위주의 소설도 쓰고, 드라마나 시나리오도 해보고 싶다고. 심지어 당시 대표적인 황색잡지였던 《아리랑》 같은 데에도 글을 써보고 싶다고 했다. 김승옥이 마치 "타락해서" 저급한 대중소설을 쓰게 된 것처럼 묘사하는 일부 연구자들의 시각과 달리, 그는 처음부터 대중문화에 관심이 지대했던 것이다.

그러나 영화 일도 의욕과 자신감만 가지고 되는 일은 아니었다. 무엇보다도 '합리성'과는 거리가 있었던 당시 영화판 풍토가 김승옥을 힘들게 했다. 이는 〈하류인생〉 같은 영화에도 묘사가 되어 있는 바, 한때 조폭이었던 주인공이 어느 날 갑자기 영화판에 끼어들어 제작자로 변신하고 예전 깡패 시절의 방식 그대로 자금을 조달하고 배우들에게 윽박지르고 스텝들을 패면서 영화를 만든다.

…… 이런 풍토는 사실이었고, 부인이 영화계에 대해 가진 아주 "안 좋은 기억"과도 겹친다. 부인의 말인즉, 당시 영화판에는 '깡패'들이 '무식하게' 설쳤으며, 김승옥은 이름난 작가라서 인정은 받았지만, 그때 입은 마음의 상처가 이만저만이 아니었다고 한다.

1974년 감독 이장호, 배우 윤정희와 함께

66 당시 영화판에는 '깡패'들이 '무식하게' 설쳤으며, 김승옥은 이름
난 작가라서 인정은 받았지만, 그때 입은 마음의 상처가 이만저만이
아니었다고 한다. 99

당연히, 김승옥과 부인의 갈등도 심했다. 부인은 무엇보다도 그런 "깡패판"에 섬세하고 착한 남편이 어울리지 않고, 이장호 같은 "날나리"(지금은 그가 많이 점잖아졌다. 고 부인은 말했다.)가 물을 들여 남편이 여배우들과 바람이라도 날까 노심초사했다. 그래서 영화 일을 그만두라고 했다.

김승옥은 영화 일을 그만두고 난 뒤 "계속 영화하고 싶은데, 나 때문에 자기가 영화를 그만두게 되었다."며 부인을 원망했다고 한다. 이야기가 여기에 이르자, 부인은 "그런데 영화 계속했으면 정말 바람 안 피웠겠어요?"라고 짐짓 물었다. 곁에서 눈을 지그시 감은 채 부인의 이야기를 듣던 김승옥이 황급히 손사래를 쳤다. 모두 웃음을 터뜨렸다.

"없어, 없어."

그러나 영화인 김승옥을 괴롭히고 망가뜨린 것은 '영화 깡패'들만이 아니었다. 영화판 조무래기 깡패들보다 더 악질적인 진짜 조폭이 있었으니, 바로 '공권력'이라는 허울을 뒤집어 쓴 군사독재와 그들의 검열이었다.

영화 작업을 하면서 어떤 보람을 느끼셨나요?
"처음에는 잘했어. 그런데 ('박정희'란 글자를 어렵게 쓰고) '이거 하면 안돼.', '저거 하면 안 돼.' 딱 정해놓은 몇 개 빼고는 다 안 된대. (다시 '감자'라고 쓰며) 이거 하려니…… 안 된대. 이래서 재미없었어. 지금은 좋지."

김승옥이 가장 큰 애정을 가진 〈영자의 전성시대〉도 검열 때
문에 만신창이가 된 작품 가운데 하나이다. 산업화에 희생당하
는 하위계급 여성의 삶을 처절하게 그린 원작과는 달리, 영화는
전혀 엉뚱한 해피엔딩으로 결말이 난다. 팔이 하나밖에 없는 창
녀 영자가 찾게 되는 '행복'은, 오히려 영화를 그로테스크하게
만들었다.

"요즘 같으면 진짜 잘할 수 있을 거 같애."

김승옥은 영화 작업을 마음껏 해보지 못한 것을 아쉬워했다.
근래에도 〈올인〉, 〈대장금〉, 〈불멸의 이순신〉 같은 TV 드라마와
영화를 관심 있게 보았는데, 최근 〈친절한 금자씨〉도 보았다고
한다. 부인 역시 요즘처럼 한국 영화계가 '합리적'이고, 예술성
높은 작품을 추구하는 상황이라면, 김승옥 같은 이가 활약할 여
지가 클 거라고 했다.

'박정희'로 상징되는 시대의 굴레가, 더 큰 영화예술가가 될
수 있었던 김승옥을 제약한 셈이다. 김승옥은 책 속에서 유신의
공포를 직접 언급했었다.

유신의 공포 속에서 술에 의지하지 않을 수 없었다. 같은 술친구

셋이 모두 술 때문에 몇 달 간격으로 죽었다. 나는 깊은 허무감에 빠졌다.(『뜬세상 살기에』)

죽은 술친구란, 같은 서울대 문리대 출신이며 영화감독이었던 하길종 등을 말한다. 유신의 몰락, 그리고 유신보다 더한 공포체제가 등장한 시기는 그의 작가 이력이 끝난 시기와 일치한다.

김승옥은 이상문학상을 수상한 소설 「서울의 달빛 0장」(1977)을 쓰고 난 뒤 소설을 거의 쓰지 않고 지내다가, 1980년에《동아일보》에 장편 연재를 시작했다. 그러나 5·18 광주의 소식을 듣고 난 뒤, 충격과 분노 속에 소설 연재를 15회만에 중단하고 만다. 영화계를 완전히 떠난 것도 비슷한 시기다.

김승옥은 〈겨울여자〉(1977)의 대성공 이후, 1980~1981년까지 띄엄띄엄 영화 작업을 하다가 〈도시로 간 처녀〉(1981년 개봉)를 마지막으로 이마저 모두 중단한다. 그리고 1981년에 '성령 체험'을 했다.

"마음속에 소설이 있어"

이제껏 우리는 세상이 이해하는 「무진기행」과 「서울 1964년 겨울」 속 김승옥을 찾아 1960년대와 70년대를 헤매 다녔다. 그러나 이 과정에서 우리가 마주친 것은, 소설 속에서 툭 튀어나온 듯한 김승옥이 아닌, 우리가 알지 못했던 '인간 김승옥'이다.

김승옥은 종이에다 '小說家(무진기행)'와 '김승옥'을 어렵게 적는다. 이어서 이 둘을 잇고는, 거기에 'X표'를 친다.

선생님은 더 이상, 과거의, 「무진기행」의 김승옥이 아니라는 뜻입니까?

"나는 본래부터 아냐. 만들어낸 거지."

그럼 본래의 김승옥은 어디에 있는가.

김승옥은 다시 종이에 무언가를 적는다. '大阪—진도—광양1'까지 쓰고는 한참 머뭇거린다. 그 다음에는 잘 생각이 나지 않는 듯 부인을 바라본다. 이어서 '광양2(읍)—순천1—순천2—여수1—여수2—여수3—남……'이라고 쓰고 다시 멈춘다. 그는 아래 오래 생각하고, 길게 얘기했다. 오사카大阪에서 태어나서 잠시 전쟁을 피해 남해에서 살았던 시기……. 생의 가장 오래된 대목에 대한 그의 기억은 매우 양이 많고 정밀했다.

그의 유년 시절 기억을 온통 사로잡고 있는 것은 두 가지, 아버지와 여동생의 죽음이었다. 여동생의 죽음과 관련해서는 많은 기록을 남겼다. 그것이 얼마나 절실하고 짙은 죽음의 체험이었는지…….

그리고 이 대목에서 선생은 지금까지 알려지지 않았던 중요한 전기적 사실 한 가지를 공개했다.

김승옥의 아버지는, 1948년 여순사건 과정에 좌익으로 참가,

결국 입산하여 그곳에서 생을 마친 빨치산이었다. 김승옥은 「건」이나 「재룡이」 같은 소설에서 고향 주변에서 본 좌익에 대한 기억을 언급했지만, 그건 어디까지나 '남 일'이었다. 그는 아버지가 여순사건 때 "실종되었다."고만 했을 뿐, 빨치산이었다는 사실은 평생 드러내지 않고 살았다. 다른 작가들이 '아버지가 남로당이었다.'는 사실을 자기 작품과 생의 '라이트모티프leitmotiv' (오페라 등에서 곡 중의 중요 인물이나 감정 등을 나타내는 악구)로 사용한 것과 무척 대조적이다.

사고 후 하필 언어를 잃으셨다는 것을 아셨을 때, 심정은 어땠습니까?

이 질문에 김승옥은 종이에다 좌뇌와 우뇌가 있는 뇌 그림을 그리고, 뜻밖의 답변을 들려주었다.

"근데 난, 똑같애. 나중에 검사했을 때 사진을 보고 뭔가 변한 것 같은데, 집사람이 뭐라뭐라 그러는데, 무슨 말인가 했지. 나중에는 알았어. 아, 그렇구나. 하지만 말에 대한 감각은 지금도 크게 다르지 않아."

뇌 손상에도 불구하고, 머릿속에서는 말과 사고가 큰 지장 없이 구사되고 있다는 것이다. 물론 그것이 입 밖으로 나올 때 부자연스럽다는 것을 알지만, 김승옥은 그것을 크게 의식하지 않거나 고통스러워하지 않는다.

부인의 설명의 따르면, 김승옥은 언어치료 선생이 내주는 숙제를 아주 불성실하게 하며, 지하철 안에서 '어버버'(급하게 말할 때 선생의 말은 이렇게 꼬인다.) 하면서도 전혀 부끄러워하지 않는다. 정말로 장애가 불편하지 않거나, 천성이 매우 낙천적이거나, 혹은 부인의 표현대로 "독립적이며 속을 알 수 없는 '크레믈린(크렘린)' 같은 사람"이기 때문에.

부인은 지난해(2004년) 출간된 수필집 『내가 만난 하나님』도, 신문을 보고서야 비로소 책이 나온 것을 알았다 한다. 혼자 몰래 나가서 출판사 사람을 만나서 책을 냈다는 것이다. "쓰러진 뒤로 말 한 마디 못하면서도, 혼자 나가서 자기 하고 싶은 일은 다 했어요."

"언제 죽어서 하늘에 갈지 모른다, 그게 똑같다는 거야. 그래서 (언어 상실을) 별로 걱정하지 않아."

어떤 일을 하고 싶으신가요? 남은 시간에.

비록 우회적으로 말했지만, 그것은 말 속에 '죽음'과 '여생'을 함축한, 다소 위험한 질문이었다. 그런데 김승옥의 대답은 뜻밖이었다. 그는 종이에다 천천히, 소설, 이라고 썼다.

어떤 소설을 쓰고 싶으신데요?

"다시 쓸 수 있어. (가슴을 가리키며) 마음속으로 구상하는 게 있어."

구원의 원천이신 하느님을 만난 이상 소설 쓰기가 더 이상 나의 구원 수단은 아니게 됐지만 소설이라는 언어행위가 하느님의 진리와 진실을 드러내기에 적절한 수단일 수 있다는 신념을 가지게 된 것이다. …… 60년대를 고려하지 않는다면 내가 써낸 소설들은 한낱 지독한 염세주의자의 기괴한 독백일 수밖에 없을 것이다.(『김승옥 소설전집 1』, 작가의 말)

1980년대 기독교에 귀의한 뒤, 선생은 자신의 소설 쓰기를 죄다 부정하는 발언을 했었다. 신 때문에 생을 완전히 긍정한다거나, 혹은 하느님의 진리를 드러내기 위해 소설을 쓴다거나 하는 말들은, 기실 소설을 부정하는 것이었다. 대신 그는 1980년대에 신앙을 통해 '절대적인 것'을 보았다고 했다. 보아서 믿게 되었다는 그것 앞에서 모든 것은 용해되었다.

아무리 생각해도 놀랍기만 한 신비의 연속적인 체험이 나에게는 광주사태 이상의 충격적인 것이었다. 그 후 여러 해 동안 나는 오직 성경과 그 주석서를 읽고 기도생활에 몰두하며 나의 세계관과 인생관을 교정하는 일밖에 다른 겨를이 없이 지내왔다.(『김승옥 소설전집 1』, 작가의 말)

물론 그 용해는 김승옥이 젊어서부터 취하던 문학적 자세, 특히「생명연습」같은 소설이 취하고 있는 윤리적 태도에서 이미 예고된 것이라고도 볼 수 있다. 『카라마조프의 형제들』의 이반 카라마조프가 상상하던 대로 "신이 없으면 모든 것이 가능하다." 면, 바로 그 '모든 것이 가능한' '신이 없는 세계' 야말로 성속의 구별이 없는, 또는 그것을 넘어선 진정으로 '신성한' 세계라 할 수 있다. 바로 이 점에서「생명연습」과 김승옥의 단편소설이 추구하던 세계는 종교적 차원의 절대적 영역과도 상통하는 면이 있다.

「생명연습」의 다음 구절은 "한 오라기의 죄"도 없는 상태를 '생명'과 연관짓고 있는데, 이것이야말로 죄를 씻어 없게 하는 자가 영생을 얻는다는 기독교 교리와 상통하는 것이다.

우리의 왕국에서 우리는 그렇게도 항상 땀이 흐르고 기진맥진하였다. 그러나 한 오라기의 죄도 거기에는 섞여 있지 않는 것이었다. 오히려 거기에서 우리는 평안했고 거기에서 우리는 생명을 생각하고 있었다.(『김승옥 소설전집 1』,「생명연습」)

그러나 하느님을 만난 이후 그는 거의 아무것도 쓰지 못했다. 그리스 신화 속 이카루스는 아버지가 만든 날개를 달고 하늘 높이 날았다. 그리고 아버지의 경고를 무시하고 태양에까지 가려다가 밀랍으로 이어 붙인 날개가 몸에서 떨어지면서 에게 해로

인터뷰를 마치고.

66 다시 쓸 수 있어. (가슴을 가리키며)
마음속으로 구상하는 게 있어. 99

추락한다.

그런데 하느님은 바로 그 태초의 '말씀'의 하나님, '로고스'의 하나님이 아닌가. "태초에 로고스가 있었다."(요한복음 1:1) 그렇다면 김승옥이 기독교에 귀의하기 전에 쓴 작품이야말로 신의 목소리를 흉내내거나 신에게 가까이 다가가려 한 시도이며, 그의 문학적 생의 출발점에 놓인 「생명연습」과 「환상수첩」처럼 위악의 윤리의식으로 가득 찬 작품이야말로 기독교로 읽어야 될 작품이 아닌가.

김승옥은 2002년 다시 한 번, 전보다 더 완벽하게 말을 잃었다. 그가 잃어버린 많은 말과 기억 속에서 '신앙'은 어떻게 된 것일까? 그가 지금 쓰고 싶다는 소설은 무엇을 위한, 어떤 소설일까? 김승옥은 정말 다시 소설을 쓸 수 있을까?

김지하는 김승옥의 마지막 책이 될지도 모르는 산문집에 「우정의 글: 무진 나그네」란 발문을 썼다. 김지하는 "그의 착함과 섬세함을 모르는 사람들은 그의 예수환상과 기독교신앙을 이해하지 못할 것"이라며, 자신의 40년지기에게 이렇게 말했다.

소설을 못 쓰면 어떠리오!
예수 믿으며 살면 되지!
그러나 건강하라!
부디 부디 오래 살아서 또 만나자꾸나!

어느새 햇살이 기울었다. 나무 그늘 아래서 진지한 표정으로 카메라를 응시하는 김승옥의 얼굴에서도, 한낮의 날카로웠던 빛은 부드럽게 변하고 있었다. 곧 저녁이 되고 밤이 찾아올 것이다. 그날의 끝이 아닌, 다음 새날의 시작인 밤이.

■ 찾아보기

르네상스인 김승옥

2005년 11월 10일 초판 1쇄 발행

지은이 백문임 · 송태욱 · 송은영 · 이정숙 · 조현일 · 조성진 · 한영주
펴낸이 노경인

본문조판 성인기획
종이 화인페이퍼
인쇄 · 제본 신흥인쇄
펴낸곳 도서출판 앨피

　　　주소 우)121-842 서울시 마포구 서교동 483-10 A하우스 304호
　　　전화 335-0525, 팩스 335-0526
　　　전자우편 nomio22@hanmail.net
　　　등록 2004년 11월 23일 제313-2004-272

ISBN 89-956462-7-6 03810

※ **일원화공급처 도솔출판사** 서울시 마포구 서교동 460-8

　　전화 335-5755, 팩스 335-6069

※ 도서출판 앨피에서 출간된 모든 책의 공급과 반품은 도솔출판사에서 맡고 있습니다.